角落里的青春

浅夏韵歌卷

青春走起，下落不明

——回味青涩往事，解密成长密码

主编/刘　勇

中国财富出版社

图书在版编目（CIP）数据

青春走起，下落不明/刘勇主编. —北京：中国财富出版社，2014.2
（角落里的青春·浅夏韵歌卷）
ISBN 978-7-5047-4999-4

Ⅰ. ①青… Ⅱ. ①刘… Ⅲ. ①短篇小说—小说集—中国—当代
Ⅳ. ①I247.7

中国版本图书馆 CIP 数据核字（2013）第 281021 号

策划编辑	王秋萍	**责任印制**	方朋远
责任编辑	康书民　宋　宇	**责任校对**	梁　凡

出版发行	中国财富出版社		
社　　址	北京市丰台区南四环西路 188 号 5 区 20 楼	**邮政编码**	100070
电　　话	010-52227568（发行部）		010-52227588 转 307（总编室）
	010-68589540（读者服务部）		010-52227588 转 305（质检部）
网　　址	http://www.cfpress.com.cn		
经　　销	新华书店		
印　　刷	北京兴星伟业印刷有限公司		
书　　号	ISBN 978-7-5047-4999-4/I·0101		
开　　本	710mm×1000mm　1/16	**版　　次**	2014 年 2 月第 1 版
印　　张	14	**印　　次**	2014 年 2 月第 1 次印刷
字　　数	259 千字	**定　　价**	27.80 元

目录

城南旧鸢

花时琴断

素锦清城

青丝绾霞

灿透罗裳

城南旧鸢

印在时光里的流年

■ 茹花似月

一

冬儿认识林子，是在她上小学三年级的时候。那天她家隔壁突然搬来一户城里人家，冬儿那天刚从河里和伙伴玩耍回来，花裤子湿了一大半，半卷着袖子，露出瘦小的手臂，短头发湿成一缕缕的。在嬉闹间看见隔壁门口站着一个干净的男孩，穿着干净的衣服。门前的相思花开得正浓，从他眼前飘落，落影斑驳照在他干净温柔的脸上，看着她笑。

冬儿觉得他笑得特干净，那时她只懂得干净这个形容词，放在他身上是多么的完美。冬儿对着他腼腆地笑了笑，收起刚才肆意的动作，扭捏地从他眼里走过。

从此，在冬儿心里住了一个人，那个看起来有着干净笑容的人。他的笑容如春风那般撩人，如阳光那般温暖，如明净的天空那般干净。

那时，冬儿还不懂喜欢与爱是什么，只知道自己很想看到他，喜欢看他干净的笑容。他对着她笑，那笑在她心里浓得化不开，就如那天的相思花开得正红，一朵一朵开在她心里。

下学期开学的时候，冬儿在学校看见了他，她的心从看见他的那刻起就怦怦地跳个不停，对着书本兴高采烈地傻笑。同伴说她得了失心疯，变了个人似的，不再为了一颗糖和他们打成一团，不再是那个疯疯癫癫的丫头了。

林子上四年级，高冬儿一个年级。冬儿教室在三楼的最右边，林子的教室在三楼的最左边，冬儿很开心他们能在同一个平行线上，她觉得只要在同一条线上就可以看到彼此，那隔着几个教室的距离，下课还能在走廊上看到他与其他同学嬉闹的情形，他的身影在她的眼前出现又消失。从此下课后，伙伴拉她去玩耍，她哪也不去，就傻傻地站在走廊那头，看着左边那个方向，等待那个人儿出现，她就会开心不已。

林子话很少，没事的时候他总是安安静静的，比女孩子还安静，冬儿觉得安静放在他身上也是最合适的。

放学回家那条路经常出现两个小人儿，一前一后走着，男孩走在前面，女孩则紧随其后。途经那一排排的相思树时，林子就会抬起头，看着翠绿翠绿的叶子，斑驳的阳光，然后轻声唤道："冬儿，这树真美。"

后面的人儿就是一蹦一跳地跑到林子身边，"爷爷说这树叫相思树，秋天的时候别的树都凋谢了，它就会开出艳红的花儿，满天飞舞，可漂亮了。我最喜欢就是这里了。"冬儿兴奋地说出这些话。

"林子听说过这种树吗？"

"没有，第一次听说。"

"我也不懂，只是听爷爷说的，不过我好喜欢它呢，就是觉得它太孤单了。"

"孤单？"

"是呀，它们的枝儿不像别的树一样缠绕着的，只是彼此相望着。"

林子听着她说，抬头看了看那些树枝，似乎真像冬儿口中所说那样，他转过头看了看冬儿，没作声。

"林子会喜欢这里吗？"

"嗯，喜欢。"

"那以后秋天我们一起来这里看花落，好吗？它开出的花可漂亮了！"

"好。"

冬儿听到林子答应她，开心地笑了。

林子在心里想着，真是个容易满足的丫头呀。

然后又一前一后的往家那个方向走去，走在斑驳的阳光里，经过那风中而立的相思树。

二

村子里有一条清澈见底的小河，是没有被污染过的小河，涓涓细流环绕着村子。这年的夏天特别炎热，那条清澈的河便成了他们的乐园。

"冬儿，快出来，咱们去河里玩啦！"大源的声音在门外喊着，不一会儿冬儿就从屋里跑出来。

初夏的河水很清凉，放学后他们相约到河里去游泳，每次到那里他们就像一条灵活的鱼般跑到河里游泳了。冬儿就站在岸上看着林子把衣服一件一件地脱去，露出雪白的胸膛，霎时冬儿脸红至颈间，然后冬儿背过身去，像小女人般羞涩地扯着衣角。

大伙看到满脸通红的冬儿，都嘲笑地说："冬儿脸红了，她居然知道害羞了呀！"林子似乎知道冬儿脸红的原因，看了她一眼，就一溜烟般钻进水里去了。

林子在河里游泳时，被河里的树枝划伤了脚，流了好多的血，那血似乎要把清澈的河水染红般，他们都害怕极了，冬儿害怕地站在岸边直掉眼泪。大声对河里的伙伴说："你们快把他带上来呀，快点啊！"大伙才从害怕中惊醒过来，忙从河里把林子带上岸。冬儿忙用衣服擦干脚上的水，让大伙捂住了伤口止血，自己就快速地跑回家拿了伤药，她记得以前受伤的时候妈妈都是给她上那种药的。然后又急忙从别人家借了一辆三轮车，是脚踏的那种三轮车，比冬儿大很多。冬儿把林子包扎完后，让林子坐在三轮车里，一个瘦小的女孩用三轮车载着一个受伤的小男孩，后面还有几个小孩在推车，在夜幕降临时吃力地蹬着三轮车回家。

林子在车上看着融在落日里瘦小的身影，汗水浸透了她的衣裳，她的表情带着担忧与认真，每一轮的转动就显得那么吃力，从头到尾她都没有说一声累，脸上一直堆着一抹笑容。

林子看着她的背影，轻声问："冬儿，刚才谢谢你。"

冬儿背着林子回答说："我们是朋友，不用谢。"

"冬儿，累吗？我可以下去自己走的。"

"不累，你好好坐着，我能行的。"说着还回头对身后的人笑了笑。

林子也回了她一个笑容。

两个人就在回家的路上咯咯地笑着，后面的伙伴也咯咯地笑了。

冬儿的衣服每次回来就是脏的，没有干净过。她妈妈每次都会一边使劲地给她擦身体，一边不停地唠叨着。

"你怎么不是个男孩呀？偏偏是个女孩子，却像个男孩样，搞得一身脏兮兮的。"

冬儿就会顶嘴："干吗我一定要是男孩呀？"冬儿妈就假装生气地在她身上拍打着，冬儿知道母亲不会真打她，只是每次都轻轻的。所以她也不逃，任由母亲的手落在她的小身板上。

林子每次回去，都被他妈妈骂，骂他偷偷跑出去玩，不写作业，现在还把脚弄伤了。有时候冬儿也能听到来自林子妈的骂声，她就很为林子心疼。

从此时开始，冬儿还知道一个词叫做心疼，一种为他人牵挂，为他人受到伤害而感受到的疼痛。

三

放学后，冬儿背起书包就兴高采烈地跑去找林子，因为她这次语文终于考了一百分，爸爸说只要她考了一百分就带她到城里的公园玩，到时候叫爸爸带上林子一起去。冬儿想到能和林子一起出去玩心情就异常开心。

当她跑到林子教室外，就听到一阵吵闹声，像是打架的声音。

“小子，你很牛呀，考试的时候不是让你给试卷看看吗？你居然不给。害得我现在考试不及格，都是你的错，他妈的。”最后还不忘记狠狠地骂一句。

冬儿一听就知道是怎么回事了，这些平时不好好学习，到考试的时候就靠欺负一些学习好的同学给他抄过关，这也是她那些兄弟经常干的事，在考试的时候她也会照顾一下他们。

“我不知道……”那个男声还没说完，又是一阵拳脚声。

而冬儿一听到这声音马上感觉不对了，这是林子的声音。她快速打开教室的门，看到几个平时懒散的同学正在欺负林子。此时的林子衣服有些脏兮兮的，头发也很乱，嘴角还有些血迹。书本也散落一地，那张试卷上100的红字是那么的耀眼。

冬儿顿时怒从心生，大声吆喝：“喂，你们干吗呀？”她的声音明显比瘦小的身板儿强大许多，然后她快速地走到林子身边，把林子扶起来，丝毫不把那几个同学放在眼里。

那四个同学也是认识冬儿的，其中有一个还是冬儿对面家的大源，和冬儿玩得也很好。看到冬儿也是一阵惊讶，他心里害怕的是冬儿回去向他家人打报告。所以马上转变了态度：“呵呵，我说谁呢，原来是冬儿呀，刚才是一场误会啊！”说完还笑嘻嘻过去帮冬儿扶着林子，一手搭在林子的肩上。

“大源哥，我说放开你的手，平时不好好学习，就专门会欺负人了啊！”冬儿说得横眉冷目的。

“我说冬儿呀，我没欺负他，真没欺负他，要不你问林子。”说着还指着林子，他心里倒希望林子此时识相些。这小妞可是什么事都做得出来的呀，自已被她整了好儿回了，每次倒霉的可全是他呀。

“我自已有眼睛看，你不承认也没关系，我想李伯会相信我说的话。”冬儿口中的李伯正是那个大源的老爸，对冬儿很是疼爱的，还整天说让她在学校帮忙看着大源，他对这个儿子可担心着呢。

大源一听，可真吓着了，心里一阵颤抖，老爸要是知道他在学校打架，回去肯定被打了。“冬儿，你行行好吧，你可不能告诉我老爸呀，这次是我不对，我们真不应该欺负林子，我们给林子赔不是，行不行啊?”说着便示意另外那三个跟着赔礼。那三个平时里称大源做老大，此时自然是听他的了。

“冬儿，算了，其实没什么的。”林子见他们几个好像很怕冬儿，自己刚来这学校不久，也不想把事情闹大，便出口为他们解围了。

“既然林子为你们说情，我暂时不和你计较，要是以后给我发现你们还欺负他，有你们好看的。”说完后，她就拉着林子走了，看着他们冬儿就一肚子的气。

“林子，还痛吗?”走出校园后，冬儿放开林子的手，关心地问道。刚才一时情急，她拉着林子的手走出来了，他的手暖暖的，握着很舒服，让冬儿有一种不舍的感觉。

“不，不痛了。”说着也挣开冬儿握住的手。

冬儿突然有一种空落落的感觉，“林子，你讨厌我吗?”

“没，不讨厌，冬儿很可爱。”林子忙回答，生怕冬儿误解了什么。

“那你刚才好像很不乐意我看到那情形的，都不敢看我，你骗人。”冬儿大声说着。

“我……”林子一时也不知道应该说什么，他总觉得自己是个男孩子，不应该让女孩子保护自己的。他不想让她看到自己的狼狈，他想在她心中永远是最好的林子，可这些话让他羞于出口。

冬儿见他无话可说了，便以为自己说的是真的。林子讨厌她，她看了一眼林子便转身跑开。

林子看见她的时候，她正坐在相思树下流泪，花随风飘落在她的身上，凄凉而伤心的模样，让人心疼。

冬儿抬头的时候，正好看到一双担忧而干净的眼睛定定地看着她，残留在她脸上的泪痕还未干。林子慢慢地蹲下来，轻轻地把她抱在怀里，惊讶的同时，冬儿也觉得这个怀抱不同于妈妈的怀抱，能给人一种与众不同的温暖，与众不同的心安。

“冬儿，不哭，林子真没有讨厌你。我是喜欢你，不想让你看见我的狼狈。”他的气息就在耳边，轻轻柔柔的，带着关心，带着心疼，有种安抚的作用。

“林子，你说的是真的吗?”冬儿伸手把脸上的泪水擦干，开心地说着。

“真的!”林子放开怀里的人，安慰地说。

冬儿开心的露出她的笑容。

“嗯，我相信林子，冬儿相信林子。”然后就高兴地跳起来，大声说着。

林子看到如此可爱的冬儿，也开心地笑了。只要她开心，他便觉得开心了。

在相思树下，两个瘦小的身影随着日落而渐渐拉长，他们并排而坐，看着前方随风而动的青青稻田，一层一层的起伏着。

“林子，你长大以后，会不会忘记我呀?”一个清脆的声音在风里问道。

“不会，无论以后我去哪里都不会忘记你的。”另一个真挚的男声回答。

“呵呵，我就知道林子会一直记得冬儿的。”女声开心地说，之后又是长长的沉默。冬儿想，这种时光真好，风轻轻拂过脸庞，夹着青草的味道。

两个孩子根本没有想得太远，也不知道这些话算不算誓言，不知道会不会变质。

四

随着时间的流逝，两个小孩也在慢慢地成长，很快林子就考上了县里的重点初中。还读六年级的冬儿也在暗暗的努力，她一定也要考上林子的学校，她要与林子永远在一起。冬儿的成绩很好，老师和父母都觉得她会考上重点。

终于在那年炎热的六月，冬儿如愿地考上了林子的学校。林子曾经说“只要她考上了，就送她一份礼物。”她一直在想，林子到底会送什么给她呢。

她拿到录取通知书后就走小径回去，经过那片相思树时，她还是停下来了，翠绿的树叶里已经在开花了，阳光散落一地，她在心里不由得感叹，今年这花开得似乎早了些啊。

她在风里还是忍不住地喊着：“我考上啦，考上啦……”声音慢慢地消散在山谷里，然后山谷里又传出她的回声，她就在那里开心的手舞足蹈起来，远远看上去就像个美丽的蝴蝶在翩翩起舞。

林子在路的那头，手里拿着他自己亲自培养的相思树苗，这就是要送给冬儿的礼物。远远看见漫天飞花落在那个人儿身上，不知何时曾经娇小的她竟然出落的如此亭亭玉立了，一时让他看痴了，而忘记此时他是来找冬儿的，告诉她自己要搬走了，以后不能陪着她了。

或许我应该这样离去，走近她只会让自己更不舍得吧！“冬儿，对不起，我走了。”他轻轻地把相思树苗放在那棵他们曾经一起坐的树底下，转身

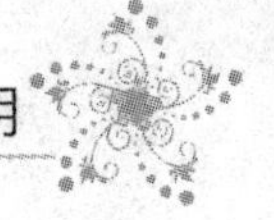

离去。

在路的另一头，大源从屋里跑出来，刚刚被父亲骂他没好好干活，一生气之下就跑出来了，就看见了站在相思花丛中冬儿的那张阳光散落里的笑脸。心里冒出一句："冬儿，原来是那么的美。"

而冬儿不知道，那天她的笑容，她的快乐已经烙进两个人的心里。

冬儿飞奔的往家的方向跑，她要告诉林子，她考上了，她们又可以在一起学习了。冬儿手里拿着录取通知书，一边哼着歌，一边往家里跑。

可谁告诉她，林子家为什么变成了这个样子，空空的房子，已没有林子的身影了。

"林子……林子……"回答她的始终只有回声。

"为什么？为什么没有等我回来，为什么连走也不说一声？"

她好像突然想起了什么，转身往家里跑，还没进门就喊着："妈，林子家搬走了吗？什么时候走了？搬去哪里了？"

正在煮菜的冬儿妈回答："丫头，你干吗呢，一进门就问他家的事儿，录取通知书拿到了吗？"

"妈，你回答我，他们什么时候走了？"冬儿觉得林子肯定是刚走不久的，昨天她们还见面，说好等她今天的好消息。

"刚刚来了一辆大卡车来他们家搬东西，煮菜前我听到汽车发动的声音，应该是刚走不久的。"

冬儿还没听完就跑出去了，可无论她怎么追，却再也看不到林子了。他就好像突然间出现在她面前，然后又突然间消失了。

冬儿走到那片相思树，每次她伤心总喜欢到这里来，林子每次都会在这里找到她，并给她安慰。她走到那棵树下，看到了那棵小树苗，树苗上还绑着一张小字条："冬儿，对不起，这是送你的礼物，我走了。"署名是林子。冬儿就拿着那棵小树苗在相思树下哭了好久，大源在远处望着。

五

冬儿家因为她父亲的关系，在上初中后一年也搬到县城去了，离开了那个小山村，她把林子送的树苗移植到了新家门口，她想：如果林子看到这树，他就知道这里是我家，会来看我的。

冬儿在中学里依旧很优秀，随着成长，她慢慢地成为学校里出名的美女及才女。大源和阿南也和她一个学校，大源成了学校篮球队队长，打得一手漂亮的篮球，惹得女生粉丝一群。阿南斯斯文文的，经常被冬儿说他是斯文败类。阿南和大源依旧是铁兄弟，他们三人依旧像小时候般一起玩，大源打篮球的时候，冬儿和阿南都会去给他加油，大源曾说："他们两个是他打球的动力。"所以冬儿和阿南每场球赛都会到场。

"冬儿，明天我有场县里组织的篮球赛，你和阿南记得要来看我打球啊！"中午吃饭的时候大源不停地叮嘱她，害得她快吃不下饭了，才说一句："知道啦，你都和我说了多少回了，早就记住了。"

大源听到她的回答，没有生气，反而一副害羞模样，搔着头傻笑，"我还不是怕你这个大忙人忘记了。"

阿南在旁边看不下去了："大源，你什么时候也这么娘们了！"阿南朝大源骂了一句后，又继续扒着盒里的饭菜。

"阿南，明天你要是不来，我就用篮球砸死你这败类。"大源假装生气地回道，用手敲了一下阿南的头。

"你哪一场球赛我和冬儿没到的！"阿南头也没抬回答，继续扒着饭。

冬儿在旁边看着这一幕，笑了笑，不给予理会。这两个活宝给自己的生活添了不少乐趣呀，要是林子也在，那该多好。冬儿发现，快两年了，林子还是经常出现在她的脑海里。当初本以为林子应该还在这所中学里，所以她来学校的第一件事就是去广播站找人，那天广播了一天也没有找到林子，反而认识了欧阳林和李雪，自己也阴差阳错的进了广播站，当了现在这个"校园主播"。后来还得知李雪以前就是和林子同班，李雪也曾暗暗地喜欢过林子，没看到林子李雪也伤心了一段时间。而欧阳林似乎在追她，但冬儿总是假装不知道。

林子开学以后就没有再来学校了，学校说是转学了，转去哪里不知道。知道这些消息以后，冬儿慢慢地接受林子真的离开了，或许哪一天他会回来，像那年一样，站在她对面，对着她微笑。

"冬儿，你干吗呢，吃饭呀！"大源见冬儿停下来没吃，便催促着。

冬儿回过神来，"呵呵，没，我吃饱了，等你们。"

大源和阿南三两下扒完饭盒里的饭，三个俊男美女走出了食堂。对于别人的眼光，冬儿从来都是不理会的，其实她之所以能如此安静在学校里度过而不被骚扰，都是因为大源帮她解决了那些麻烦。

大源的球赛，他们如约而至，大源在球场上总能赢得那些球迷的欢呼声。冬儿在旁边拿着水，长长的头发随风飞扬，手中是给大源中场休息时喝的水，而这时她总惹得那些女生一阵的妒忌。

“大源，来，喝点水吧！”

大源向着冬儿跑地过去，拿起水往头上洒去，又拿起另一瓶大口大口地喝起来，对着冬儿笑嘻嘻地说：“冬儿，我刚才打得好不？”

“嗯，打得很漂亮。”

得到赞赏后，大源又笑着跑回球场中，冬儿微笑地看着他跑回去，这次他似乎打得特别漂亮。结束后，大源他们赢了，说要去庆贺。大源说带冬儿一起去，冬儿推脱了。她不喜欢那么多人，而且都是男人。

今天在球场边上，她似乎看到一个熟悉的身影，像极了林子，可没等她看清，那个人影就不见了。或许是她的错觉吧！如果真是林子，那么他一定会认出她的。

六

其实，冬儿那天没有看错，那个人影是林子，他是来看球赛了，也是来看她的，借球赛来看看她。林子从一开始就看到她了，看到她为大源拿水，他们的亲密无间，所以他没有勇气走向前。

这两年他一直都在关注着她，他知道她喜欢周末到“旺角”喝杯草莓奶茶，喜欢到老街的小店里吃牛杂粉，喜欢穿361°的运动鞋。她的成长，他一直陪在身边，可她没有看到他的存在，陪在她身边的是当初欺负他的大源和阿南。

他还知道她家搬到了县城，而且看到了冬儿家门前那棵相思树，在冬儿的照料下已经长成小树了。相思也在他心里扎了根，就如那棵相思树一样，在不断成长。那个思念在他心里慢慢地滋生成了爱，一种无法言明的爱恋。他多想走向前，再抱抱那个人，可他真没有勇气，只能再远远地看她一眼。

林子没有走远，他一直生活在这县城里的外婆家里，当年他家遭人陷害，本来幸福的家瞬间倾家荡产，负债累累，为了逃债他们从城里躲到小山村里，也让他认识了冬儿。后来债主还是找上门了，迫于无奈他们又得匆忙搬家南下，当时他不肯随父母离开，就寄宿在外婆家，转了学，改了名。这些都是父母要求的，父母说为了他的安全着想，必须那样做，不然就得和他们一起离去，他为了留下来只能默默接受这一切安排。他也想过回去找冬儿，当那天他满怀开心地去找她时，刚好看到她与大源、阿南在一起，有说有笑的。他突然觉得，他从来都是个多余的人，他不适合他们的世界，在他们的世界里充满着快乐与笑语。

再过两个月他就要中考了，或许这次他真的会离开这座县城了吧。父母一再催促他南下，回到他们身边去，所以他又忍不住地想回去看看那个心底的人，此次离去后，就真的再也不相见了吧。

冬儿因为那个身影，困扰了她好几天，她找过大源，说自己看到了林子，让大源去帮她找，可大源回复她的是找不到，说她可能看错了。

中考以后，林子去了他父母那里。一年后，冬儿和阿南再次考上市重点，大源却没有考上。

大源说："冬儿，无论你在哪里，我都会保护你的。"

阿南说他很酸，不是还有他陪在冬儿身边吗，没有大源还有阿南。他说这话的时候大源给了阿南一记拳头。

转眼三四年，冬儿出落得更加美丽了，欧阳林追了她五年，阿南说，"那小子真是痴情种，可是冬儿不是好追的。"高中那三年大源每个周末都会来看冬儿，大源也长得更加高大而帅气了，可身边却一直没有女朋友，每次都是一个人来，又一个人走的。他们依旧如小时候那么铁，只是谁也不谈谁的感情，大家心里似乎都知道去忌讳。

高考结束后，他们去聚会。说是聚会，其实就他们三个，在县城的一个小酒吧里，那晚大源喝多了。

"冬儿，你知道吗？我喜欢你六年了，为什么你从来都没有看到我，一直想着那个林子？"冬儿和阿南扶着走路摇摇摆摆的大源。

冬儿说："大源，你喝多了。"

"我没喝醉，冬儿，对不起，其实我骗了你。那年你真看见林子了，我找到他了，可我没有告诉你，我以为你会忘记他的，我以为你会看到我的，为什么，为什么你从来没有看到我？"说着大源就哭了起来，一个大男人哭得格外伤心。

阿南说："大源，你真是浑球，你知不知道这几年冬儿一直在找他，你明明知道却不告诉她，原来你存着这个心啊！"

冬儿听到他这些话，愣住了。她想骂大源，为什么当时没有告诉她，要欺瞒她。可林子又为什么要躲着自己，如果一个人想躲着你，就算你找到了，他还是会继续躲开的，或许自己与他终究是要错过的，骂大源又能怎么样呢？

大源醒后，知道自己说错了话，也没有脸去见冬儿，就南下打工了。而冬儿考上了大学。

冬儿坐在门前那棵相思树下，当年的小树苗如今也长大了，早两年前就

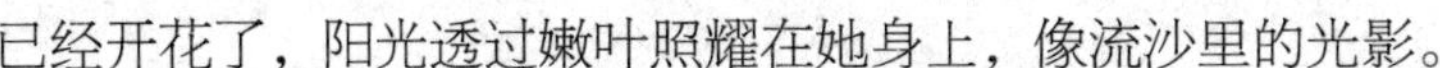

已经开花了，阳光透过嫩叶照耀在她身上，像流沙里的光影。

六年了，她等一个人等了六年，她等到花儿开了又谢了，却等不到那个人再出现。或许是时候放下了，一切不过是流年里的一场梦，只是那场梦却清晰地印在她的时光里，走不回去，走不过来。

相思树下思君情，恨君不归欲语迟。情缘未了终相遇，待到缘来终相见。

林子，考上了暨南大学。

冬儿，考上了暨南大学。

当朵朵鸢尾盛开的时候

■ 泪飘香

神说：“将一生最精彩的时光，或喜，或忧，或悲，或愉全部融入透明的漂流瓶中。幽幽夏花，溶溶月色。当暖冬的太阳化开那冰天雪地的时候，它便顺着潺潺的小溪流，哼着叮咚的调子，流入每一个人的心田，落地，生成一株翠亮的绿芽。在属于它的时刻霎时疯狂生长，结枝生蔓，如一棵蔚然繁密的菩提树，击溃了心中的所有防守军，只留下了深深的墨绿，那是属于我们的青葱时代……”

他的名字叫做青春。

一

随着“哇哇”的哭声，306 号产房诞生了两个可爱的小家伙，像是受不了这突如其来的变化，圆溜溜的大眼睛蹦着金豆豆，一直哭个不停。当两个小家伙被送到了育幼室的时候，互相看着对方的时候，咯咯地笑了起来。刚出生的婴儿，嘴里咕噜咕噜地说些奇妙的童话。

我是苏信阳。

这就是钟墨宇和我的第一次相遇。

多年后，当我们两个问妈妈为什么自己的名字这么“酷”的时候，两个妈妈不约而同地说，因为在有你们的时候，热播了一部电视剧《爱在五月天》，风靡了整个亚洲，也就是这样，里面的两大男主角夏墨宇和夏信阳，当之无愧地成为最爱的儿子的名字。

事情，就是这样，像电视剧一样的开机了。

我们同住在一个小区内，奢侈的贵族区。感情一直很要好，如果不是那件事的发生，或许可以一直这样平静地享受着安逸的生活。

还记得，那是梧桐树萧瑟的季节，枯黄的叶子再也忍受不了孤独，直奔母亲的怀抱，只留下裸露的大树黯然心伤。这注定是离别的日子。

阳光出奇的明媚。十岁的我一如既往地去找钟墨宇，却看见他那哭红的

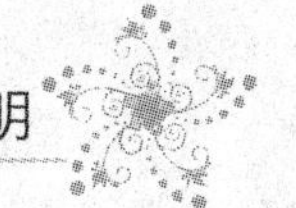

眼睛，他啜泣着告诉我自己要搬家的消息。我们坐在一起说到夕阳西下，当殷红的晚霞照在我们的身上的时候，一抹倒影映在金沙旁，两个小男孩子拉起了那幼稚的勾勾手，仿佛这样，可以连着我们永不分离。

“你一定要回来找我哦，我会等你的。”

“嗯，我一定会回来的。”

十年的感情，父母们也难以割舍。在后山上种下一棵双生树，种下生生世世的感情，埋葬在这一线之间。

墨宇走的时候，看见那辆巨大的搬运车缓缓开动，我在后面哭着喊着墨宇的名字，回答自己的就只是一袭冷冷的秋风，带着他的思念飘得很远很远。

就在墨宇离开的第二天，警察局传来消息：爸爸出车祸死了。

二

时间，像是投入湖中的小石子一样，声音不响，却荡的很远很远。

转眼，就是六年。

16 岁的墨宇和信阳，永远也不会想到，会再次相遇在这个亚洲高等学府的圣榆高中。

圣榆高中，占地 80.36 万亩，整个学院的造型就像是古代的紫禁城一样，坐落在碧绿的湖畔，唯美而又庄严，每年只收八千名学生。所以，偌大的校园仅有两万余人。学校的环境像它的名字一样优美，一年四季的鲜花更迭，却没有一天是一样的，美得就像是仙境一样。从这里出来的学生，个个气质如兰，遍布世界每个国家的高等地方，它是无数莘莘学子心中一颗璀璨的寒星，可望而不可即。

我背着大大的行李，来到了圣榆高中金黄色的大门口。迈进门的一刹那，都忘了自己是什么感觉，想起了爸爸死后自己的翻天变化，从贵族屋一直跌落到贫民区，自己由富家子弟变成了吃残羹剩饭的布衣少年，过着与妈妈相依为命的日子。看见妈妈头上的青丝白了一缕又一缕，自己却没有任何办法，只能咬着牙学习，终于考上了这所亚洲著名的高中。

最打击的并不是这个，而是在某一天的晚上，在那昏黄的灯光下，妈妈告诉我：“撞死你爸爸的凶手就是墨宇的爸爸!”

宛如霹雳，在我心间炸出炽热火花。只记得当时愣在那里，一天一夜没有出过家门。

“苏信阳，是不是你？还记得我吗？我是钟墨宇呀！”

尚未从思绪中走出来的我被这样的声音拉回来。钟墨宇，这是忘不了的名字，是朋友又是仇家。如果不是那件事，苏信阳真的想大声地告诉他“他就是”，然后两个人欢欢喜喜的谈天说地。可就是因为那件事，已经不可能了，永远都不可能了。

“不好意思，你认错人了，我不认识你。”我冷漠地吐出这几个字。

“怎么会啊，我看你这张脸可看了十年了，你好好想想啊。”

“你烦不烦啊，都说不认识你了，还问什么啊。”不知什么原因，我沉淀了六年的委屈在这一刻瞬间爆发出来，对上了一脸茫然的钟墨宇。

“不好意思啊，可能我真的认错了吧，再见。”苦笑的钟墨宇，给我留下了一抹沉重的背影。他也看不见身后的我已是泪流满面。

这个学校有很多新颖的地方，比如，学生在第一天填好档案之后，就可以使用化名也无妨。这让我有那么一刻的感动，否则，让墨宇知道我就是他要找的苏信阳，该怎样面对他呢？是告诉他是他的爸爸撞死了我的爸爸，告诉他这六年来我的落魄生活，是他让我沦落至此的吗？

还是不必了吧，过去的事都已经过去了，上代的恩怨注定了要消逝这段友谊作为代价。

三

有的事情冥冥之中早已注定。

巧的是，我们被分到了一个班级，甚至是宿舍。

我便化名为逝阳，逝去那从前的阳光。

所在的法律系高一三班，我和钟墨宇就像是擎天柱一样，共同撑起这个班级。我们之间像是有一场持久的马拉松一样，必定是一场持久的争夺战，当然这是我这么想的，而钟墨宇却毫不在乎。就像这一次的期末考试，自己心力交瘁才拿到全校第六，钟墨宇漫不经心的就是第三，我心里很不是滋味，有些佩服，更多的是愤愤不平，“这样的富家子弟就算是交白卷都会是一样的照过吧”，总是这样来安慰自己。

心里这么想，可自己比以前更加的努力。戴着厚厚的眼镜，奔波在三点一线之间，小小的年纪却背上了不该有的憔悴。钟墨宇还是那么的快乐，参加着各种各样的团体活动，每次的球场上也是少不了他的身影，充实的享受着他独有的金色年华。

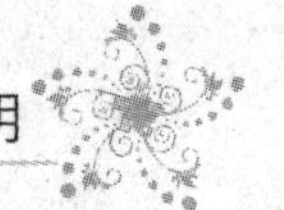

高二上半年，班里下来了一个出国的名额，毕业后可以去加拿大深造，说是班里的，不如说是给我们两个人准备的。没错，老师也在我们之间作了决定，由于考虑到一些问题，最后还是决定将名额给了钟墨宇，这让我的心中莫名的多了对他的憎恨，“我就是一个穷孩子，又能怎么样呢”，嘴上这么说着，心里作出了要将钟墨宇的爸爸绳之以法的决定。

奇怪的是，第二天老师就改变了主意，将名额给了我。我下意识地看了看钟墨宇，却看见钟墨宇正朝着我灿烂地笑着，光芒仿佛掩盖了窗外那明媚的太阳。

这件事就告了一个段落，谁也没有再提。

转眼之间，紧张的高三也来到了，像一场瘟疫一样，蔓延了校园里的每一个角落。大家都投入到了紧张的复习之中，就连一向满不在乎的钟墨宇也开始了复习。

我每晚很晚才回来，墨宇总是会为我留着门，这已经让我习惯了。这一天一如既往地到了深夜才回到宿舍，但是却缺少了为我亮的灯光，我以为钟墨宇已经睡了，随手推门，才发现根本就是关着的。我自己打开门时，房间里空无一人，其实我很担心钟墨宇的去向，想出去找他一下。刚到门口，钟墨宇回来了，我却不由自主的窜到了床上，假装睡着的样子。

令人费解的是，他刚刚回来，就倒在床上睡了。隐约中，我听到啜泣的哭声，但是却没有在意。

从那时起，钟墨宇就像是变了人一样，不再参加活动，每天就是呆呆地看书，从黎明到黄昏，从不间断。理所当然的，夺得了全校第一的头衔，而苏信阳还是第二，三班并蒂花开，老班不亦乐乎，可在钟墨宇的脸上却看不到一丝欢喜。

高三的学生，如愿以偿的实习了。三班的律师系的我也当上了实习律师，终于可以将罪人绳之以法了。

想到这里，我就不由自主的高兴起来，还反常的打扫了整个宿舍，将墨宇的床也收拾得干干净净。打扫的时候，看见墨宇枕边天蓝色的日记本，顺手将他放到了枕头下，可那日记本就像是着魔一样，掉了下来，我当时觉得很好笑，满不在乎地摇摇头，“这可是你非要我看的啊，可别怪我”，于是就翻了起来。

可就是因为这一举动，将成为了我们关系的转折点。

四

翻开日记本，是墨宇那熟悉的字体。我永远也想不到不到十分钟的阅读，会让我的灵魂像是抽离了一样，重重地瘫坐在地上。

8/23

今天，我终于拿到了圣榆高中的入学通知书。这几年，我们家一直过着充实的生活，但总有那么一丝流浪的味道。至今，我还不知道当初我们为什么要搬家。我苦苦哀求过爸爸，让他答应我回去找信阳，可爸爸就是不答应。几年后，爸爸终于答应，条件是我考上这所圣榆高中。因此，我便日日夜夜的目不离书，才如愿以偿地得到了这份通知书。我想我们一定会再见面的。苏信阳，这是我答应你的。

9/16

今天，终于迈进了圣榆高中的大门，我以前的时候，是为了答应爸爸才注意圣榆，没想到它竟然这么漂亮，我想我已经深深地喜欢上了它。不过最大的收获是碰见了“苏信阳”，呵呵。其实他不是啊，只是一个跟他很像的人，我还将他烦到要骂我了呢。不过，我想也不是，如果他是信阳的话，怎么会不认识我了呢，我可是他“青梅竹马”十年的人呢。但是，既然第一天就让我遇见了像他的人，那是不是预示着以后一定会一帆风顺呢，我想一定是的。钟墨宇，老天都这么帮你了，你要加油，加油，加油。

9/29

原来他叫逝阳啊，两人都有一个阳字，我们在一个班里，还是同一宿舍，真是有缘啊。他的学习很刻苦，每次都和我不相上下。他好像对我有成见，不太乐意跟我说话，虽然我每天跟他聊到很晚，但基本上都是我在说，他好像有些烦我，不知怎么的他总是跟我有些隔阂一样，不过我是不会放弃的。

2/15

今天，班里下来一个名额，毕业后可以去加拿大留学。我知道这个机会很难得，是同学们都想得到的。我本无意去争，因为我答应爸爸要去英国了，或许是老天作弄，偏偏这个万人求的名额却给了我。转身就看见了逝阳那失落的神情，我毅然去找了老师，我跟他说明了情况，我要跟老师说明逝阳比我更刻苦更努力，他更需要这个名额，他需要一个机会去展示自己。老

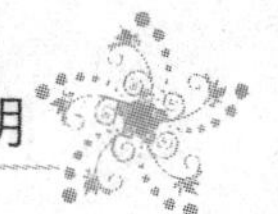

师本来就在我们之间犹豫不决，听见我这么说，就把名额给了逝阳。我心里顿时舒服了一些，在有能力的时候，能多帮人一些就多帮一些吧。

5/26

今天是最倒霉的一天，下午爸爸打电话给我，说是找到了我们以前住的小区，当时的心情真是兴奋到无法形容，我恨不得自己长了一双翅膀飞过去。有人说希望越大失望也就越大，没错，我到的时候，那里的管理员告诉我，“这里早在两年前就已经拆迁了，原来的人全都搬走了，现在的住户基本上都是刚刚搬进来的。”一句话将我重重地摔到了万丈深渊，啪的一声心碎得无影无踪。我就像是一株历经寒冬风雪后幸存的小草，当春回大地，到处生机盎然的时候，本以为迎来了自己的春天，慵懒的身子还未钻出来的时候，就被人无情地踩上，心头再也承受不住这样的打击，只能懦弱地放声大哭。曾经引以为傲的双生树，也没有逃过，拆迁的时候被一起挖了。那里的负责人说，他曾经问过在双生树旁站着的一个人，是那个人让他们挖出来的。我想，那个人怎么这么无情啊，如果他只是一句留下，或许就可以留下唯一的纪念，他不知道有一个人为了找这小小的东西已经心力交瘁，再也经受不起打击了吗？

不知不觉，墨宇已经坐在了我的旁边，他什么话也没有说，只是向我讲起了那段我以为我们都已经忘记的岁月。

彼此的泪流满面，到底意味着什么呢，是说这段回忆是如此刻骨铭心地存在着吗？

五

明天就是毕业典礼了，一切就像是梦一样恍惚而过，却又是真真正正地存在过。

下午，警察局打来的电话，我一直信誓旦旦地要将罪人绳之以法的自信在这一刹那被摧毁，像是浪花铸成的碉堡，在瞬间崩塌……

“你好，苏信阳先生，你申请我们调查的事我们已经调查清楚。据你父亲以前的同事说，当年你的父亲因为欠债，心情难以平静，于是借酒消愁，而后醉酒驾车，撞到了大桥上的护栏，由于撞击太过剧烈，因此当场爆炸，遗憾的是你的父亲并未逃离，葬身火海之中。因为这是在车辆比较密集的地方，所以影响了一些人，特别是一位叫钟寒山的先生，不过幸好他从车上跳了下来，没有什么大碍。警方本来以为他是凶手，可根据目击者口供他只是一个受害者。不知为什么，他还请我们警方不要通知死者家属，并且给了一大笔钱，让我们给你的妈妈，并且不要说出他的姓名……”

钟寒山，他是墨宇的爸爸。

原来因为这样，我们才会每月从警方那里领到钱。

当年爸爸染上了赌博的习惯，挥霍掉了整个公司，是他一直劝告爸爸，可是爸爸却不听。终于被债主追上，面对巨额贷款，爸爸只有每天喝酒，这都是在我和妈妈不知情的情况下。出事之后，墨宇的爸爸为了保留爸爸在我们心中的高大形象，没有告诉我们爸爸的真正死因，而是假扮成警方打电话告诉我们，是他撞死了爸爸。

可善良的妈妈是不会上诉的，正是因为这样，他才能放心的实施这个计划。骗了我们六年，让我一直生活在对他的痛恨里。

妈妈就是这么听了一句没有凭据的话，让我与自己的兄弟差一点就反目成仇，苏信阳啊苏信阳，你就是这么的可笑，被命运耍得团团转，不相信自己的朋友，你怎么可以做出这样的事啊！我就是这样自言自语，疯疯癫癫得错过了每一步回去的路。

我记得，我坐在阳台上一直不停地写信，那封信其实很短，我却写了整整一个下午。我将它小心地放进了墨宇的行李里，我说墨宇原谅我没有这个勇气跟你说声对不起。

第二天早上，墨宇就走了，没有跟任何人打招呼。我醒的时候，发现宿舍已经是空荡荡的了。我什么也顾不得想，穿上鞋子，就向机场奔去，往事就像是重演了一样，我看着缓缓飞起来的客机，我疯狂的追着，大声地喊着墨宇的名字，不知他是否可以听得见。

其实那天晚上，墨宇什么都知道了，看到了信阳写信，听到了信阳的对不起。就是在昨天早上的时候，墨宇终于找到了住在平民区的信阳的妈妈，她很平静的向墨宇说出了所有的事情，知道了逝阳就是信阳，也知道了这几年他们有多么的不容易，知道了一切一切，墨宇本想回去跟信阳好好地谈一谈，却看到了他写信和后来的那一幕。

钟墨宇坐在飞往英国的客机上，看着信阳写的信，发现信阳还是喜欢用淡蓝色的信纸，上面的鸢尾花伸张着他们达不到的未来，淡淡的清香，苏信阳在以前就一直喜欢的，他应该早就知道。没想到……

已经晚了。

“墨宇，你还记得那棵双生树吗？两年前我刚听到那个消息的时候，就像是一鸣惊雷轰动，让我对你好恨啊，我本想将那棵双生树铲掉，到了过去住的地方才知道那里已经开始拆了。施工的工人问我那棵树挖出来我要不要，我当时心一横就让他们把树铲了，唯一的纪念就让我这么毁了，现在想想，真是愚蠢又可笑。

“可是，一切再也回不去了，假设时间可以倒流，真的想在开学第一天就大声地告诉你我就是苏信阳。可是，一切都回不去了。

“如果，这一切都是注定的话，那我希望晚一些遇见你，当鸢尾花的花蕾再也受不住盛夏阳光的炙热，华丽绽放的时候，那时我们都成熟了，在纯纯的蓝天下，我们相对站在着花海中，互相喊着对方的名字，旁边是我们的双生树，见证我们做一生一世的好兄弟。”

墨宇再也承受不住悲伤地力量，一滴泪就是这么猝不及防的滑落。

尾声

多年后，我们一直未曾相见，但那棵双生树将会载着我们无声的语言在心间茁壮成长，成为我们挥之不去的最珍贵的回忆。

沙漏重置

■ 大狼

1. 沙漏

孟小莫动了动鼠标，狠狠咽了口唾沫，目光慢慢转向正对着自己坐着的一位中年人，目光呆滞地盯着那人的胸牌“水晶石工作室工作人员马阳”。

马阳也愣愣地看着他问道：“怎么了？别看我看电脑，做完这个测试你就可以来我们公司实习了。前面你给我看的那个作品挺不错，别害怕，慢慢来。”

孟小莫心中暗骂道：“糟糕！我除了知道 maya 怎么开怎么退之外，我屁也不会。完了，你还给我整纯英文版，玩笑开大了早知道就让韩冬给我做个简单的，这下玩完了！”

马阳觉得奇怪，看着孟小莫千变万化的表情忽然明白了，笑了笑说：“你可以对我说请给我时间，也可以说 sorry。如果你连这勇气都没有……”

“对不起。”孟小莫再也忍受不下去，太憋屈，太娘们啦！

马阳双手把简历递给他说：“没必要对我说，你的青春你做主，感谢你带来的精彩作品。”孟小莫抓起简历灰溜溜地跑出面试场地，他现在恨不得人间蒸发，消失宇宙。

这已经是第四家公司，每家公司的结果都一样，这让孟小莫感到前所未有的恐慌。

孟小莫一口气跑到大门口，气喘吁吁的蹲下来心中暗骂自己：“你个傻瓜连这都不会，就差那么一点笨蛋笨蛋。”

失业这个貌似离自己很遥远的词，在脑海中一闪却再也抹不去，他愣了。他忽然想起同学说过“我们这样的人毕业也就等于失业”。

孟小莫狠狠拍了自己脑门儿几下，一次测试搞得要世界末日似地，悲剧了。

电话铃声突然响起打断了他的思考，急忙拿起电话，显示是老妈，心里又纠结了一下盯了许久还是接听了。

“喂妈！有什么事吗?”

“没事，你不是面试吗，妈就是问问咋样了，行不行?”

“那个……妈我还没有面试这两天人忒多。”

“人多啊那工作可就不好找喽，吃饭了没有，快中午了别饿着要不回来吃吧，让你爸给你做好的。”

“不用了妈，下午还有面试在这吃就行了，怎么着也得找份工作啊，行了就这样吧。”

“好孩子，你找到工作了你爸也就可以好好歇歇啦，都这么多年啦!”

“必需的一定会的。”

“好，去吃饭吧晚上记得回来吃饭。”

“嘟……”

孟小莫挂断电话仰着头轻声骂道：“屁都不会，难道要我去问你们收不收白痴啊。”

怎么办?

该怎么办……

孟小莫低下头蹲在墙角，叼起一支烟却再也没有心情去吸了，脑海混乱一片。

“怎么了小伙子，没有胃口吃饭啦!”孟小莫闻声抬起头，看到刚刚让自己碰壁的马阳，他现在恨不得找个地缝钻下去，勉强笑了笑站起来说：“想嘲笑就尽管嘲笑吧，无所谓反正都这样了!”

“这么快就放弃了！说实话这几天遇到很多像你这样的，但那些人还是硬着头皮在这个会场垂死挣扎，有机会总比没机会好。”

“还去，算了吧，打肿脸充胖子有什么用，就算进得去公司，自己什么也不会，早晚得离开。”孟小莫一脸无奈。

马阳拍拍他的肩膀说：“那你现在干什么，去网吧？KTV？还是回宿舍蒙头就睡?”

孟小莫听出这话带足了嘲讽的味道，便说：“我去哪关你什么事。”

马阳见势不妙忙说：“你想多了，我也是你这个年龄过来的。这样吧，我把我名片给你，你再好好想想，想明白了给我打电话，或许我可以帮你找到适合你的培训基地。”

孟小莫一听愣了双手接过来，大脑更是混乱：“为什么呀，你在做广告吗?”

马阳笑了笑说：“乐于助人而已。时间一去不回，你别幻想天上掉馅饼给你，也别悲观虽然挽回不了失去的时间，但你还有剩余的青春可以浪费。我准备了一些小饰品给那些优秀的面试生，还剩下一个沙漏给你吧！”

孟小莫感到奇怪说：“我优秀吗？又讽刺我。”但还是接了过来。

马阳说：“至少你带来的作品很优秀。”说完转身摇摇手离开。

孟小莫一人静静愣在那里，盯着拳头大小的沙漏，咀嚼着马阳说的话，突然感觉迷茫，大学三年也不曾像现在这样迷茫，这就是所谓的压力？

时间已经不可能倒流回到过去，也没有机会让自己从新开始。如果沙漏重置时间倒流到那个初点自己又会是怎样的。

孟小莫小心翼翼地将沙漏倒置，他知道不会有奇迹，他知道时间不可能逆流，此刻的他心中充满了慌乱，就在沙漏倾斜的瞬间，藏在内心深处的记忆突然无比清晰。

2. 迟来的醒悟

高中毕业我成绩出奇的差，在父母的劝解下不得不选择低档学校就读，不管什么样的大学总好过再复读一年，最起码不用对着那么多课本，可以自由的选择。到大学以后我更加猖狂地迷恋网络，更加放纵自己。久而久之这种猖狂与放纵成为我的一种习惯，一种必须，一种排挤空虚的一种方式。我从未意识到这是一个错误。

整个大学我都不曾见过早晨的太阳，每天当我醒来看看阳台，再看看手表显示14：20。我一拍脑门骂道：“这是谁把窗帘拉上了，我说这天怎么总也不亮。”

当我醒来第一件事就是打开笔记本电脑去刷wow，时间的流逝那么轻易，而我却不知。

韩冬夹着课本推开宿舍门看到我坐在床上玩游戏讽刺的一笑说：“哟！大仙你还知道醒啊！赏不赏脸一起去吃晚饭。”

我说：“晚饭？才两点多而已，傻了吧你。”

韩冬拿出手机说：“看看。”

我一看18：45，“都这个点啦我怎么没感觉。我去！不会吧！怎么没人拉开窗帘啊！”

我并未觉得这是在浪费时间，在游戏里的一切仿佛真实化了，我在打怪，我在战斗，我在与队友并肩作战……

我不知道韩冬这一天做了什么，我也不清楚他在忙些什么，总没事看他

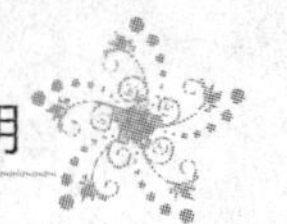

有做不完的事。我和他偶尔在一起刷刷本，挑会儿 CS，也有时会蛋疼的去打小霸王，他只是有时却不像我这么时时刻刻在玩。我从未意识到我一直在做一件毫无意义的事，对青春毫无价值。

韩冬坐到我面前问我："过两天考试，大部分是专业课，你怎么办？你几乎都不上课，老师以为你已经退学了。"

我一边打着小怪一边淡定地说："肯定过，嘻嘻不是有你吗？到时候你懂的……"

韩冬嘿了一声说："你冲窗外大喊求包养，求虐，为父就会替你去考。"

我笑着说："没你我肯定过不了，你忍心啊！"

寒冬叹了口气说："罪过！有你后悔的时候，老规矩三餐任吃。"

"OK！不说了快挂啦。"

每次的大考小考都是韩冬帮忙才有惊无险，一直到毕业。当韩冬对我讲那些软件操作时我头晕的想睡觉，临毕业为了应付接下来的面试，硬是塞给我大脑里一点基础，可是在几天不眠不休的奋斗之后的一场蒙头大睡中统统忘记。

就在刚刚面试时还梦想自己可以进水晶石这家知名公司，拿着不错的工薪，然而这一切对我来说却是遥不可及的。

我曾经也想过努力改变自己的现状，努力摆脱这个永远拉着窗帘的时光。然而一切的一切依旧重复昨天，毫无起色，我也在这种顺境中坦然接受。

我们对一些事情不是无能为力，而是有力而不为。人是惰性极强的动物，我们安于安逸。

……

李远推开门叫道："哥几个人网吧走起吧！据小道消息称宿舍楼将停电 24 小时整顿线路，笔记本再牛叉，也不过三个钟头，手机内存再强大，毕竟只说了待机长，你再能睡也超不过十二个小时。由于消息散播力度不大，我估计网吧还有空位，可以帮我们打发十二个小时，回来再睡十二个小时。这样难过的 24 个小时就这么完美地度过，不过停电就说不准了。"

我和韩冬目瞪口呆地看着李远说："这么溜儿！当初中央台选主持人的时候怎么没选你呀，来这屈才了。"

韩冬说："停电与我无关，我只是想提醒你们注意时间。"

我和李远坏坏地一笑。韩冬解释道："想哪去了我……我……"

话未说完电灯就灭了，只剩下我的笔记本突兀地亮着，我和李远大叫一声："网吧走起啊！"

五分钟后……

我和李远推开宿舍门，韩冬有些诧异问道："怎么，回心转意啦，回来陪我啊？谢谢哦！"

"没位子啦。"我说着又坐到床上。李远又说："原来停电是网吧老板散播的，失策失策！"

韩冬拍拍我俩的肩膀说："别叹气，反正你们也去不成了，陪我头脑风暴一会吧！"

我傻呼呼地说："嘿！爆头我是会，头脑风暴这么高级的技能你不如去找哈利·波特！"

李远和韩冬鄙视地看了我一眼说："白痴。"

韩冬接着说："我们说说以后做什么吧，怎么想的怎么说！谁先来啊！小莫把你台灯贡献出来！"

我打开柜子拿出台灯还好电是满的，我说："你们先说吧我都没想过，李远你说说吧！"

我们三个人围着台灯坐着。李远白了我一眼："有嘛好说的！我们学艺术的就业面很广，我大姑父是一家公司的艺术总监，他说了毕业就到他那实习。我二叔吧也不错，是个干部，认识不少艺术工业面的商人。他说了想去哪说一声，准准的，妥妥的。我爸不怎么样，就是有点钱，指不定会给我投点资开个影楼啥的，其实我是一直在愁该怎么选择，愁啊！"

我和韩冬异口同声地骂道："不吹牛会死啊！"

李远得意地说："虽然有点吹，不过他们就是给我这么说的，这个社会拼的就是老子，你们懂的……"

韩冬叹了口气说："的确是，我说说我吧！拼老子是拼不起了，我就拼实力吧。我自认为自己学的技术还算过硬，有省艺术设计奖第二的证书，所以我想毕业就去应聘几家有名的公司，像什么水晶石、火星时代，等等。也许这想法太天真了，人家要的可是顶尖高手啊，仔细想想还是一步步来比较好。小莫你呢？"

我躺在自己的床上望着黑漆漆的深处有种谁不出的失落："拼老子我同样拼不起，我爸妈都是普通的工人，也不怎么有钱，也没什么亲戚是个当官的，说个人实力吧你们也知道我几斤几两，差不多还有半年毕业吧，想想我又上过多少节课，你们说毕业了我能干啥，老老实实地找到啥就干啥，不过你说我要是能进你说的那些大公司薪水一定不错。"

李远不屑地说：“做梦。”韩冬点点头说：“而且比谁的都香。”

我白了他们一眼说：“不试怎么知道！”

这一晚聊了好多，对未来憧憬，对未来幻想，对未来迷茫。李远虽不是含着金钥匙出生，但却占尽了有利优势，可是他最后却说要靠自己做事，那样他觉得才是活着的人该干的事。韩冬把自己未来十年说的面面俱到，虽然有点不靠谱，在他看来眼前要清楚自己要做什么，才不会迷茫，才会过得充实。

而我一直在胡扯着自己空乏的理想，没有目标，没有目的，没有方向。仔细想想我自己就像是飘浮在空气中的尘埃，不会影响任何人，也不会被任何人注意，就那么随风飘荡，永远不知道自己会落在什么地方。突然觉得自己好渺小，好想变得强大，渐渐才发现自己连伪装的资本都没有。

我好想变得强大，该怎么做。

我们对一些事不是无能为力，而是有力而不为。因为已经失去方向……

3. 余温消散

“你什么时候才能不玩游戏，好好整理一下自己，你看看你自己现在的样子。”我坐在床上一边玩游戏，一边听着珊珊在阳台抱怨。她见我没说话又加大了分贝说：“我是你妈吗？管你这管你那的。”我不耐烦地说：“你喊什么，不管别管啊！哎呀！烦死了！”

突然安静了没有抱怨，没有反驳，只有她搓洗衣服的声音和隐约可闻的哽咽。

过了好一会她说：“小莫衣服洗好了，我还有事先回去了。”

在她来开门的瞬间我忍不住问：“没事吧，对不起这两天心烦，你一定也在烦找工作这事吧。”

她背对着我语气出奇的低：“嗯，没事，我走了。”

“嗯，回去吧。”

门缓缓的关闭，我突然有一种莫名的痛楚，在心头缓缓蔓延……

快接近凌晨的时候珊珊打来电话，电话放在床上，铃声就那么一直响，我却没有拿起的勇气。李远停下鼠标动作骂道：“有病吧，不接电话。”

我扣过电话说：“多事，玩你的游戏！”说完我就蒙头大睡，心里却想在翻江倒海片刻没有安宁过。一夜未睡，直到早晨时珊珊又打来电话，铃声又响了好久，宿舍人都被惊醒怪异地盯着我。

“喂！怎么了？有事?”

“嗯！有事我……我……”

“我知道你想了一夜，我也想了一夜，算了你说吧!”

“你……我们散了吧。和你在一起太累。”

“嗯！我想也是!”

我放下电话，打开笔记本又进入 wow 不再理会任何事。

“你能再淡定点吗!”韩冬和李元盯着床上淡定依然的我，我停下手中的游戏问：“怎么了！我淡定什么啊!”

李远一脸无奈地说：“我去，你就跟珊珊这么分了!”

“嗯！还能怎样，她好烦!”我解释说。

李远和韩冬互相看了一眼，韩冬叹了口气说：“哎，多好的女孩，李远你说说，每次是谁玩的一分不剩，人家二话不说拿出钱来救济。是谁衣服堆了一堆人家一件一件洗得干干净净。是谁考证没有过，人家七托八托的找人替考……”

“行了！行了！我混蛋行了吧，是她先提出来的好不。”

韩冬说：“你就不能挽留一下。”

“嘿！哥几个能不能不插手我的事，管好你就行了，谁爱走谁走!”

李远见我脾气上来了，拉了拉韩冬示意他不要再说话，并对我说：“你好好想想为什么，珊珊是个好女孩!”两个人又回到床上。

没有一个女人会把自己的将来托付给一个柴米油盐都买不起的男人，没有一个女人会陪在不关心不呵护不理解她的男人身边，没有一个女人会把自己的幸福赌在一具行尸走肉的身上。

也许我就是这样的一个男孩，只懂得经营自己空虚的世界，却忽略身边心疼自己人的感受，现实一团糟。

也想过一大堆台词，想去挽留，最终还是放弃了，即使留下来我又能改变什么？亡羊补牢已经晚了，不用再去迁就谁。

许许多多的事一件一件在脑海里掠过，心脏似乎被什么纠结一阵阵剧痛。

大街上人来人往，冷漠的表情。孟小莫似乎变得透明又渺小，他呆滞地看着人群，眼神里满是迷茫，脑海一片空白，他感觉自己呼吸越来越困难，像是身边的空气要被抽干了似的。

前辈们曾说过有些人在毕业后会得一种病，他们会觉得自己有时候呼吸困难，焦虑不安，心脏隐隐作痛，常常陷入回忆里无可自拔，这是毕业恐慌

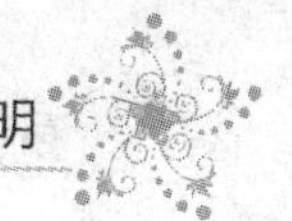

症，这种病最严重的就是会有自杀倾向，那些没心没肺的人就不会，因为他们是超级屌丝。

沙漏倾斜之时沙流失，孟小莫清醒过来冲着人群傻笑，自言自语道：“我真是病了。”

电话铃声响起孟小莫接过电话：“冬子你们在哪，我在大门口，我去对面的拉面馆等你，来了告诉你一个好消息，就这样吧，速度……”

几分钟后……

孟小莫看着拉面馆门口韩冬和李元走过来，李元说：“看谁来了！”

孟小莫又朝门口看了一眼，珊珊冲他招招手走过来。李元说：“她想知道你面试结果如何，就带她过来了。”

珊珊走过来挽着我说：“怎样啊！有没有公司要你！”

孟小莫摆出一副无所谓的样子说：“明知故问嘛。”

珊珊说：“哪家公司敢要你啊。”

孟小莫说：“招聘会下周才正式开始，还有好几天着什么急啊！”

韩冬摇摇头说：“都不是小两口了还搞暧昧恶不恶心。吃饭吧伙计们！”

饭上来后小莫掏出马阳给他的名片说：“今天遇见一个人，靠！无商不奸想挖人直接说还拐弯抹角的，你看！”说着我将名片递给韩冬，一看说：“你真去水晶石应聘啦，牛人，你刚说挖人是什么意思？”

孟小莫说：“哦！他看了你作品很满意想让你去他麾下。”韩冬激动地说：“真的啊！”狠狠拍了他一下，孟小莫吃痛的叫道：“轻点！当然是真的了，他留名片给我，正好敲他一竹杠，让他也把我弄进去。”

珊珊听了他这话训斥道：“小莫你别做梦了，你不去好好想想怎么进家普通公司好好工作，总想这些不现实的，有点志气，像个男人。”

孟小莫无奈地看了她一眼说：“珊珊你就不能给我点自信，别一个劲地打击我，看我死的不够惨是吧。”

珊珊见他恼火了辩解道：“这是事实啊，对你我真没有信心，自从认识你，你办过一件让人看得起的事吗……”

孟小莫死死地盯着珊珊一种说不出的失望：“你不打击我会死啊！吃饭！不吃滚蛋！”

珊珊一听这话眼泪不自觉地落下来，站起来冲出拉面馆。韩冬一拉小莫说：“怎么说话哪，还不快去追。”

小莫无奈地跟了出去大声叫道：“站住！”珊珊背对着小莫没有转身，小莫停在离她两步的距离大声地说：“我有说错吗，其实我知道你们是关心我。

我是骂你了，我向你道歉。我知道我是烂人，一文不值，有可能以后柴米油盐都会是问题。可我也知道错了，我也知道晚了，我也知道后悔没有用，但你知道我最想听到你说什么吗？我想听‘重新开始吧！我会一直给你加油’，仅此一句加油，而不是你劈头盖脸的数落。走吧！我孟小莫不需要你，没有你照样活着。走啊！”

想挽留，想留住这仅存的余温，在自己迷茫的时候依偎在你身旁。只是我知道我再也没有资格向你索要。

哽咽被淹没在大街上的喧嚣里，远去的人渐渐无影无踪。

沙漏的倒置只是时间的延续，它不代表开始也不代表结束。哀悼已逝的青春，收起那些悲伤和后悔，已经没有再来一次的机会，此刻要无赖地活着。

再见，芭蕉树下的约定

■ 宫漫莉

序

我一直有一种愧疚，对婷婷的愧疚，关于她上不了高中这件事，似乎和我有着莫大的关联，我想知道，小艾是否也和我一样愧疚呢？

湛蓝的天空下几排低矮的红砖瓦房——这便是我的小学。若是你在这偶遇了一个高高扎起麻花辫，羞涩又不善言辞的小姑娘，那她很可能就是小学时期的我。我的家就在学校围墙边的那幢小楼房的四楼，楼上是婷婷家，楼下是小艾家。婷婷和小艾是我的同班同学，我一直以为我们是最好的朋友。

婷婷长得很漂亮，成绩也很好；小艾很活泼，聪明也很热情……我就像我的名字一样，漫漫，迟钝又内向。每天放学我们都会一起走，一起走的意思就是，婷婷和小艾走在前面，我跟在后面一言不发，或者说，我根本就插不上话。婷婷有很多很多的秘密，而她的秘密向来也都是当着我的面和小艾咬耳朵说的，我不会去过问，更不敢过问，像我这样的女生，又怎么会奢求可以得知她们之间的故事？

我每天放学无聊的时候就会看路边的芭蕉叶，芭蕉叶的芯子就像那时候的我，自卑地蜷缩着，但总有一天会勇敢地舒展开来。芭蕉叶等待着那一天，我也等待着我的那一天。婷婷和小艾笑得越欢乐我就越自卑，她们从来忽略我的存在，而我从来都是衬托花朵的芭蕉叶……

一

可是有一天，似乎改变了我们各自的命运。上学时，我偶遇了小艾，她手里拿着婷婷爸爸让她带给婷婷的彩笔，但一路上都是闷闷不乐的，我觉得有事，但是我不好奇也不想问。

终于，走到学校附近时，小艾忍不住对我说：“漫漫，你知道吗？婷婷常常说你坏话啊，好难听的。”

“哦。”我其实并不诧异，这并不在我的意料之外，“她说什么了？”

“好难听的呢，不好说。其实我觉得婷婷好恶心，还自以为好多男生都喜欢她呢!”小艾似乎十分愤慨。尽管现在的我知道，这不过都出自女孩子间的嫉妒。

我之前也是听说了些什么，婷婷现在的同桌是我们班成绩最好的男生，也曾经是和小艾玩得最好的男生，但是和婷婷当了同桌之后，就疏远了小艾。

我没有说话，只是盯着小艾看。她狡黠地一笑，晃晃手中的彩笔说：“我们扔了它吧！婷婷的爸爸居然让我把这个给她，可是我怎么会这么做呢?”然后，没等我回答就拉着我的手，把彩笔丢到了芭蕉叶下……这一切，我并没有阻止，因为婷婷从未告诉过我关于她的秘密，在我看来，这似乎是对她的一种报复吧。

于是，我就这样妥协了，只是我们隐藏的地方，那盒鲜艳的水彩笔盒在那棵树下显得格外显眼。我的心里咚咚地直打鼓，越发地觉得那盒水彩笔扎眼，也越发地觉着不安。小艾似乎就看出来什么，她拉着我的手，说：“现在，你已经知道了我所有的秘密。我们就在这棵芭蕉树下结拜成最好的姐妹，今后不管发生任何事情，都不可以出卖彼此。好吗?”十来岁的孩子似乎就是那么傻乎乎的，认为这样的结拜是那么神圣，我就这样和小艾结拜成了最好的姐妹，并愿意恪守和她之间的秘密。

二

但是，纸是包不住火的。不久婷婷的爸爸就找到小艾家来了，事情的经过我并不知道，后来听小艾说就是，婷婷的爸爸问小艾婷婷的水彩笔哪儿去了，小艾很无辜地说她真的不知道，她把水彩笔放在了教室里婷婷的座位上，然后就去上厕所了，回来水彩笔就不见了，她还以为是婷婷自己拿走的呢。

既然如此，婷婷的爸爸也就不会怪罪于小艾了，毕竟小艾只是个孩子，而且似乎她也没有什么错，更何况，那只是一盒水彩笔。

之后的每天依旧也是如此，婷婷和小艾并肩走在前面说说笑笑，只有在婷婷不在的时候，小艾才会挽着我的手说：“漫漫，你是我最好最好的朋友，你知道吗？婷婷简直坏透了。”

可是在小艾看来，似乎婷婷和她的家人都没有停止过怀疑她。我想，这可能就是所谓的做贼心虚吧。尽管，小艾和婷婷的关系表面上看起来还是很好的，但是小艾每天放学都会拉着我到她家去写作业，因为她害怕独自待在

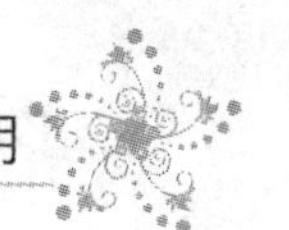

家里。小艾说她觉得，婷婷每天经过她家门口的时候都在搞些破坏，因为婷婷恨她。这些在我看来似乎都是无稽之谈，婷婷不像是背地里搞破坏的人，但是当我从小艾家的猫眼里看见婷婷把小艾家的垃圾桶踢翻在门口的时候，我才知道，其实一直以来，婷婷对小艾不是没有怀疑的。

带着这样的恐惧和不安，以及表面上的和和睦睦，小学毕业的那一年，小艾全家搬走了。小艾到了外地去上初中，她走的时候还和婷婷来了个大大的拥抱，真不知道是不舍还是解脱。而我和婷婷依旧是在同一所学校念初中，我们并没有被分到一个班，所以，我们又各自有了新欢，疏远了彼此。

三

上了初中以后，我的成绩突飞猛进，而婷婷的成绩却已经远远不及从前了。到了中考的时候，我顺利地考上了省级重点高中，婷婷却发挥失常，连普通高中的最低录取线都没有达到。但又听说幸好婷婷家还是有些背景的，只要拿着平时的成绩报告册，婷婷的爸爸还是可以为她找到一所高中念的。

这天我正在家和爸爸妈妈吃饭，电话突然响了，是婷婷的爸爸，他说要我到他家去一趟。短短的一路我想了一万种婷婷爸喊我去的可能性，就是没想到……

当我敲开门的时候，客厅里站着的是一脸严厉的婷婷爸爸，无辜地躲在角落的婷婷，还有哭得稀里哗啦的小艾和正在为女儿辩驳的小艾妈妈。他们的争吵似乎并没有因为我的到来而有片刻的停止，我默默地站着一旁听着，许久似乎明白了其中的一些缘由。

中考过后，小艾来到了婷婷家找婷婷玩，婷婷因为中考的失利对小艾一直态度很冷淡，小艾就没有过多的逗留，不一会儿就离开了婷婷家。可是，小艾走后，本来准备第二天去帮婷婷办理入学手续的婷婷爸再也找不到原本放在客厅桌子上的婷婷的成绩报告册了。婷婷的爸爸就怀疑是小艾拿走了，打电话给小艾，小艾也是一口否认。情急之下，把小艾和小艾的妈妈同时叫到家里来，甚至喊我来对质。

小艾的妈妈和婷婷的爸爸在争吵，我还疑惑，这件事与我没有任何关系，我更是不知情，婷婷的爸爸把我喊来干什么？

小艾妈妈看女儿哭得如此委屈，心疼地说：“我的女儿我最清楚了，她从来不会撒谎，更不会拿别人的东西了。你们有什么证据就这样污蔑她？”可是，婷婷爸似乎正在等着她的这样一句话，他突然把头转向我，问道：“漫漫，我知道你最诚实了。告诉叔叔，小艾以前有没有扔过婷婷的东西？我可不止一次发现了，就在那棵芭蕉树下面。”婷婷爸的每一句话都像一击雷劈在我的身上，勾起我那段惨痛的回忆，我被那一句句怔住了，久久地盯着小艾看，又想起了我和她之间的诺言，我们的结拜。怎么办？“我，我不知道。小艾好像没有那么做过，至少我不知道。”最终，我背叛了我的诚实，投靠了小艾，那一瞬间，我羞得面红耳赤。我是一个帮凶，而且，我是一个骗子！

婷婷的爸爸，沉默了，小艾妈说道：“漫漫从来都不会骗人的，你相信了吧？”“事情都过去那么久了，可能漫漫也不记得了。”婷婷爸爸争辩道，又转向我，“漫漫，你先回家吧。没你的事了，打扰你了。”我怯生生地转身，开门，离开，心脏扑通扑通就要跳出来了。

四

最后，这件事情似乎就这么无果而终了。婷婷的成绩单最终是没有找到，她只能去上了一所中专。这些年来，我每每看到婷婷心中就油然而生一股愧疚，似乎她现在的一切都是我这个大骗子造成的。

那棵芭蕉树依然在那里，似乎嘲笑着我当年的愚蠢，使我每看到它就不由得再一次面红耳赤起来。我常常想，小艾想起这一切会不会和我一样的羞愧难当，她又会不会感激我当年为她而撒的那个谎。

当年又是何必呢，我们都内疚地活了这么些年……我只希望，小艾真的没有拿婷婷的成绩报告册，这样，至少我的心里会好受一点。

尾声

考上大学的那年，小艾邀请我去了她家玩。我还是好奇地问起了婷婷成绩报告册的事，小艾很委屈地说道：“我根本没有拿啊。”

我释怀了。又说道，“只是那盒水彩笔……”

“什么水彩笔?!”小艾打断了我的话，“你是记错了，还是真的忘了？我从来没有拿过她的水彩笔。”

我沉默了，小艾，是你记错了，还是真的忘了？难道这么多年来，心中怀着愧疚过的只有我一个人吗？这一切，我的所作所为，究竟是对是错？但愿，你至少还记得芭蕉叶下我们的结拜和约定。

又或许……

再见了，芭蕉树下的约定。

女生林诗涵的“最”青春

■ 微埃

1. 最骄傲的事：叫出他的名字

他在军训后才加入高一(四)班这个集体，和女生林诗涵同桌。在这个校风如真空般让人无法呼吸的学校，少见的男女组合着实让林诗涵兴奋不已。她不是那种文艺的女生，一点都不小清新，所以当老师介绍完后，林诗涵和他的第一句话就是：你是榆木(于木)对吗？看起来很木讷的于木认真地点点头。林诗涵乐了，从今以后，他就是她的榆木了，只属于她自己的榆木疙瘩。

哪个女生没有在心里给别人起过外号呢？但在女生心里的那个名字，可能永远都没机会从她的嘴里发出，然后传达到他的耳膜。尽管，在那个写满秘密的日记本上或者加密的空间，那个名字已经成为了出现频率最高的搜索关键词。

这一点，林诗涵真的感觉自己运气好到爆，那个木讷的男生的名字，她可以大声地在所有人面前叫出来，这是件多么值得骄傲的事。

当然，那块榆木疙瘩是不可能知道的，他或许根本不知道自己还有这么一个充满褒义色彩并被荣耀地记忆的名字。但女生林诗涵不会忘记，看到北国的榆树她会想起，吃着奶奶做的榆钱饼会想起……哪怕，成排的榆树已经被速生的杨树替代，而做榆钱饼的奶奶早已离去。

有些词汇是锁在记忆里的，一辈子都忘不掉，比如，某人的名字。

2. 最狗血的剧情：彼此不曾察觉

这是个多么需要睡眠的夏天啊，讲台上老师的咒语和着窗外日渐势弱的知了声，无聊而又冗长。

林诗涵摘下眼镜，揉揉困乏的双眼，慢慢地拿眼镜的手垂了下去，身体开始微微摇摆。“我该不是要睡觉了吧?”一边这样疑惑着，一边另一只手臂搭到了无尽的习题册上，眼前一个个等待被填充的横线纠缠在一起。脑袋垂下去的那一刻，旁边有胳膊轻轻碰她，林诗涵没在意。又一次碰触，林诗涵不耐烦了，干脆把头翻到了另一侧，继续自己的美梦。

直到被老师揪起来，眼镜“啪嗒”一声掉到了地上，本就濒临退休的镜框终于完全裂开，树脂的镜片在水泥地板上咕噜噜滚了好远……林诗涵的梦全醒了，她在心里埋怨那个榆木疙瘩，怪他不叫醒自己。可是当看到于木纠结的表情时，林诗涵意识到了那两次胳膊碰触的意思：第一次是眼镜快掉了，第二次是老师已经注意到你了。

可是这些轻轻的提醒怎么会被粗心如林诗涵一样的女生留意呢？心太小了，装不下那么多细小的东西，所以就会有些剧情轻轻溜走，在林诗涵的记忆空间里留下空白，她完全想不起之后的事情。只剩那个挣扎在睡眠边缘的片段，清晰却狗血。

3. 最美的牵手：看见了他的眸子

为响应教育部门的号召，学校决定教高一年级所有学生跳友谊舞。一向讨厌形式主义的林诗涵却兴奋了起来，因为她想到了和一个男生牵手的感觉。片刻的耳红心跳之后，她又紧张起来：会是谁呢?

事实证明，这次的友谊舞学习是很值得写入青春之“最”的。因为林诗涵的舞伴是于木。尽管每天都可以相互借无数次的橡皮、草稿纸，可以在上午上课前互相给对方擦桌子，然后大度地说“不客气”，可是像手心对手心的牵手机会还真的很稀有。

排练厅里，头顶的吊扇在吱呀旋转，老师声嘶力竭的吼叫声没完没了。还好，窗户边的爬山虎长势很好，生气蓬勃，绿得没心没肺。老师说跟着我跳，一二三四……几乎是音乐响起的刹那，于木把林诗涵的手握住了。女生只顾着看眼前的男生，没参加军训而白皙的肤色，干净的面容和好看的眉毛，尤其是那黑色的眸子，如一汪深潭。她久久地沉进去而乱了脚底的步伐，不断地踩到于木的脚。

“放松点。”于木的声音比他木讷的外表多了几分曲线，动听地回环在林诗涵的耳边，她只能报之以尴尬地一笑。但老师已经来了，她对林诗涵点下头：“你不用跳了，换人。”林诗涵触电般地把手缩回，放在背后。门口一个女生很自然地走过来，牵起了于木的手。

音乐再次响起，本就缺乏韵律细胞的林诗涵听出了嘲讽，在跟着音乐旋转的人群中，静止的她那么刺眼。她站在墙角，看着爬山虎自我安慰。不经意地回头，却看见了女生愤怒的表情，于木总踩她的脚。

后来于木说："看你一个人在那里挺可怜的，咱们是同桌，要淘汰就一起淘汰好了！"

4. 最敏感的味道：心情

晚自习，阵阵的燥热中开始有了一点点的凉意，如果再有风吹过的话，那就是烦闷的夏日里，林诗涵感觉最惬意的时刻。

于木的身上有一股清爽的气息，这些味道从他的白色 T 恤里散发出来。不是那种烂俗的薄荷，也不是所谓的运动止汗露，有点像小时候在老家的森林里和草地上闻到的味道。林诗涵偷偷地想，这些味道一定是最美好的味道了。它有让林诗涵镇定地把书看完的功效，并且一遍遍地萦绕在林诗涵的鼻孔，让她身体的所有毛孔都能畅快地呼吸。

她很直接地问，榆木，你用的是什么牌子香皂，这么好闻。

有味道吗？没有的。于木奇怪地看了看盯着自己的林诗涵。

林诗涵注意到，她的榆木眼睛里没有自己的影子。

直到他换了另一种味道，林诗涵再也找不到她的鼻子所喜欢的，能让她的毛孔尽情呼吸到能唱歌的味道了。并且，她没有像以往一样追究那个榆木疙瘩到底有没有用香皂。

路过超市，林诗涵跑到卖香皂的货架边。各种味道一下子充斥了周围的空间，林诗涵有点不能呼吸的感觉。但还是耐心地一个一个闻过去，寻找那个熟悉的味道，显然没注意到售货员异样的眼神。

当然，林诗涵并没有找到。因为，那种属于青春的味道，只是她的心情缔造出来的感觉，跟老家那片草地的气息一样，都是浮云。

5. 最平淡的离别：漫长的旅程

终于到了离别的季节，三年的时间快得连眨眼的工夫都不到，就已经第六个学期，第十五次排座位。

林诗涵还是天天念叨着自己的榆木，提醒他学习生活上的各种细节，于木也仍然在语文老师的特许下让林诗涵检查自己的背诵情况。

女生林诗涵似乎过于自信，自信到自恋并盲目地相信于木对自己也是喜欢的吧，否则他也不会只给自己背课文。但是，林诗涵还是用了“吧”，因为表白什么的根本不是这个学校所允许的，更不是老师们的心脏所能承受得了的，更别说女生向男生表白了。

虽然林诗涵有可能会粗糙到这么做，但终究是没有。

空气中的离愁别绪越来越浓，林诗涵收到了于木的一封信。淡淡的蓝色，上面绘着一棵被风吹着的蒲公英，蒲公英的种子乘着降落伞温柔地飘满了整个信封。信封上简单地写着：给林诗涵，工工整整的字体，一如榆木疙瘩般木讷。

林诗涵迫不及待地打开，一张写了半页的蓝长格稿纸。林诗涵来不及去抱怨信纸的漫不经心，就开始读了起来：

“能做三年的同桌，真的是缘分……我会永远记得你帮我擦桌子，帮我整理各科试卷，帮我记笔记……我跟女生说话会很紧张，跟老师背书也一样，感谢你一直帮我这个忙……毕业后，我们会像蒲公英一样飞到不同的地方，但我会永远记住你……你永远的同桌，于木”。

“永远的同桌”，林诗涵一下子释然了，漫长的旅途很快就要结束了，她也终于给自己的这段故事找到了一个最妥当的归宿。

七年是青春的刻度尺

■ 几墨阅读

每个孤单的身影都会酿成流年的酒，在夜深人静的时候细细品尝，伴着月色醉成殇。

在第一次去往大学的火车上你发来短信问我，为什么那么多年咱们两个没走到一起呢？我笑笑，口是心非地给你回过去说，因为我们是朋友啊。

望向窗外，风景美丽依旧。是的，我们是朋友。

可你不知道，在这七年中我从未把你当过朋友。

因为，我喜欢你。轻轻地喜欢，没有热烈地表达过。

但是它却在心里烙印，成了一颗朱砂痣，成了刻之骨肉的刺青，钻心地疼。

——题记

第一年

我坐在教室的第三排，头向右转四十五度，正好可以看见教室外的一切事物。在发呆的时候，恰好看见老师领着插班生的你挎着一个大背包走进来。

好庆幸，我是所有人中第一个看见你的。好幸福，我是你在所有人第一个看到的。

那时年少，不知道帅的具体定义，只是惊叹，好清秀的男孩子。我不知道是不是因为你，在以后的年月里我对男生的评价永远只有清秀与不清秀两种可能。

老师说，宋城你坐在苏瑾后面吧。从此之后我可以随时随刻知道你在做什么，而你每天都要看着我用碎花丝带扎起的长发。那时候的头发，没烫染过，没拉直过，它如少女最初的心事一样自然流淌。

柔软且细腻。

我知道你每天除了因为看黑板而看到我的后脑勺外，你大部分时间看的

是肖俐。

那个不是特别漂亮，却像梨花一样洁白胜雪，一尘不染的女孩子。大家都叫她小梨花，总之我没有跟她说过话，打心眼里不太喜欢这个女孩子，后来我才知道，人的嫉妒心理跟年龄无关，它是与生俱来、形影相随的。

直到有一天来了一位新的英语老师，他让我们前后位讨论回答。我扭过头，看见你的眸，像是清晨的雾气，朦胧又清澈。必须说明，那时候的我像一张白纸一样，还不懂得怎样和男生谈笑风生。

两个人，默契的彼此缄默。

到最后还是我沉不住气，“喂，你会不会呀?”

“我有名字。”

“呐，宋城，你会不会啊?”

“不会。”两个字足以让自尊心受损的我受不了，转过身子坐好，不再答理你。

即使到最后老师提问了我们这组，你从容不迫地回答。我在毫无知觉地折断了一支铅笔的时候发誓说，宋城，我迟早有一天让你不用那种语气对我说话。

日子这样毫无波澜地消逝着，现在回想起来就像是离了很远在观看一场古老的黑白无声电影。看着他们在屏幕上做什么，却猜不到说了什么。

偶尔我的笔掉到你的位置上，你弯腰捡起，我轻轻说声谢谢。你依然毫无表情。

这是我们所有的交集了。

我承认后来我的笔掉下去的次数越来越多了，可是我发誓，我没有一点非分之想。只是想看见你手臂上的青筋暴起，你眉间那么一点点的小情绪。

谁会承认一个十二岁女生的懵懂呢?嗯，年少，是年少。

那时候我已经有了写日记的习惯。只是有一天突然发现，那上面只有一个男生的名字。

我还没有完成自己的誓言，可一年就那么快得过去了。毕业时，我们没有拥抱，甚至连同学纪念册都没写。

我说了声再见，然后转身。印象中，你好像也说了一声再见。

六月天，一年中最热的月份。走出教室的时候，脸颊上不知道是汗水，还是泪水。

小学毕业，告别童年，迎接美好的青春。我始终相信，我会遇到很好的男孩子，至少肯定比你好。

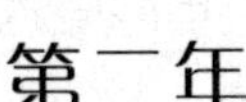

第二年

离别前，因为没有留下任何联系方式，我和你真的像是两颗行星一样永远的偏离共同的轨道。

初一，我锋芒毕露，我笑靥如花，我努力生长。偶尔遇到小学同学，会不经意间回想起一年前你走进教室坐到我身后的样子。除此之外，真的，从来，从来没有想起过你。

第三年

上了初二以后，最是肆无忌惮的年纪。我开始学着改变，开始学着穿着打扮，开始学着和不同的男生嬉戏打闹。潜意识里，我似乎还在为当初那个誓言努力着。

可是从一天开始，我竟然反复做着一个模糊的梦。

一个少年站在那里，我望向他，阳光刺眼，竟然看不清楚具体模样。仅仅感觉有很干净的味道飘入鼻子里，那是清秀男孩子才会有的。我只是不知道他是谁，我大声唤他，他不理，然后喊着喊着就醒了，发现枕边全是泪水。

看吧，时间真是好东西，它真的可以让人淡忘一切。

你真的在我的脑海里快消失了。

第四年

如果，不去看小学毕业照的话，我真的很难再想起你这个人是谁了。

我忙着考重点高中，忙着拒绝一个个对我有好感的男生，初三，真的好忙。甚至忙到没有想象我们将来有一天会不会有邂逅的可能呢。

青春打马而过，只是，那时候还没真正的痛过。

后来我才知道，因为我还没有跟你重逢。

第五年

是谁说，喜欢我的傲气清高，喜欢我的披肩长发，喜欢我的亭亭玉立。在新学校的第一星期收到校友的情书，在我的意料之中。

红色的指甲油艳而不俗，樱桃色的唇膏清纯而不做作。我和所有青春少女一样，知道怎么让自己引人注意。

谁也不认识当年像白纸一样的我了吧。

在送拒绝信的时候，在二号教学楼转角处看到四五个男孩子。落拓且桀骜，那是我第一次真正领略“抢眼”一词的含义。人生就是这个样子，说不清楚什么时候给你个惊吓。

你在里面，朝我望来，闪过一瞬即逝的惊艳。那一刻，就注定，我的爱情苏醒了，青春结束了。

我说，“喂，还认识我么。”

你浅笑，“当然认识。”

“嗯，在几班啊。”

“呵呵，有空找你玩啊。”

看吧，我早说时间是个好东西，它不仅可以让人淡忘一切，还可以改变人的一切。你变得不再那么沉默，和不同的男孩成为好朋友，交往之间，游刃有余。

翻开笔记本，多年来又一次写上你名字，一笔一画，小心翼翼。每天睡觉前，不用刻意去想你的样子，梦里的轮廓依然都那么清晰。

我不知道，一个人为一个人沦陷，不用朝夕与共，一刻之间，便倾城之久。有些人，费尽时间与心思努力向你靠近，百般在乎，你却始终无动于衷。有些人，一个眼神便可以让你只缘感君一回顾，使我思君朝与暮。这是差别，这是最现实的不公平。

交换过联系方式后，我们成为真正的朋友。

可是，我忽略的是我们既然可以重逢，那么你和小梨花也可以重逢。当我意识到这个问题的时候，你们正在栏杆旁边聊得热火朝天。我走过去，小梨花看到我后浅笑，“这么多年过去，苏瑾比以前还要漂亮。”

那一刻，我有过自责。那么美好的女孩子，怎么可以讨厌她那么多年。

此后见了面，我会故作镇定地打招呼，你一个动作，经年之后。会说，早安，晚安。快去睡觉！那是你霸道的温柔。而我，最终还是和小梨花成了朋友。

每次去接热水总会经过你班的后窗，透明窗户后，有你打瞌睡的侧脸。那旁边木槿花开得正鲜艳，突然掉下一朵砸在我头上。

我看见你睁开双眼，隔着一颗心的距离看向我，太阳太毒辣，照得我怎么热泪盈眶了。原来，木槿花下，我曾深深爱过你。

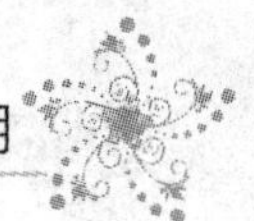

闺密问我，怎么不去表白，不去争取。

我说，得不到，也便不会有失去时的痛苦。

其实，我一直很信宿命，信轮回，信缘分，以为属于自己的别人抢不走，不是自己的争也争不到。

原谅我因为爱得太深，而变得懦弱。我认为，这样下去，会很好。

只是不明白为什么回忆的篇幅总是如此绵长，没有尽头，只能慢慢地难受。

有一晚心情乱糟糟的，一个人爬上了教学楼的最高层，迎着凉风可以让思绪清晰许多。

“美女，别想不开啊。”我转身看见一个男生，邪魅地在笑。

“狗嘴里吐不出象牙来，你才想不开呢。”

“哈哈，还有这么猖狂的女生，太有意思了。”显然他并没有因为我刚才的出言不逊而生气。

后来我才知道他叫乔安，后来我才知道他其实注意我很久了，后来我才知道今天晚上的相识不是一个巧合。

第六年

从初一到十五，夜里的月儿缺了又圆，你永远可以清楚地知道它的变化规律。而人生斐然，人们不知道自己的生活什么时候圆满，什么时候又变得残缺。未来，永远是缥缈的梦，始料不及。

高二那年十一假期的时候，我问你有什么安排。

你说，你想陪她玩几天。

她？

我以为，我们已经足够暧昧，暧昧到不言而喻的地步。那些个相濡以沫的日子，那些个畅聊到凌晨夜晚，一切都在不言之中。你会看清楚我，会明白我，会懂我。所以，放松警惕，竟不知你手指上什么时候多了一个戒指。原来，等到的只是彻头彻尾的伤害。

我等你几个世纪，你却在顷刻之间让我溃不成军，兵败如山倒。我还是输给了小梨花。

我看着你们心印心手牵手，月是同时圆，眉是同时展。你不曾回头，未曾看见。看到你快乐，我也很快乐了。

朋友骂我不会勇于追求自己的幸福，我歇斯底里。“他若眼里有我，即使我当第三者，万劫不复也是在所不惜的。可是，他眸里没我，没我！”

多么可悲，自己在心里把一个人装得满满的，而那个人眸里没这个人的影子。我们可以亲密无间，可以是挚交好友，但是，和爱情毫无半点关系。你捆绑我的自由我的寂寞我的脆弱，然后伤害地毫无保留。

有很多次我帮着你想办法逗她开心，帮你们策划约会的花样。

她有多快乐，我有多痛。

你找到了幸福的出口，我怎么会恋恋不放你走。

传闻城西公园有个算命的老婆婆算得很准，我去找她。

她问我，算什么？我说，爱情。她说，不用算了，你们是朋友，他不爱你。我说，你胡说！

黄昏摇摆着柳枝，树下落荒而逃的我，如此狼狈。站在湖边看着水里的影子，青春的面孔瞬间苍老。

回到学校后我和小梨花狠狠地吵了一架，具体原因已经想不起来。你知道吗，我和小梨花在这一年以来看上去关系很好，但是因为有你，我们的心从来没有靠近过。而你俩在一起之后，那个原本就存在的裂痕更一发不可收拾。

结果第二天在一家奶茶店门口我看到小梨花和一个男生打着伞相拥，原来纯洁的小梨花也不过如此啊。我跑着去告诉你，我承认当时我是有那么一些私心，但更多的是我不允许你的感情被亵渎。

我跟你讲完小梨花的无耻以后，你当时是怎么回答的呢？对了，你是这样说的，你说：“苏瑾没想到你是这种人！我知道昨天你和她吵架了，但你也不能这样说她！”

我对着你大喊：“哪种人？宋城你说我该是哪种人？信不信由你，你以为老娘爱管你的闲事！”说完，我转身离开。第一次在你没有离开之前离开，连原本存在的友情也支离破碎了。

走在街上，雨越下越大，突然间就体会到什么叫窒息的痛。在我准备把伞从头顶拿开的时候，手被人捉住。我抬头，是乔安。

“笨蛋，伞都打不好，看你脸上都是淋的雨水。”伞一直打得好好的，脸上怎么会有雨水呢？

乔安忽然把我拥在怀里，“苏瑾，和我在一起吧。忘了他，我不要再看到你难过。”

我闭上眼，没有点头，也没有摇头……

第七年

我终究没有和乔安在一起，因为不爱他，如果因为感动就和他在一起的话，那是对他的侮辱。

从不曾知道，隔着万水千山，世界另一端的你在轻唱流年。后来你我和好，轻描淡写地给我诉说你和小梨花的分手。

我说，没事，我一直陪着你呢。

聪颖如你，怎么会看不出来。那么，便是故意装傻了？有些装傻，因为不在乎，有些装傻，因为保护。你呢，你因为什么。

你不知道岁月早把我的棱角磨平，留下了一个波澜不惊的躯壳。仿佛下了一场很大的雨，然后梦里花落知多少了。我告诉自己，孤单的女孩拥抱过伤痛，于是成熟了。

高三，最紧张的一年。面对着高考，只有两种选择，要么努力地学，要么死。我一点都不在乎你，一点都不。所以在感情和学业上孰轻孰重，不用比自然都是明了的。

纵使坠落你的城，也不可能孤独终老，对吧。

有多少次，擦肩而过时我们只是点头问好，然后脚步匆匆奔向学习中。你不知道，在你离开的时候，我有转过身。如果我们只有擦肩而过的缘分，我愿意永远看着你离去的背影。

那天在教室里看书，广播站里放了一首歌，就那么一刻，泪如雨下。

想念是会呼吸的痛，它活在我身上所有角落，哼你爱的歌会痛。看你的信会痛，连沉默也痛，遗憾是会呼吸的痛，它留在血液中来回滚动。后悔不贴心会痛，恨不懂你会痛，想见不能见最痛。

不由自主地走到你教室前，发现你正趴在栏杆前。

静静走到你身旁，触不到你的眉，读不懂你眼底那份若隐若现的哀伤。

最后，你说，我们好久没有这样了。

我没有回答，只是看着夕阳西下，想我们不会存在的未来。我感觉有什么东西流过，但是始终没有捕捉到。如果，当年，我勇敢了一点点，结局会不会真的不一样呢。这些，早已没有资格再想，因为那天离高考还有七天。七天后，曲终人散，各奔东西，转身，如同六年前一样，又是一个天涯。

来日你花前月下、眷侣如花，只是不知道会不会忘记我们的似水流年呢。七年啊，足够长的时间，只是怎么就没把风景看透呢。

我没想到的是，高考前 天会收到小梨花的信。

她说，我们三人邂逅之后，我怕你跟我抢宋城，就安排了好朋友乔安和你相识，没想到他真会爱上你。我和宋城约会的时候，我们聊的总是你，也许他自己都不知道自己到底爱的是谁。苏瑾，你知道么，我有多恨你，多嫉妒你。所以，哪怕我真的很爱宋城，我也愿意离开他。因为我想看看，你朝思暮想的人我却把他甩掉，而你会有多悲哀呢?

看完小梨花的信，忽然想到六年前的那个誓言，趴在书桌上的我终于泣不成声，美好的青春年华，我们终究错过了彼此。

这是，你我的七年，一个完整的七年。从此，我不会再挂念你，因为人这一生能有几个七年来蹉跎呢?

结尾

很多年后我问你，过得好么。

想象中的答案，还好。你呢?

我啊，我很好啊。

没有你，我肯定过得很好。

真的，没有你，我过得比谁都好。

花时琴断

你是我一个人的小情歌

■ 深蓝文字控

林周暗第一次看到夏朵薇的时候，她正蹲在路边抽烟。长直发，穿校服，戴两个大银圈的耳环，笑起来的时候牙齿很白眼神很媚，像一朵又妖艳又清纯的水仙，一口一口吐着烟圈，后腰露出一大片光洁白皙的皮肤。

不是好女孩该有的模样。

林周暗在夏朵薇面前站定。夏朵薇下意识地抬起头望向遮住她光线的物体。背光的少年，一时看不真切他脸上的表情，只隐约看到一个带着柔软光影的轮廓，在七月光影影绰绰的香樟树下，有一种清新的气质，身上的蓝白条纹T恤很称他干净的气质。夏朵薇凝神看了一会儿，眼睛习惯了光线，渐渐看清了站在她面前的是林周暗。

明明是漫画里脾气温柔面容温润的美少年模样，偏偏长了一双眼神清冷的眼睛。抑或者，他是因为特别讨厌她，所以才有这样的眼神?

夏朵薇胡思乱想的时候，林周暗把一个小纸袋子递给她，说："小娓给你的。她今天家里有事，没有办法和你当面说生日快乐了。"

夏朵薇微愣了一下，然后接过林周暗手里的纸袋子，笑着说："谢啦。"也不知她这"谢啦"，是对林周暗说的，还是未出现的小娓说的。

林周暗没有什么特别含义地点点头，转身离开。夏朵薇忽然又"诶"了一声。他带着询问的眼神回过身去，看到那个把校衫缝短了二寸的女生已经站起了身，眯着眼睛笑的风情万种地对他说："你不对我说声生日快乐吗?"

一副料定男生不会在这种情况下拒绝的模样。

林周暗沉默了一下，暗暗咽下莫名其妙冒上来的看不惯的情绪，还是有礼貌地说了声；"生日快乐。"虽然，听不出多少祝福的真心。

"谢啦。"夏朵薇夸张地拍拍胸口像是无形的"生日快乐"变成了有形的电波打到了她心里，大大咧咧的露出璀璨的笑容，挥挥手跳上路边男生的脚踏车后座。

林周暗一直眯着眼睛看着夏朵薇消失的方向，不着痕迹地把心里的不屑和怒气悄悄平顺。他不明白，为什么小娓会和夏朵薇这样的女生成为好朋友

呢？她们看起来就完全是两个世界的人。如果说夏朵薇是妖艳又清纯的水仙，那么小娓就是纯白到没有一丝杂质的小百合，清新自然甜美，没有任何阴暗面。

小娓是林周暗的发小，从小一起长大，看着彼此怎么从拖着鼻涕的脏小孩，一碰就哭的眼泪包，慢慢变成今天这样翩翩的少年和婷婷的少女。那是一种，愿意为对方去撑塌下来的半边天空的深厚感情。而夏朵薇是小娓的小学同学，初中没有什么联系，高中时又在一个学校，很快就又恢复了年少时亲密的感情。

林周暗不知道小学时的夏朵薇是何模样，可是现在的她无论怎么看，都算不得好女生。她聪明，她漂亮，她的名字在排名榜上永远很靠前，可是这些都无法改变她是这所学风良好的重点高中里彻底的异类这样一个事实。夏朵薇留披肩长直发，穿耳洞，改校服，小小年纪便懂得如何笑出媚态，看男生时喜欢微微眯眼睛，身边永远有一群人，关于她的传言每天都有新的版本。

林周暗很不喜欢这样的女生。哦不，是厌恶。很厌恶很厌恶这样的女生。因为他的妈妈，也是如此美丽又危险的女人，然后在他很小的时候就跟着别人跑了。

这样美丽又有魅力的女人，总是带着致命的诱惑和危险的气息的，你不知道她下一步会怎么样，也许随时就会消失。她们只顾自己快活，没有一点责任感。

林周暗，恨死了这样的女生。

不过虽然林周暗不喜欢夏朵薇，但从不在小娓面前碎嘴。他小心保护他从小看到大的小娓，但是从不阻碍她的自由，不剥夺属于她的权利。

倒是小娓总是说：“周暗，其实夏朵薇不是你想的那样的，她是个可好的女孩子。如果你真的了解她，你一定会喜欢她的。”

林周暗只是笑，并不反驳。虽然他百分百确信，他林周暗会喜欢夏朵薇，下辈子吧！

因为小娓的关系，三人偶尔会一起出去。

总是永远不变的队形，小娓在中间，林周暗和夏朵薇一左一右在她的两边。小娓拉着夏朵薇的手亲热地说话的时候，林周暗就安静地跟在她们的身旁。小娓来和他说话的时候，林周暗会微笑着微微倾身，侧耳细听，脸上的每一根线条都是软的。

夏朵薇有时低着头走自己的路，有时会眯着眼睛笑，大剌剌的斜着身

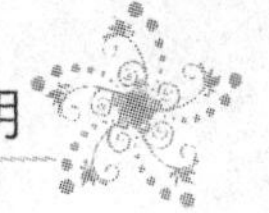

体，侧脸看着林周暗温柔的模样。他似乎只有和小娓说话的时候，才会散发出这种清新到让人撤掉所有心防的气息。像春天清晨的日光，台风过后折断的树枝渗出来的白色汁液，大雨后的青草香气。

安静的，温柔的，干净的，美好的……

那是，夏朵薇从未看见过的男生的模样。

小娓去买冷饮的时候，林周暗和夏朵薇明明是并排站在一起的，可是一个往右看，一个往左看，形同陌路。

“你真的，很讨厌我哦？”不知什么时候夏朵薇已经转过了头，依然是吊儿郎当斜着肩站不稳的样子，望着身旁站成小树样的男生笑着问。

林周暗不说话，看着夏朵薇漂亮的笑脸，眼睛微微眯了一下，并不直接回答。

“小娓去了很久，我去看看。”说着就要离开。

“你还没回答我。”虽然是开玩笑的语气，但似乎，问的人很在意答案。

林周暗抬起垂下的眼睫，笑了一下，说：“还好。”

林周暗的肩线很漂亮，所以背影挺拔又好看，走路的步子总是迈得很稳——不像她，总是摇来摇去的，充满痞气。

还好？那便是，“不是很讨厌，但是有点讨厌咯？”真的是很诚实呢。

夏朵薇习惯性地扬起笑脸，朝街对面对她挥手的小娓走去，当然，还有林周暗。

如果说小娓是童话里永远受宠的公主，那么林周暗就是那不离不弃忠心耿耿的骑士。

夏朵薇咬着五毛钱一支的糖水冰棍，踩着夕阳，听着小娓细细的笑声，沉默的微笑。

林周暗抬眼的时候看到夏朵薇眯着眼睛，嘴角上扬十五度，微笑的模样。可是他知道，她不是真的高兴所以才笑，只是不知道该有怎么样的表情，所以才笑。

那是她习惯的表情。

林周暗也不知道为什么，他就是那么清楚地知道夏朵薇那些未说出口的情绪。许是感觉到了林周暗注意的目光，夏朵薇微微抬起头看林周暗，挑了下眉毛，丢过来一个妩媚的眼神，唇边的笑意更甚，不正经的模样。

莫名的火气似乎又要蹭蹭地冒起来。但又没有合理的生气的理由，这便更让人生气。

所以说，他林周暗，真的很讨厌很讨厌很讨厌夏朵薇。

很讨厌。

虽然是夏朵薇最最亲密的朋友，可是即使连小娓都未见过她哭泣的模样。林周暗问小娓为什么那么喜欢夏朵薇的时候，小娓就说因为她坚强。

小娓说："夏朵薇，她是我见过的最坚强的女孩子，漂亮勇敢，从来不哭。你别看她总是笑嘻嘻的样子，可是很讲义气。聪明，明白自己在做什么，知道什么该做什么不该做。她是我想要成为的样子呢。"

"你这样就很好了。"林周暗揉揉小娓的头，像宠一只乖巧的小白兔。

坚强？还好吧。至少，他便见过她的眼泪。

林周暗是唯一一个看到过夏朵薇眼泪的人。

当然，那只是意外。

补习班下课回家的时候夜色已经着了很重的墨色。干净的小马路，昏暗整齐的路灯，摇晃的树影，路上没几个行人。远远就看到前面有一个穿白色大T恤蓝色牛仔中裤的长发女生，夜风吹过的时候，白色的T恤和她的长发飘啊飘，颇有些鬼魅的色彩。骑近一些，才发现居然是夏朵薇。

白T恤的胸口是一大片黑色的污渍，像是被人泼了一身酱油。额头上有伤痕，左脸颊像馒头一样肿起，嘴角有淤血。可即使是这样的情况，夏朵薇的脸上依然没有哭泣过的痕迹。眼睛是干的，有一种睥睨群雄的女王神情。但，那是在看清林周暗之前。

当林周暗的脸在她空洞的视线里渐渐汇聚成一个清晰的模样，夏朵薇脸上淡漠的表情有碎裂的迹象。她微微撇过脸，把肿起的那半边脸藏到阴影里。

"怎么了呢？遇到麻烦了吗？"无论再怎么讨厌夏朵薇，看到她现在这样林周暗没有办法视若无睹的。

夏朵薇想像平常那样吊儿郎当的笑一下，可是笑不出来，一笑，眼泪就掉了下来。滚圆的一大颗，直接掉在自己的衣襟上，脸颊依然是干的，没有留下任何痕迹。

"如果，"林周暗看着夏朵薇说，"如果遇到什么麻烦，就来找我……还有小娓，我们都会帮你的。"

头上的路灯许是烧断了灯丝，忽然灭了。两个人就那么沉默的在黑暗中停下脚步，安静得几乎能听到彼此的呼吸声。

夏朵薇的眼泪，终于在这一瞬间汹涌而出。

"林周暗，你知不知道我多么羡慕小娓，我多么希望我是小娓？"

"……每个人都有每个人的好……"

“那你会像喜欢小娓那样喜欢我吗?”

林周暗胸腔一瞬间被什么东西攥住，有一种窒息的疼痛和慌乱，陌生的感情和情绪，不知道怎么分辨和控制。总觉得，不应该是这样。那些冠冕堂皇的话被夏朵薇的抢白硬生生地哽在了喉咙里，像一根吐不出来的鱼刺。

“……我送你回家……”

“我没有家!”夏朵薇转身就跑。

林周暗下意识地去追，拉住夏朵薇手臂往回扯。不知怎么，大概是用力太猛，她就撞进了他的怀里。

昆虫的鸣叫，夜风的吟唱，树叶沙沙的摩擦声，谁家院子里小狗的叫声，小孩子深夜哭闹的声音……还有怀里那个平日刀枪不入的女生，轻轻的压抑不住的啜泣声。

“林周暗，你可不可以不要那么讨厌我？这个世界上讨厌我的人太多了，真的不少你这一个……请你，不要讨厌我。”

像是忽然知道了澎湃的大海也有月光下的温柔，好奇心也像潮水一样慢慢地涨了起来。林周暗偶尔会向小娓问起夏朵薇的事情，细细碎碎的，开始对她有了更多一些的了解。

原来夏朵薇的家庭很复杂。她很小的时候父母就离了婚，父亲在家乡再娶，母亲在南方的城市再嫁。她还有一个哥哥，哥哥跟了父亲，她跟了母亲。夏朵薇母亲再嫁的男人是一个国企的小会计，工资不高，脾气暴躁。他和夏朵薇的妈妈两年后又有了一个孩子，生活就越显拮据。夏朵薇又从不叫他爸爸，脾气倔强强硬，两人常常发生冲突。嘴巴上夏朵薇不输给任何人，可毕竟只是个十几岁的女生，动起手来完全不是对手。可是她总是学不乖，不把她的继父惹到火冒三丈不罢休。

“夏朵薇啊，她就是倔，嘴巴又硬。你别看她平日笑嘻嘻的样子，其实什么人对她好，什么人对她不好她都明白，什么人可以做朋友，什么人不可以做朋友她也清楚。我知道，她和那么多奇怪的人做朋友，和每个男生都关系暧昧的样子，其实只是她寂寞。她有点寂寞，她只是想假装她不寂寞而已。”小娓一边写单词一边又补充说，“其实她挺傻的。”

林周暗在一边做数学试卷，忽然想起刚认识夏朵薇的一天，他和小娓在讨论谁有好看的虎牙，夏朵薇在前一桌和一个男生说笑。

小娓说：“朵薇，把你的虎牙露出来看一下。”然后夏朵薇就真的转过身来，咧开嘴巴露出大大的笑容，秀出她门牙旁边小小细细的虎牙，眼波神情都单纯得像一个很小很小的孩子。

林周暗想着想着，心不由软下来。

骆小娓之于林周暗是什么呢？

很多人都以为林周暗是骆小娓的男朋友，而且是二十四孝男朋友。他对骆小娓的好，几乎到了人尽皆知的地步。

到底是不是呢？其实林周暗自己都未想过。他不知道小娓是怎么想的，他只是打从心眼里想要疼小娓，想要对她好。在林周暗眼里，小娓从小就像住在水晶塔里的小公主，聪明漂亮善良，有天使一样的灵魂。他希望她幸福，希望给她幸福。

也许，如果一直一直这样下去，他们真的会牵手、恋爱，然后结婚，生子，慢慢变老也说不定。这将会是一个平淡又幸福的故事。

可是谁也没料到，骆小娓的生命会那么短暂。还未走完二十个春秋，就匆匆地坠落了。

高三那年的冬天，骆小娓因为意外车祸去世，终年十七岁零一个月。

出殡那日，起了很大很大的风，干枯的树枝抽打着灰蒙蒙的天空。林周暗站在人群中，神色苍白，一语不发。

不知道什么时候夏朵薇拨开众人来到他身后，然后突然把头抵在林周暗的背后，紧紧抓着他的手臂，痛哭不已。

那天去祭拜的同学亲友很多，看到夏朵薇和林周暗平日并无太多交情的两人相依靠的样子，投来诧异的目光。后来林周暗几乎忘了当天所有的仪式、程序、他自己说过的话、旁人的眼神，唯一记得清晰的是自己那天在风里站得很直，脊背笔挺，迎着风和目光，第一次感受到作为一个男人该有的担当。

大一那年冬天寒假，旧日的同学聚在一起吃饭。夏朵薇也去了，和一个一米八的男生一起。林周暗在门口抽了一支烟，没有和夏朵薇打招呼。

席间，林周暗喝得有点多了，不知怎么总是拉着和夏朵薇一起来的男生喝酒。

夏朵薇接过林周暗手里的酒杯说："我哥不能多喝酒，我替他。"然后一仰脖子，喝得点滴不剩，整个桌子的男生女生都拍手叫好。

林周暗愣了一下，然后笑着也把自己杯里的酒仰头喝尽。

后来林周暗真的喝醉了，他趴在厕所的洗手台上好像把五脏六腑都要吐出来。有人递过来一块热毛巾，他说了谢谢，摊靠在洗手台边，抬头看到夏朵薇的哥哥。

夏朵薇的哥哥说："我妹妹，好像很喜欢你。"

林周暗喝得舌头都大了，傻笑着大声说："什么，你很喜欢我？不行……不行啦……"

那一天，其实恰巧是骆小娓生日。如果她还在世，那天就该满十八岁，成人了。

林周暗不记得自己那天是怎么回家的，只记得纷繁复杂的梦里，十七岁那年夏天的骆小娓和夏朵薇的脸交叠着出现，像两朵芬芳各异的花朵，又像香樟树下一地凌乱的光影。醒来一摸，满脸满脸都是泪。

林周暗和夏朵薇渐渐开始有了联系，但并不热络，不咸不淡的。他始终很难定义自己和夏朵薇之间的关系，似乎掺杂了太多复杂的东西而无法简简单单地用"朋友"两个字概括。

每年寒暑假回家，因为同学聚会或者其他什么原因，林周暗和夏朵薇总会见上几面。夏朵薇是同学中变化最大的，她慢慢变成了林周暗所谓的"好女孩"的模样。

依然是不变的长直发，但是披在肩上有了温婉的气质，戴小小的不显眼的耳钉，穿 T 恤和花朵的中裙，光洁白皙的小腿，光腿穿麻编的平跟凉鞋。

台风来临前的某次聚会后，夏朵薇在身后叫林周暗。他回过头去，看到按着长发和裙摆向他跑过来的夏朵薇，有一种清新到让人心跳的美丽。

"一起走吧，我回我姑姑家。"

林周暗不置可否地点了点头。

台风临近，那天的风真的很大，路边的树好像随时都会被吹断腰肢，瘦弱的夏朵薇好像会像风筝一样被吹到天上去。不知道是谁先拉了谁的手，反正最后，是林周暗拉着夏朵薇一路走到车站的。

他小心翼翼地拉着她，就像年少时和骆小娓瞒着家里人走了很远的夜路去看露天电影一样。想到小娓，林周暗的胸腔里就漂起薄薄的凉意，轻轻地松了手。

"车来了。"

安静的并肩坐在一起，然后一前一后地下车，一左一右地分道扬镳。林周暗不知道，夏朵薇很快就转身，一直望着他的背影消失在她的视野里，然后一个人坐上相同的返程车，回家。

夏朵薇根本就没有姑姑。

大二那年的暑假，夏朵薇在林周暗念书的城市找了份实习的工作。而那一年，林周暗也因为双学位补课没有回家。一起生活在一座陌生的城市里，两个人的联系忽然紧密了起来。

有空的时候，两人会一起在夏朵薇租来的房子里做饭吃。一起买菜做饭，一起吃饭看电视，一起穿着拖鞋逛街，一起站在路边啃西瓜，一起窝在沙发里看电影，看到好笑处，夏朵薇会扶着林周暗的肩哈哈大笑。

风平浪静的相处，很舒服，没有束缚，不想过去，没有未来，只有这一刻，穿透时间和光年。

谁都未曾去触碰那似乎禁忌的话题，假装什么事情都未曾发生一样全部憋在心里。

眼神逃避眼神，笑容空洞。

林周暗在一个他和夏朵薇都常上的 BBS 上看到夏朵薇在一个讨论爱情电影的帖子后的跟帖。她说那不是爱情，那只是暧昧。不是不爱，只是，不够深爱。女生是因为执念，男生是因为爱得不够。

很多人在后面顶夏朵薇的帖子，说她说得好。

林周暗的眼睛里忽然落下水滴来。

大三的冬天，夏朵薇穿着厚厚的羽绒服在雪地里像一只臃肿又可爱的企鹅。她笑着说，毕业了我们一起去旅行好不好?

林周暗没有回答。他摸摸夏朵薇的头发，像几年前摸小娓一样。

"夏朵薇，你该找个男朋友了。"林周暗忽然发现原来那句话没有想象的那么难以出口。原来他也可以把违心的话说得那么自然。

夏朵薇脸上的笑容像是被寒冷的风吹僵了一样凝结在脸上。她什么话也没说，轻轻推开了林周暗的手。

那天晚上林周暗回到家，坐在过年的红灯笼底下，眼泪大颗大颗地掉下来打灭他指间点燃的烟。

几个月前家里人就悄悄帮他安排好了出国的手续。爸爸说，那里有你想要的生活，去吧。

那一刻，第一时间闪过眼前的不是那向往了很久的游学生活，而是夏朵薇在台风天按着长发和裙子微笑的样子。差点就冲动地不想离开了——差点。

林周暗是爱夏朵薇的，不是不够深爱，而是，太深爱。所以害怕失去时痛彻心扉，所以干脆不要得到。他已经试过一次那种心痛，他害怕。

总想着无论怎么样，还是能看到她的。那么多年，她始终在他身边，且遂了他当初未说出口的心意没有再招惹其他男生，孤孤单单的一个人，笑得那样天真美好。

也许，也许将来会在一起吧。总是这样想着，将来总是在前方。

直到知道自己要离开，没有办法再这样一直和她走下去的时候，林周暗才忽然明白，自己从来没有活明白过。

林周暗不知道是在哪个瞬间爱上一个本很厌恶的人的。是在她侧脸假装坚强微笑的瞬间，还是在他怀里崩溃地哭泣时？是激起他少年豪情万丈的大风天，还是她在台风中弱不禁风的模样？

林周暗总以为自己是勇敢的，可是他的勇敢，和夏朵薇那年拨开众人走到他背后，一直无所求地默默付出相比，算得了什么呢？他甚至没有勇气当面和她说一声，我要离开。可是，我是真的爱你的。

想想都觉得自己虚伪。

是不是每个故事都应该有个惊心动魄的高潮？可是林周暗和夏朵薇的故事，就这么平平淡淡走过了 2007 年，戛然而止。就连告别，也像是旧时代的黑白默片一样安静沉默。

夏朵薇没有去送林周暗。林周暗走的那天，她坐在阳台上折了几百架纸飞机，每一架的机身上都写着“林周暗，我会等你回来”，铺满了整个房间的地板。

——不管你回来的时候还记不记得我，不管你回来的时候身边是不是有了其他的人，不管你是不是真的喜欢我，林周暗，我都会等你回来。

因为我喜欢你。

我喜欢你——它可以是你和我两个人的事，也可以是我一个人的事。你是我一个人的小情歌。

2008 年夏天，夏朵薇大学毕业。在一座大城市找了份专业不对口的工作，每天都忙忙碌碌跑来跑去，一个人。有一天她在网络上听到一首蜜雪薇琪的歌，憋了很多年的眼泪在手机铃声响起的同时大颗大颗掉了下来。

2008 年夏天，林周暗在澳大利亚，穿着人字拖在夜晚的海边散步，一只金色短毛的大狗一直跟在他后面吐着舌头摇尾巴，好像他是一块巨大的肉骨头。

在异乡的夜空下，林周暗听到有华裔的少女戴着 MP3 坐在海岸边轻轻唱：“……谢谢你对我的爱是最美的语言/我的心愿相信你都听见/就算爱必须离开面对陌生空间/你的体贴值得每天怀念/谢谢你对我等待是最好的再见/我的眼泪相信你能体会/就算爱必须分开留在两个世界/你的誓言没有保存期限……”

不需要排练，非常熟练的就忆起那个倔强的美丽的女生的脸。

总觉得故事不该就这么结束了。

林周暗低下头，拨了那个熟悉的号码，直到听到女生略带哭腔的模糊声音，跳乱了节奏的心脏才慢慢地安下来，练习了无数次的对白，终于脱口而出：

“夏朵薇，我们会再相见吧？”

“夏朵薇，有些话迟了很久很久，可是我们有一辈子的时间，所以你会原谅我的迟到，是不是？”

“夏朵薇，等我回来。”

“夏朵薇，我喜欢你。很喜欢很喜欢很喜欢很喜欢地，喜欢你。”

那些年，我们曾专心侍弄爱情

■ 积雪草

一

宋淇淇是替叶丹姐姐卖袜子的第二天遇到夏寒的。

夏寒是一个个子很高，戴眼镜，眸子里有一丝淡淡忧伤的男孩。那天他在操场打球，不小心踩进了雨后未干的一汪泥水里，白袜子霎时变成了泥袜子，他懊丧地扔了球，来到街边的专卖店里买袜子。

他看到她的一刹那，眸子瞬间有了光彩。其实宋淇淇是那种可爱的女孩，明亮的眼睛，宽宽的额头，嘴唇红润，没有擦口红，穿一条松松垮垮的牛仔裤，脚上一双帆布鞋。

去的次数多了，他知道她叫宋淇淇，刚刚大学毕业。她的叶丹姐姐生孩子，央求她好歹帮些时日，不然小店就得关门。

夏寒手里握着一张崭新的钞票，傻傻地听着宋淇淇说那些陈谷子烂芝麻的往事，并不插言。不过从那一天开始，夏寒差不多每天都到宋淇淇的小店里买袜子，白色的、纯棉的那种，他只买同一个牌子的。

宋淇淇想起他的时候，就忍不住想笑，买那么多的袜子，干什么用啊？

这个问题一直纠缠着她，有一天，她忍不住问他，夏寒愣了一下，然后笑了，我的同事都喜欢这种袜子，是他们让我帮忙捎的。

有一次夏寒来买袜子的时候，刚好遇到宋淇淇胃疼。她用手抵住胸口，嘴唇苍白，脸色发青，额上冷汗涔涔，身体缩成一团慢慢蹲在地上。

她的样子把夏寒吓坏了，宋淇淇虚弱地笑，说，“老毛病了，胃寒，用热水袋敷一下就好了。”

可是小店里除了袜子，什么都没有。夏寒急得不行，问她，“我送你去医院吧？要不去我家里也行，我家就在附近。”

她任由夏寒把她带回家里，她已经没有力气说不。

他的家是一间小公寓，一房一厅，她躺在夏寒的小床上，白色的亚麻床单和枕套，有着淡淡的男人的味道。她的内心里纠缠着疼痛与欢喜、混乱，听着夏寒烧开水，然后慢慢灌进热水袋里，手忙脚乱地忙碌着。

二

像所有恋爱中的男女一样，两个人约会，看电影，吵架，拌嘴，赌气，和好，但这些都是恋爱中人的小插曲，小甜蜜。

有一次，两人约好去太平洋百货见面，给一对即将入围城的朋友买礼物。路上，宋淇淇甚至想，自己和夏寒什么时候会有这么一天呢?

从车上下来，转车的时候，忽然看到夏寒，他蹲在街边，给一个大了肚子的女人系鞋带，然后慢慢地把女人扶到街边的长椅上坐下，跑去售货厅给女人买了矿泉水。

她看着他坐在女人的身边，心轰然而动，眼泪不争气地落下来。原来小安的话都是真的，她没有骗自己，夏寒真的结婚了，而且妻子还怀孕了。

那种体贴和安慰，就像上次他给她敷热水袋。

她呆住，只觉得晕晕乎乎，不能思想，混在一大堆的人群中，上车，车到下一站，她又挤下车，疯狂往回跑，跑着跑着，忽然就停住不动了，跑回去又能怎样？揭穿他吗?

何必呢？好歹也是爱过一回。可是为什么会那么难过呢？宋淇淇蹲在地上，眼泪复又汹涌。

那次之后，她不再去叶丹姐姐的小店里帮忙卖袜子，因为她不想再看到夏寒。

夏寒曾经很多次去那家卖袜子的专卖店找她，可是她狠了心肠不见他。她不想当第三者，和有家有太太的男人纠缠在一起，终究不会有什么好结果。

她躲在暗处，看着他一次一次去找她，一次比一次消瘦。她抿紧嘴唇，有好几次都忍不住要跳出来，质问他为什么骗她，为什么辜负她，可是到头来终究是理智占了上风。

那年冬天，她在一家大公司里谋到一个职位。大冬天，穿着短袖的羊绒衫和及膝的短裙在空调屋里办公，优雅，内敛，素着一张脸，不笑，也不和人打成一片，独来独往。

夜深人静的时候，一个人孤单得想哭。也不是不想再恋爱，有男人和她约会，可是她爱不上，爱不上别人，曾经沧海难为水，夏寒害她不浅。

三

年底，公司举行联谊活动，邀请了很多客人，也包括客户方的代表。宋淇淇本不想去的，但是公司老总说，公司里女同事本来就少，如果都不来，活动肯定死气沉沉，提不上气氛。

宋淇淇碰了个软钉子，没办法，只好打起精神，把长发挽起来，穿了及踝的晚礼服，衬得腰身玲珑有致，胸前别了一朵小小的风信子，脸上化精致的妆，微微仰起小小的下巴，站在门口迎接客人，礼貌，周到，分寸拿捏得恰到好处，同人周旋。

忽然她看到一张熟悉的脸，是夏寒。

夏寒看到宋淇淇的瞬间也怔住了，沉默良久，他还是问了句，“你好吗?”宋淇淇心慌意乱，嘴唇颤抖，窒息得说不出话来。曾经无数次设想过见面时的场景，可是真的见到了，却一句话都说不出来。

好一阵子，宋淇淇才恢复常态，拿出全身的本事应酬夏寒，“夏先生一向可好？怎么太太没同你一起来吗?”想起那年街边看到的那个大了肚子的女人，内心仍然忍不住隐隐作痛。

夏寒看着她，傻傻地问，“什么太太？你说谁的太太?”

宋淇淇内心有些鄙夷地想，还想冒充单身男人，骗骗无知的小丫头还行，骗我，还是收收好，我早领教过了。

想只管想，脸上还是堆起了风情万种的笑，“夏先生真会开玩笑，如果我没有记错的话，你孩子都快 3 岁了吧?”

夏寒一把拉住宋淇淇的手，急吼吼地打断她，“你说什么？谁的孩子 3 岁了?”

宋淇淇挣不脱他的手，急得跳楼的心都有，很多同事已经探头探脑地望过来。他看出了她的尴尬，生拖硬拽把她拉出了那间屋子。

四

夜里，很多地方都已经打烊，只好找了一家通宵营业的酒吧，刚坐下，夏寒就问她，“你说谁有孩子了?”

宋淇淇忍了半天，还是忍不住说，“我什么都知道了，起先小安说你有太太，我不相信，可是那次约好在太平洋百货见面，就是因为看见你和你太

太在一起，所以我没有去，她已经大了肚子，我是争不过她的，也不忍心和她争，所以我主动放弃。”

夏寒听了宋淇淇的话，脸色惨白，“你是说赵小安吗？你可真笨，那个女孩是我初中同学，她追了我整整10年，可是我对她没有感觉。”夏寒把一盎司啤酒一下子灌到肚子里，然后长叹。“那次和你约会，我也是偶然遇到那个大肚子的女人，她鞋带开了，所以我帮她系好，谁知碰巧被你看到了，这是你我注定的劫，我曾经百思不得其解，不知道为什么你会突然在我的生活中消失了，现在才明白，竟然是因为这个。

“一直到后来，我偶然经过一家婚纱摄影店，隔着玻璃，我看到你在试婚纱，你穿白色的婚纱漂亮极了，像个仙子。当时我站在窗外想，如果你是为我穿上嫁衣，我一定会幸福得晕倒。后来，看到一个年轻英俊的男人穿着白色的礼服，跑过来喊你说照相了，我的梦被打碎了。”

宋淇淇傻傻地看着夏寒，自言自语道，“这或许就是宿命吧！叶丹姐姐离婚再嫁，那天她去试婚纱，拉上我，让我帮她试试哪一款漂亮，仅此而已。”

夏寒听了宋淇淇的话，心中狂喜，拉着她的手说，“既然误会都说开了，那么我给你看一样东西吧！”他不由分说，拉起宋淇淇的手往外跑。

那间小公寓宋淇淇是熟悉的，尽管只去过几次，可是在她心里，在梦中，已经去过无数次，那便是夏寒的家。

房子里的摆设依旧和从前一样，宋淇淇的心莫名地疼了一下，我可真笨啊！怎么会相信他结婚了呢？这明明是单身男人的房间，没有一样女人用的东西，因为笨，中间和他错失了3年的时间，也因此，几乎失掉一生。

夏寒把她拉到一个小小的五斗橱前，拉开抽屉，上下三层，满满的都是白色的纯棉袜子。原来那些袜子并不是替同事买的，是他为看她一眼的借口，去一次，买一双，抽屉里有100多双。

宋淇淇看得流出了眼泪，她抚摸着那些白色的纯棉袜子，眼泪滴进袜子里。

因为这100多双白色的纯棉袜子，宋淇淇嫁给了夏寒。婚后，宋淇淇开了一间自己的袜子专卖店，专心经营袜子，侍弄爱情。

丑花儿

■ 王天宁

一

打一生下来，我就认识她。我们住在同一条胡同儿里，我奶奶家和她家隔着三扇漆蓝漆蓝的小门，算是邻居。

她年龄比我母亲小一些，按当地的习俗，我叫她林婶儿。我还被裹在“蜡烛包”里的时候，林婶儿就抱过我，当然这话是后来林婶儿给我说的，奶奶也不断向我复述。林婶儿有一双儿女需要照料，有一串大孩子跟在她屁股后头跑，喊她“林老师”，她还掌管着一亩田，挑水、施肥、除虫、收割，全经她手。总之，林婶儿是个忙人。

其实我在两岁之前没怎么见过林婶儿。两岁时我生了一场大病，此后父母去南方打工，留奶奶照顾我，林婶儿便往我家跑得勤了。过年时她会做好饺子端过来，坐在我家的火炕上，炕旁边的大锅里“咕嘟咕嘟”煮着年粥，她把我抱在怀里，坐得离滚烫的大锅远远的，好像生怕它烫着我。

林婶儿亲手把饺子喂给我，她还会给我包红包。

我长到6岁，去了林婶儿教书的学校，进了她的班。像从前那些追在林婶儿后头跑的大孩子一样，我开始叫她“林老师”。

二

我在林老师的班里待了很长一段时间，一直不怎么喜欢这个被称为“学校”的地方。我承认那时候我的性格有些孤僻，学习成绩也被落在末尾。在同学们口中，“佳佳是个丑女娃娃”。起初听到这些话时我很诧异，我自认只是人笨点，走路不稳经常摔跤，除此以外，和他们没有什么不同。

可同学们总是说，背后说，当着我的面也说，就算我生气地冲他们大喊大叫也丝毫没有收敛。日子一久，我从将信将疑变得深信不疑。我把同桌的小镜子拿来照照，呀，镜子里的人和对面的女孩们好像确实不太一样。

我不漂亮怎么能怪我呢？班里好多女同学都穿了妈妈给她们做的花裙子，而这么热的天，我的两条腿只能在肥大的裤管里晃悠。就算我想像男孩子一样穿裤衩，奶奶也不准。“您什么时候能给我做条裙子啊，奶奶？”我曾向她抱怨。

奶奶长久地望着我：“等你长大了吧。”

同学们愈发疏远我，实践课上没人肯和我一组，可做标本必须要 4 个人。林老师是我们的实践课老师兼班主任，她见我四处被拒，便指定了其余 3 个组员，其中就有我漂亮的女同桌。

从小奶奶就夸我是巧手，最后全班只有我们组把蝴蝶标本制成了。我满心炫耀，将它交到林老师的手里。林老师把标本在班里传了个遍，每个人的手都在它被薄膜覆盖的翅膀上摸了又摸。

最后她把它要回来，郑重地夹进自己的教案里：“同学们，事实证明，今天蒋佳佳同学的表现最棒！”她对我竖起大拇指，“佳佳，好样的！”

那一刻，全班屏息凝视，寂静无声。

那天，林老师带我一起回家。“林老师，我什么时候才能像同桌一样漂漂亮亮，有花裙子穿？”我绕到她前面，问她。

“佳佳啊，你要知道，你现在是一只小毛毛虫，等你身上的皮蜕掉了，就会像蝴蝶一样，变成老师都不敢认的漂亮大姑娘了！”

她的手捧着我的脸，阳光有些晒。那条横贯东西的胡同儿静悄悄地等着我们走进去，葱绿的青苔爬满墙壁，一拍会淌出水来。

三

6 年之后，我去县里上初中。

那是一段非常不快乐的日子。上小学时，林老师会把那些怪异的目光从我身上拂落，而一离开她，那种目光又像小虫子一样蠕动着身躯，挤挤扎扎地在我的皮肤上扎根。

我有自知之明，知道自己长得难看，怪不得别人。而林老师的预言也没有成真，我身上压根儿没有任何蜕皮的迹象。

天儿好的时候，宿舍里的姑娘会洗衣服、晒被子，三三两两一起去澡堂——那个对我来说仿佛炼狱的地方。我真不习惯澡堂里灌满的憋闷的水汽和她们对我那赤裸裸、毫不掩饰的打量，我怕自己不好看的躯干吓到别人。

好在我有一头美丽的头发。自我两岁得那场大病后，我越长越不好看，

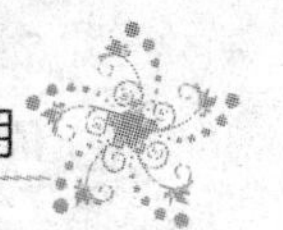

这头秀发却越来越乌黑稠密。索性我将它们留长，遮住我的脸颊，盖住我的眼睛，眼珠躲在刘海儿底下，什么都不用思考。你瞧，头发是多神奇的东西，它简直把我和别人分隔在两个截然不同的世界。那段时间我寂寞得发疯，每周都给林老师写信。我抱怨自己永远追不上趟的数学成绩，给她写初潮来临时的惊慌，写自己在深夜一个人去澡堂洗澡，对着月亮张嘴哇哇大哭，洗澡水全灌进鼻腔里……还有，我不断问她：我什么时候才能变得好看一点呢?

林老师给我回了一封长信，我记得开头是这样的：

佳佳，你的心里藏着一颗种子，你若惧怕黑暗，它永远不会生长。然而一旦春阳照耀，它就会长成一朵美丽的花……

收到信的那晚，我做了一个梦：我飞起来了，从宿舍的窗口冲出去，我的长长头发牵引着我，目的地正是从小生活的地方。林老师站在胡同儿口，仰望天空。那条胡同儿安静地趴在月光下，它和她一样，都在等我回去。

四

高考前我经常在梦里看到同样的画面。

我看到一大片迸溅的红光，滚烫的海水，父母临走时，我哭闹着怎样也揪不住的他们的手。这些画面反复在我的梦里出现，我被惊醒，满身汗水，枕边敞着习题册，手电筒上留着余温。

我就读的高中在市区，因此回家的次数更是少得可怜。我和林老师在信里谈起我的梦，她回道：“你回家一趟吧，正巧你姐结婚，回来吧!”

我好像一直都在等林老师对我说这句话。其实不管她说与不说，我都要回去。我父母在南方打工，一年我只能与他们见一面。奶奶作为一个老人，很多时候她是不懂我的——只剩下林老师。小时候林老师把我抱在怀里喂我饺子吃。小学时她牵着我的手送我上学、放学，不准许班里任何一个学生嘲笑我。初中我离开她后，她与我来往的信件从没有断过，摞起来过了膝盖……

我常把她视作这个世界上最了解我的人。我没如她所愿变成一个漂亮的大姑娘，随着身体发育，我的样貌甚至比小时候更加不堪。但林老师从没嫌弃过我，胡同儿里与我走一路，手都搭着我的肩。

记得她说她早就把我视作自己的小女儿。而我因为害羞的性格，无论是在纸上还是生活中，都羞于表达我的感激。

令我始料不及的是，林老师把我带回家，居然从衣柜里捧出了一条轻盈美丽的白纱裙。当生命中的第一条裙子摆在我眼前时，我看着林老师的眼睛，我知道无论如何，自己都不能拒绝。短裙美丽得有些梦幻，又很合身。可裙摆下面露着我两团肉乎乎的膝盖，怎么看怎么别扭。

我还化了妆。化妆师刚巧忙完新娘子那边的活，林老师便招呼他来帮我化一化。化妆师全程皱着眉头，完工的那刻，林老师拍手大叫："好看！"

我透过落地镜看着自己，的确比以往好看那么一点儿，两团肉乎乎的膝盖似乎也不那么扎眼了。

按照当地习俗，作为伴娘的我随新人走进林老师家的庭院，宾客全部起立。院子里挤满人，我的大脑一阵嗡鸣，心想：完了，他们肯定在议论我，一定会说这么丑的姑娘还穿裙子给人家当伴娘，不害臊！

我低着头接受着宾客的审视，感觉自己快焦渴至死了。我只想让仪式快些结束，好离开这个地方。

家长该讲话了。林老师站起来，盈盈笑着："今天真高兴，我的女儿出嫁了，我的佳佳也长成了一个漂亮的姑娘……"

后面的话我听不见了。我的耳朵里一直在响，嗡嗡嗡嗡。我终于听到那些宾客的议论，他们在说："蒋家的闺女确实变好看了……"

"好看"，这个从来没降临过我的形容词，让我的心一下子怦怦跳得厉害。怎么可能，我没听错吧？我静下心来，竖起耳朵细细地听下去。

"是好看了，现在挺有气质的。"

短短的一句话让我的眼眶有些湿润，我抬起头望向声音的来源处，他们竟然正冲我赞许地笑着。我一愣，赶紧笑着点了下头，再抬起时，悄悄地把遮住眼睛的头发撩到了一边。

那年我不到两岁，母亲用灶台做饭，我在床上玩耍。床与灶台是相连的，母亲去接电话的时候，我不慎将锅碰翻，滚烫的开水淋头而下。烫伤遍布我全身，脸颊最为严重，其次是胸部和腿。因为烫伤，我很晚才学会走路，至小学仍旧站不稳，时常摔倒，直到现在，我的双腿仍旧无法完全直立。

母亲由于愧疚，与父亲去南方打工。从两岁长到十八岁，我完全是由奶奶和林老师抚养长大的。

我看着正在讲话的林老师，看她的皱纹和她灰白的头发，我只想告诉她：林老师，我终于等到这一天了！

五

那条短裙自然归了我。

至夜，我上床睡觉时，短裙裤兜里窸窸窣窣地掉出了一件东西。捡起来，居然是我小学在实践课上做的蝴蝶标本，它被林老师保存得完好无损。

林老师往标本的薄膜里放进一张字条，上面写着：“佳佳，这么多年，蝴蝶终于找到它的花了。”

是啊，我们无法选择天生美貌与否，但是，我们可以努力地为自己的蝴蝶找到一朵可以偶尔栖息的小花。我把标本放在胸口，夜幕深深，万籁俱寂。

青春慌乱，许你一世安然

■ 白衣断弦

一

我一直觉得许安莜是个浑身带刺的女孩，就像刺猬一样无论何时都处于防备状态。而且不管谁有意或者无意触碰到那根刺时，都会死得很惨。所以当我的钢笔写不出水随手甩几下的时候，我竟然把墨水甩到了她的脸上。我无奈地对她笑了笑，我知道我大祸临头了。

“陆少北，你个白痴，你看你干了什么好事，我怎么会有你这么蠢的同桌。”她发了疯似的吼道。

“你以为我愿意啊，要不是班主任要我跟你同桌，打死我都不过来。”我刻意地讽刺道。

许安莜是一个转校生，高二那年据说是从北京那边来的，具体情况我也不是太清楚。只记得她刚进教室做自我简介的时候，上身穿着一件灰白格子的衬衫，配搭着一条泛白的牛仔裤，而且还留一头披肩短发。本以为她会长篇大论以消磨掉那些无聊的上课时间时，没想到她就简简单单地说了句，我叫许安莜。然后就找了个靠窗的座位坐下了，这无疑让所有人大跌眼镜，其中也包括当时在台下鼓掌的我。

刚开始的时候，大家以为新来的难免会有点害羞，所以大部分人还是像蜜蜂采花似的拥了上去。可是经过一段时间后，才发现不过是我们用热脸贴了个冷屁股，许安莜这人真的太闷了，不，准确地说应该是太冷了。她整天的表情都是一副苦大仇深的样子，好像全世界都欠她一样。班上人叫她，她也不搭理。女生叫她去逛街，她也不去。就这样，班上的人越来越不喜欢她，似乎就当她从来没有来过这班级一样。当初班主任拍着我的肩膀说：“少北啊，同学之间就是要相互谅解包容，出现一些小摩擦是在所难免的是不是，而且你成绩这么好，帮助比你差一点的同学也是应该的嘛。”就因为班主任这番情深意切的话语，我往火坑里跳了，也就是成为她同桌之后，我直接成为了许安莜所有火力的集中点。“陆少北，你个白痴。”“陆少北，你不

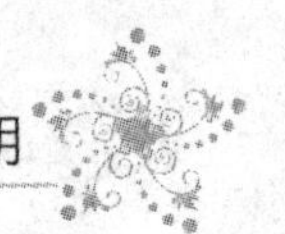

要这么犯二好不好。”以前总因为好男不跟女斗的思想，以为忍忍也许会感化的是不是？可这次我真的忍无可忍了，还没有谁说过我陆少北蠢！

听到我说出这番话，她沉寂了好久。她紧紧地咬着双唇，双手紧握，我只看到一张铁青的脸对着自己，透过那双眼睛我似乎看到了一条光线穿过了我的全身，烧的我浑身滚烫。果然，寂静永远是暴风雨来临的前奏。突然“哗”的一声，许安莜把我桌子上的资料书本全部给扫了出去，满地狼藉。

“你……”我对她这种小孩子行为感到不可思议。

“你给我滚！”

“你以为我喜欢跟你坐同桌吗？”此时的班级就像一个大戏台，我们两个唱戏的，一大群看戏的，他们就这么一直看着我们两个。我也一直看着许安莜，许安莜也一直看着我。

后来我不再跟她吵了，我一个人默默地蹲了下来，一本接一本的把自己的书摆回了原处。

是不是有一种人生下来就是冷血的？如她许安莜。如果是，又该用什么去融化那早已冻结的心呢？

二

那一年南方的冬天似乎来得特别早，才刚进入十二月，气温就已经急剧下降，不几天，空中竟然开始断断续续地飘雪。上物理课的时候，我发现许安莜一直望着窗外的落雪发呆，直到物理老师叫她名字的时候都没有反应。我本来是不想叫她的，可最后还是鬼使神差地用钢笔敲了敲她的胳膊，她转过头一脸怒火地望着我，我想她又以为我要找她茬了。“许安莜，老师叫你呢，你看我干吗……”此时的许安莜貌似才明白发生了什么事情，“刷”的一下就站了起来。

“许安莜，你一天到晚想什么？要是你觉得自己的分数够了你可以不来上课！”显然物理老师对于开小差的许安莜比较气愤。

“你下次还这样的话，直接叫你父母到学校一趟。”听到这番强硬的话语，我发现她浑身颤抖了一下。

这节课许安莜一直处于心不在焉的状态，物理老师下课的时候都还不忘提醒她。许安莜望着离开的老师，突然就一个人跑到教室过道里，伸出手摸了一下落在栏杆上的积雪。不一会儿她又把一小捧雪花按在了自己的脸上，然后就笑了。我看着她的这些动作，我想许安莜真是一个奇怪的女生。

冬天越来越冷，学校发的那一床薄被子几乎就没什么效用了，每晚三更半夜都要忍受被冻醒的痛苦。后来我们就决定买暖水袋，那时充电式暖水袋还不是太流行，都是用灌了开水然后直接放到床上的那种。所以每当我吃完饭之后都得先去学校开水房那里打完热水然后再回寝室。可是有一天当我打完开水经过学校教学楼后面的花坛时，我竟然发现了许安莜摔倒在了积雪里，而旁边是早已破碎的开水瓶。我走近她的时候发现她的手掌已经流了血，她看到我来了，警惕性地挪了挪身体。我想刚才经过的那么多人里面是不是有我们的同班同学呢？是不是有很多人因为跟她不和而宁愿看她摔倒不去扶她呢？还是因为我碰巧看到这一幕呢？我还是拉住了她，“送你去医务室吧。”

“不用你管，我自己有手。”

“许安莜，你为什么总是吝啬自己的温暖!”她不再说话，于是我强制性的把搀她扶起来朝医务室走去，一路上我都闻到来自许安莜身上的体香，淡淡的。我刻意地去看了一下许安莜的脸，竟然发现原来许安莜其实挺好看的。

三

校医检查了一遍，“问题不大，只是脚给崴到了，然后手上的伤口简单的包扎一下就行了，只是你们可能今晚要住这里了。”他看了一眼我，然后继续说道：“你是他男友吧，你去跟她班主任请个假，今晚留下来照顾她。”我连连摆手表示我不是，“刚才看你小心翼翼地扶她来的时候就知道了，看你那心疼的样子。放心，知道高中生不准谈恋爱，我不会跟你们老师说的，你放一千万个心吧。”没想到现在连医生都这么八卦。此时的许安莜安静地躺在床上输着消炎药水，并没有反驳什么。最后我还是跟班主任说明了一下情况，听到没什么大事之后，班主任还是嘱咐我要好好地照顾许安莜，他说，毕竟是一个人。一个人？为什么是一个人？

到了晚上的时候，校医再次检查了一遍之后就走了。此时的住院房里就只有我和许安莜两个人了，气氛比较尴尬，一时我又不知道要说什么，于是就跑到外面的小摊上给我们各自都买了一点熬夜的食物，毕竟天气那么冷。吃东西的时候，还是沉默的气氛，我的眼睛到处乱飞也不知道到底要看什么，最后落在许安莜脸上的时候，我才发现原来安静的许安莜确实是比较好看的，也许只是由于平时她那副不讨人爱的面具让我们忽略了她的下面一层

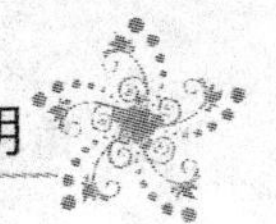

美了。她看见我在看她，突然就停下了正在吃的东西。我对她笑了笑，她盯着我，下一秒的时候她突然说了句“谢谢”，这是我始料未及的，我从来都不认为她会说出这样的一句我认为不可能从她口里说出的话。我愣了好久，然后急切地说“不谢不谢，应该的，应该的”，那一刻我看到了以前从未看到过的笑容。

那一晚，我睡在许安莜隔壁的床位，偶尔半夜起来也会帮她看一看输液瓶里面的药水，顺便帮她盖下被子，我想照顾人的滋味其实挺好的。

四

伤好了之后的许安莜又恢复了冰冷的表情，依旧对每个人都是不理不睬的，只是那个时候我再也不跟她吵架了，偶尔也会开她几句玩笑。但是，我还是会看见许安莜经常上课的时候一个人发呆。

“许安莜，其实你笑起来挺好看的。”

“许安莜，其实我觉得你长头发应该更适合你一点。”自习课的时候我碰了碰身边的许安莜。许安莜轻微侧了下头，并没有理我。

“你看，你看，又不说话了。”

“做人就是要开心，你懂不懂?”

“人生就这么长，我们应该要叠加的过每一天。而不是重复的过每一天。”

“陆少北，你就不能安静点，你这样我根本就无法静下心做任何事情。”不堪忍受唧唧歪歪的许安莜终于下了狠命令。

“哈哈，冰女终于肯说话了啊，我就说嘛，你肯定不会比外面的雪还冷的。”

“陆少北，并不是每个人都能够拥有快乐的资本的，就比如你，你成绩好，你可以什么都不用管，你可以以后上一个好大学，一切都会按照你预想的发展，然而，不是每个人都有你这样的好运的。”

“可是……”当我看到许安莜暗淡的眼神时我又词穷了。难道想要快乐真的那么难么？为什么许安莜不想要快乐？

五

本以为我们的日子会这样一直平淡下去，直到高考，或者直到毕业结束。然而真的世事难料。寒假放假的前一周，我照例去学校开水房打热水，却意外地发现在一处不太引人注目的假山处有一大群人在争吵。我小心翼翼地想探个究竟，结果却让我大吃一惊，几个女生按住的正是许安莜！

“住手！你们在干什么！”我跑了过去。为首的是一个穿着非主流的女孩，上下都是花花绿绿的颜色，而且还顶着一个超爆的发型。听到我的叫声，她们不由得把注意力都转移到了我的身上，而许安莜看到我后，更是一脸的愕然。

“哟，小子，你是不是也想学着英雄救美啊！”一群的讥笑。

“陆少北，不管你的事，这是我跟她的家事，你先走。”是许安莜的声音。

“谁跟你家事。许安莜，你别不要脸！你跟你妈一样贱喜欢到处勾搭男人！”

“程晓，闭嘴！我不准你侮辱我妈！不准！”许安莜不知哪里来的狠劲挣脱掉那几个按着她手的女孩，冲过来就和这个叫程晓的女孩扭打在了一起。不一会儿，那几个愣着的女孩才反应过来，都参与到这一场激战中。我几次想把许安莜拉出来，几次都被她们推到了地上。

一段时间后，她们停止了殴打。

“呸，许安莜，我告诉你，别以为你躲起来我就找不到你，告诉你，不管你去哪里，我都要你生不如死。我们走！”说着她们就在非主流的带领下走了。我去扶许安莜，她只是一个劲的抽泣，并不动。我看到她眼里充满了仇恨。

“许安莜，跟我去医务室！”她还是甩开了我的手：“不去！”

“许安莜，不管你以后想干什么，但是你现在一定要去清理伤口，就算你不去，你也要陪我去，毕竟我也是为了你受伤的”我始终还是不忘开玩笑。

六

校医再次看到我们两个的时候，都感到了不可思议。“怎么这次你们两个都摔倒了？我就说嘛，上次跟学校领导反映下雪天就应该多洒点盐嘛，你看现在摔倒人了吧。”校医处理我们的时候都不忘抱怨。

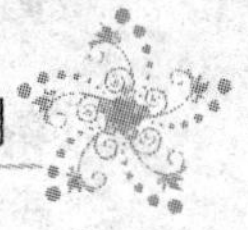

“打架啦。”我说。

校医顿了会儿，“打架？我说情侣间有什么事非得打架才能解决呢？想当年我读书的时候，我女朋友说什么就是什么。男同志你要多学会包容是不是。”

我再也无话可说。

“可不可以快点，我还有事！”许安莜对着喋喋不休的校医冷冷地说道。校医也自感无趣，一个人安静的进行包扎作业。

第二天上课的时候，全班看到包扎成木乃伊的我们不由得哈哈大笑起来。

“陆少北，不用这么拼吧。”

“陆少北，好歹人家也是个女生啊。”

……

我陆少北成了那个打许安莜的人。

“许安莜，你倒是说句话行不，不然我冤死了。”

“解释什么，你自找的。”

……

那件事情发生之后，为防止许安莜再次受到伤害，我差不多大部分时间里都要跟着许安莜，其实我真的只是想跟着她，绝对没有其他任何想法。她吃饭，我也去吃饭，她看书，我也去看书。在我看来貌似还算正常的，而且至于那个叫程晓的女生为什么说那样的话，我也没去问她，不过大致可以猜测情况是这样的：许安莜的妈妈因为涉足程晓父母之间的关系而导致她父母离异，最后程晓她爸还娶了许安莜的妈妈，于是程晓怀恨在心，一直都报复许安莜，所以才会逼着许安莜从北京逃到了湖南，当然，以上情节都是我根据电视剧的剧情所推论的。

在我跟了许安莜多少天后，许安莜终于忍不住了，“陆少北，你这么跟着不累吗？”

“不累！”

“你为什么要跟着呀！”

“我可不想那个校医再次误会了。”

“我想程晓应该是回去了，所以……以后你没必要再继续跟着我了……”

“噢……那你不早说，害我白跟了这么久。”

七

寒假终于在连续七八门考试之后到来了，当我准备收拾行李去赶车的时候，许安莜出现在了我的宿舍门口。

“陆少北，我跟我妈说你在学校照顾我，所以我妈妈说要我把你请到我家里去吃顿饭，不知道你有时间没?”

“啊?”

“没有吗? 那我跟我妈说一下，不过也没什么事。”

“不是……我有啊! 有啊!”

“那我明天校门口等你。”

许安莜走后，我才想起我还要赶车。算了，我把行李往床上一扔，反正要回去的，晚一天早一天也没什么区别。

第二天在校门口见到许安莜的时候，着实让我大吃一惊，她竟然褪去了她那长时间穿的长衣牛仔裤，取而代之的是一套白色长裙，就如一朵安静花开。

“许安莜……”我叫了下她。

一路上我都处神经紧绷的状态，直到她说“到了”的时候，我才缓过来。可是进门的时候，我才发现偌大的房子根本就没有一个人，只有客厅的桌子上有一大堆的菜。

“许安莜，你妈妈呢?”

“我妈妈……有事出去了，我们先吃吧。”

“不等了?”

“不等了。”

那一顿饭又是吃到时间停止。饭后，许安莜一个人在她自己房里待了很久，她出来的时候手里拿着一个八音盒。

“陆少北，我过几天就要回北京去了，这个八音盒我就送给你吧，它是从小陪我长大的，以前我有什么不开心的事情都对它说。”

“你要回北京?”我愣愣地接过八音盒。

“嗯，少北，这些日子谢谢你，也很感谢你没问我那些事情为什么会发生，其实我妈妈是个好人，根本就不是程晓说的那样。”

“嗯，我知道，因为你也是个好人”

“在我很小的时候，我爸就已经去世了，后来我妈带着我改嫁了，你也猜到了，就是程晓的爸爸。程伯伯那个时候是我妈妈的上司，属于事业有成的人，而且在那个时候她爸爸跟她妈妈早就离婚了，可是程晓不知道，她一直以为是我妈妈破坏了她的家庭。程伯伯对我很好，什么都给我买，只是程晓却处处针对我，程伯伯因为对她有内疚感，也不去说她什么。后来程晓变本加厉的报复，不断在学校里造谣说我和我妈的坏话，我想也许远离了也许就可以躲掉了吧！于是我妈妈对程伯伯说我要转到这里来读书，只是我没想到程晓那么执着，那么远都找来了，就是在学校那次。少北，你是不是觉得故事有点老套，可没办法，它就是这样。”

我看着许安莜发红的双眼，内心不由得一阵疼痛，什么也说不出来，虽然跟我想的差不多。

“少北，那个八音盒有我全部的故事，我在这里只有你这么一个朋友，我就送给你了。”此时的许安莜再也没有以前那种咄咄逼人的态度了，更多的只是想让保护的柔弱。

“许安莜，不就是一个寒假么，搞得这么伤感干吗。”

“呵，对啊……只有一个寒假不是吗，对，只是一个寒假。”

几天之后，我们各自回家。在家的时候我时常都会听听八音盒里面的音乐，因为许安莜说过，里面有她全部的故事。

八

高三开学的那天，我一直都抱着许安莜送的八音盒等她来，可是我等了一周都没有等到她。我去问班主任，“许安莜请假了吗?”“许安莜啊，她直接到美国读书去了。”班主任这样对我说道。

“许安莜去美国了！许安莜去美国了！”我一遍又一遍地在心里念叨这句话。可是许安莜，我还没来得及跟你道别啊！

我把八音盒放到旁边空了的课桌上，想念许安莜，只是她不知道。

八音盒就这样一直陪伴我高考，然后再一起上大学。只是一直以来，我都没有许安莜的联系方式。大三的那个寒假，我无聊地翻看电子邮箱，却看到一封电子邮件，点开是一个叫悠然的人发来的：陆少北，还记得我吗？也许你已经忘了。但是我却还记得你，谢谢你在我青春最无助的时候出现了。其实那天我叫你去吃饭我妈妈根本就没来，只是我知道我要走了，所以我才会叫你去的。你也知道我妈妈是很爱我的，以前小的时候，一下雪的时候，我妈妈就会把雪往我脸上涂，凉凉的，但那时候我确实最开心。我妈妈知道程晓是不会放弃的，也许我在国内一天，她就会跟我一天，所以她跟程伯伯商量才叫我去美国的。陆少北，原谅我的说谎，不知你信不信缘分呢？就像你这个电子邮箱也是我费了好大的劲才找到的。

许安莜，原来是许安莜！我迫不及待的发了过去：许安莜，我信，我当然信啊！而且我还没有看过你留长发的样子呢。也许许安莜不知道，自从那次在学校医务处看到她熟睡的样子后，我便决定了以后不管怎样我都要许她一世安然。

每个茶毒青春的街角

■ 楚雨

一

秋意袭人，渐渐地感觉到了秋的味道，特别是像今夜一般，月色清辉而迷人，寂静里带有几分的凄美，再加上路旁萧瑟的草木，瑟瑟里确有几分难得的诗意，只是这样的夜色，会撩起多少人的几多思绪?

月色把慕雨的影子拉了很长很长，消瘦里多了几分沧桑的凄楚，他一个人走在静谧的校园里，思绪也拉长了他的回忆，其实如若没事，他喜欢了独处，恋上了孤寂。两年了，他在大学里生活学习已有两年了，有些事，有些人他也明白了，似乎也累了。曾经的疯狂，曾经的轰轰烈烈，还有那曾经的嬉闹，已然在记忆里沉睡，他不想再去触及，慢慢地习惯了平淡的生活。平时，一个人静静地看看书、赏赏花、览览月，如果可以，在烟雨天里独自一人漫步，感悟着雨的浸润，静静地走过春花又秋月，当生活归于本真时，似乎生命真的可以释然。

如同今夜的月色是如此的明朗，美的让人心碎，“皎皎明月，如今你是我心灵里除了烟雨之外的另一片净土了”。

慕雨不禁凉意袭身，打了个寒战，插在裤袋了的双手自然地夹紧了身体，“秋天了，天气果然转凉了，秋风秋意凉。秋，你总算还是来了”他心里呢喃道。顿时，慕雨思绪里掠过了每个暑夏的酷热，还有那个暑期，他也是个新生刚来到这所大学的时候，自己明白，自己的心情也似夏日般的热情，可是，转眼便匆匆，已是两年余载，容颜里留下的是成长的思绪。其实，他很不想回味过去，不论是美好的还是忧伤的，因为他不想让未来对现在后悔，所以他努力的过好每一个今天，努力对未来负责，于是他把思绪拉了回来，依旧那轮明月静静的伴着他斜行，只是偶尔身边有那么一对情侣甜蜜、悠闲地牵着手幸福地走过。花前月下，风花雪月或许是象牙塔里一道美丽的景色，只是慕雨似乎对此没什么感觉，也不乐于其中。青春里还有的或许就是淡然，美丽的神话，依然留在了心中，不敢也不愿再去触及。

他喜欢秋的味道，尤其是在北国，秋的味道是最浓的。秋天，给大地换上了金黄的外衣，层林尽染，是怎样的美丽啊！而秋的天空更是湛蓝无垠，碧云天，黄花地，是一幅诗意无穷的画面。还有这赞绝了的是清秋的月色，皎皎似仙境，而慕雨此时就正处于这样的美景中，原本的他，满腹的就是诗情画意，即便之前有小小的思绪波动，但在这样美的夜色下，心境也慢慢地如明月般明朗，舒畅多了，他轻快地提起步伐向前方走去。

星辰昨夜无梦，灯火阑珊，莫问是何处？

“哎呀！”慕雨正听到一声惊呼，正从闭目的思绪中回过神来，却不料自己也应声倒地。

“哦，对不起，对不起，实在不好意思啊，同学！”，一个女生还没来得及站起来就满是歉意的连声说道。

“没事，没关系。”慕雨回道，便站了起来，可那女孩还没站起来。

“同学，你还好吗，没事吧？”

“我好像崴到脚了。”看着女孩一脸疼痛苦楚样，确实是站不起来了，而她周围呢，撒了一地的书。此时慕雨才明白过来，自己之前正好是站在图书馆出来的最后一个台阶下，所以自己才有如此一击。

慕雨走过来，将其轻轻地扶了起来，“小心啊，同学，先这边坐会儿。”女孩很是惭愧地说道：“真的不好意思啊，把你撞到了却反而又麻烦到你。”

“没事的，你坐着，我先把书拾回来，再看看你脚能不能走。”慕雨过去把地上的七八本书捡了起来，有两三本是与教材相关的辅助用书，都是些有关文学史类的，看来她是个文学院的，而另几本呢是政治、经济、法学类的。呵呵，这孩子博览群书嘛，看来文学功底应该很是不错，可是一个女孩怎么能看得下去法学书籍呢，奇怪。最后，他拾起最后一本，恍若一阵隐痛流过心迹，看那书名，双眼有些模糊了，轻轻翻开扉页，那一行清晰可见的字迹，“怎么会，怎么可能。”，慕雨心里莫名地暗自叩问着自己，“是她，是她吗？”

二

慕雨看着那本书，顿时傻立在了那，这书虽然略显有些旧意，这么多年了，即便从来都是书不离身，可依然保存的那么好，四角边没有一丝的折痕。这书在某种意义上来说对他有着更重要的意义所在吧，《平凡的世界》，那扉页上留下的字迹：

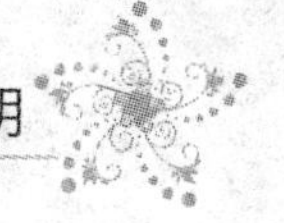

希望，我们永远都会有
因为，希望就在你我心中
平凡里，我看到了伟大所在
只要你快乐，就有希望就有未来

——赠予：梦婕

慕雨始终不敢相信，他依然沉浸在疑虑重重的冥思中。“喂，同学，怎么了，书有什么问题吗？”女孩轻声唤道，慕雨这才如梦惊醒，微笑着说：“哦，没有，没什么的，看我看到了好书就入神了，不好意思，都把你给忘了。”

他极力地回避着她的目光，为了掩饰自己的真实神情，就随意编了这么一个谎言。可是天杀的，编什么不好，干吗编成这呢，搞得自己似乎很爱学习生怕无人知晓似的，同时又体现出自己是那么一个实实在在的书呆子，有着自负的高傲，是被他人鄙视的书虫。唉，这话甚是不堪呀，这下可把自己弄完了，可是话已经说出去了，已经没有办法去收回来了。

“呵呵，这么说你很爱看书咯？”女孩真诚地问道。

“呵呵，没，让你见笑了。”慕雨很不自然地笑着答道，走到女孩坐着的台阶跟前：“给，书都在这了，看看总共是八本，是吧？”

女孩堆满笑容抬着头答道：“嗯，是的，谢谢。”可她接过书的一刻表情掠过了一丝惊慌，她迅速地拿起那本书，仔细地看了看是否有没有什么地方损坏的，叹了口气轻声地说道：“还好，没什么损坏。”慕雨心里明白，这书在她心里的分量，于是也就避而不问了。

抬头间，她的脸上总是挂着那么一丝可人的笑意，“同学，实在抱歉啊，刚刚我出来的时候，因为抱着的书有些多，不小心这本书滑落了，心里一急，踩空了阶梯，所以摔了一跤，害得把你也撞倒了。”

“没事的，真的，你别放在心上，你都说了好几遍对不起了，对了，你的脚怎么样，还疼吗？”

“疼是疼，但是没事的，应该还可以走动的。”

“需要去医院看看吗？”

“呵呵，不用了，回去休息会儿，自己再适当的揉揉就好，不碍事的。”

“我想你一个人是回不去了，手里还得抱着这么多的书。这样吧，我来帮你拿书，送你回去，试试看你自己能走动不？”

“呃…也只好这样了，看又要麻烦你了。”

“没事的，你不用这么客气!”

她小心地尝试着站起来，虽然慢慢走是没问题，可是每跨一步，崴到的脚踝处的疼痛便袭遍身上的每一寸肌肤，刚一抬脚落地就“啊”的一声，声音里可以感受那份疼痛的折磨，慕雨急忙扶住她说：“看来走回去是不行的了，你先坐下，在这等我几分钟，我去把我的自行车骑过来载你回去，别乱动啊，我很快就回来。”

她极为难为情地说：“这太麻烦了吧，让你跑回去又跑来的。”

“没事的，先别乱动啊，我就回来。”说罢，转身就跑向了宿舍楼。几分钟后，慕雨的自行车就到了。

“好了，同学上车吧，先委屈下，这是没办法的办法了。”

“呵呵，谢谢了啊，这怎么能说是委屈呢?”女孩笑着答道。

慕雨将其扶上了自行车的后座，“诺，这书只好你先抱着了，这自行车的车筐坏了。”

“嗯，当然。”慕雨迅捷上车驶向了女生宿舍楼。

月色更明朗了，把他们的影子又拉了很长很长，月光下的这样一幅图景，任谁看了都会以为这是一对幸福的情侣，如此的温馨。慕雨刚才和她说道“只好委屈了”，原因就在这，可他们不是。当然，当慕雨看到那本书、那字迹、那名字，他已经肯定了她是谁了，虽然自己还是不敢相信的反问着自己，只是她，她还是全然不知罢了。

月光静静地倾斜着，是不是也在特意的渲染着某种氛围呢？慕雨一时没说话，场面显得有些尴尬了，还是她先开了口，“哦，对了，都那么半天了，还不知道你叫什么呢？我是梦婕”，慕雨心中咯噔一声，从开始知道名字到现在他就担心着说起名字，假如问起，他该怎么回答呢？可还是不可避免的被她问起了。当然，常理来说这是正常的，哪有认识和交流了半天还不知对方名字的，再说整天同学，同学的称呼也怪别扭的。慕雨瞬即回答道：“哦，梦婕，很美，很诗意的名字啊。我叫慕悔，席慕容的慕，悔恨的悔”。

“你姓慕?”梦婕有些惊讶地追问道，慕雨不自信地回了声：“哦…是的，慕悔。”

他特意的加重了悔字，梦婕岑沉默了会，心里呢喃着：“悔，只是这个字不是那个字。”

但是同一个姓氏，她也突然感觉到亲近多了。而慕雨他自己也不知道，自己为何突然想出这么一个名字来答复，但是，或许这就是最好的答案吧。

三

三个月下来，高中生活都快有一学期了。这三个月里，每个月都有模拟考试，而慕雨的成绩自然排在了第一，遗憾的是在第三次模考里居然滑名第二，而取代他第一殊荣的是一个名叫梦婕的女孩。如果一个人永远生活在高层的话是很难发现在他下面的人是谁的，这不是自傲自负而是人之常情，慕雨也是如此。

令他更为惊讶的是前两次模考，慕雨这才自己突然的对这个充满诗意的名字产生了好奇感，梦婕，这么诗意而又婉约的名字还是在他读书生涯里第一次听到呢，是不是她本人也如名字般这样的美丽呢？慕雨，不但没有因梦婕把他的名次取而代之而嫉妒、愤恨，反而产生了一种亲近感，心中莫名的有一种想一睹庐山面目的希冀。

慕雨从小养成了一个习惯，就是每天早上同学们还呼呼睡觉的时候，他就提前半小时起床去晨跑，这一天早上也不例外，虽然天上下着淅淅沥沥的朦胧细雨，但是这小烟雨湿不了衣服，所以慕雨照跑不误，况且这样的天气跑步更是有着一番说不出的美的感觉，因为他喜欢雨，有着一种和雨说不清的情愫。跑了两圈，看见前面有个熟悉的身影，哎，那不是梦婕吗，呵呵，这么巧啊，他没想什么就加快了步调赶了上去。

“嗨，梦婕同学，你好，你也来跑步?”

“呵呵，嗯，慕雨，早上好!”

慕雨一脸的惊讶，“怎么她知道我是谁？不可能啊?”

“哦…你认识我?”

“呵呵，怎么会不认识呢，你可是我们学校的骄子啊，成绩那么优秀谁人不知，况且啊，你每天还都来晨跑呢?”

说的也是，或许成绩的原因确实知道他的人应该不少，而说到成绩他有些尴尬了，毕竟这次她考的比他的要好得多，虽然名次上只是第一第二的梯度，可是分值上梦婕的分数远比他高了十五分左右。他承认上次答题时确实有一道选择题明明是 D 答案，可是涂到答题卡上时误看成了 B，白白丢了五分。再者就是语文作文写错了两个字，涂改后卷面不够整洁，弄下来又丢了几分。总之纯属细节问题，有十几分左右都不是能力上的因素。

“呵呵，别取笑我了。哎，奇怪了，你怎么知道我跑步啊，难不成你也每天早上来跑步吗，我怎么就没看到过你呢?”

“没注意？不会吧，都跑了三个月了。呵呵，我连你跑步的姿势都印在了心里了，只是近来一周有点小感冒没能来，这不，好的差不多了所以又来了。倒是说真的这么久了居然没注意我也在跑步，跑步的时候你大脑都在想些什么呢？呵呵，牛顿三大定律，还是宇宙相对论哪？”梦婕狡黠地问道，她知道就相对论是她瞎扯的因为那根本不在目前学习的范围内，但就慕雨的课外知识积累来看是看这些相关的知识的。

“哪有啊，我才没那劲呢。再说了那些问题真的太伤脑筋，会刺激死很多细胞的，那多不划算啊，是吧？”慕雨开玩笑地回道。

“呵呵，是啊，你说的是，我也很讨厌那些问题，我只是想知道你个高才生心里想的都是些什么问题而已。”

就这样，他们认识了，这所重点高中的两大优秀学生彼此成了朋友。

四

时光荏苒，转眼期末到了，最后成绩出来时，慕雨、梦婕并列学校第一，他们考了同样的分数，两人也都成了学校的奇葩。这一学期下来，慕雨确实是收获不小，成绩稳操胜券，而又认识了那么多来自不同地方的朋友、同学，更高兴的是认识了梦婕，后面的短短一个月他们交谈了不少，有着共同的兴趣爱好，有很多的话题可以聊，生活里难得有个知音，如此我们就很少会寂寞。

假期里，慕雨回到了村里。因家庭条件，慕雨没有最基本的联系工具手机，梦婕也就只好把他的地址记下，也把自己的地址也给了他，以便在漫长的假期里可以通过书信的方式来交流问题和说说心里话。

回到了家里，慕雨每天除了跟着父母上山劳动就是做家务。突然有一天，他收到了梦婕的第一封来信，如果没有梦婕的来信他还忘了自己有她的地址，可以和她来信交流呢。梦婕在信中把她在这十几天来的心情一一道来。慕雨看完后，迅速地回了梦婕的信，如此相互间的来往，后面的时间过的越来越有感觉了。因为有所期待，有了期待就有了价值，况且期待的结果是那样的美好，所以慕雨感觉到这个假期过得越来越有味道了，是他最美好的一个假期。

就这样，一个假期下来，慕雨和梦婕的感情已超过了一般的友谊了。慢慢地他们也明白，他俩的关系已不是之前的那种纯粹友谊了，似乎一天看不到对方，就好像缺了什么似的，心情也莫名的忧伤。

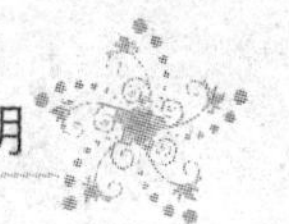

后来梦婕的生日到了，慕雨买了《平凡的世界》作为生日礼物送给她，这是慕雨长这么大送给女生的第一份礼物，也是梦婕收的第一份男生送的礼物。而在慕雨看来，这不是男生女生的那种生疏的赠送，而是男女朋友间的一种见证爱情的信物。这是慕雨最喜欢的一本书，慕雨在书的扉页上亲笔写下了这样的字迹：

希望，我们永远都会有
因为，希望就在你我心中
平凡里，我看到了伟大所在
只要你快乐，就有希望就有未来

——赠予：梦婕

其实，这也是慕雨回答梦婕的提问时最好的答案，就把爱和信心放在了心里，彼此明白。

但是生日后没多久，梦婕却因为家庭的原因过来和慕雨说再见，说是自己要搬去其他的城市了。

梦婕走的时候，他们连最后见面的机会都没有，她没有他的联系方式，即便彼此可以联系，但是他们从此以后也没有联系。

梦婕走后，慕雨也投入了学习。两年后，他以学校最优、省第三名的成绩考入了现在就读的大学。只是近五年后的今天，他在图书馆遇到了梦婕，她居然也在同一所大学，而且彼此生活了两年，居然一直未曾碰面。再次见面，慕雨一时之间是真的无法认出梦婕来的，因为彼此都把那段情、那个人封锁的很深很深，成了一座围城，别人走不进去，自己也不愿出去。

晚上躺在床上，慕雨静静地望着天花板，眼泪早已模糊了。曾经，曾经，这叫曾经的往事，像电影一般一幕一幕地慢慢从心底漫过，窗外月色冷冷，不知，下一个黎明，是否会有欢愉到来？

五

枫林山，是这所大学附近最美的一座山，从学校到那步行需要一小时左右，而坐车过去则只需要十七八分钟即可抵达。

那天慕雨约了几个同学一同去游玩，他们赶到时，远远地就看到他们旁边还立着四辆自行车，看来他们是想骑自行车向目的地进发了。

“慕雨，这！”莫瑶远远地看到慕雨就摇摆着她的小手向他招呼道。慕雨小跑着碎步跑向他们。

“嗨！”慕雨走到跟前一看“哇！矿泉水、面包、火腿、苹果、香蕉都带上了？还有自行车？”他一脸惊讶到，还真没想到他们会把这一郊游搞得如此的丰富。

“呵呵，够全面，够精神吧？”晓璐高兴地说着，便指着一辆自行车说“诺，那辆老牌自行车由你来骑，是蓝忆从他同学那借的，根据你的体格，他就给你弄了这样一辆，我们在场的可都骑不了哦。我们呢就都骑这女式自行车，轻巧又便捷。”

“嗯，够哥们，够义气，其实我可以骑我的啊，如果早通知我是骑自行车的话。但是无论如何，很是感激啊，先谢过了，还有这可爱的蓝忆嫂。”慕雨开玩笑地看着蓝忆便把目光鄙夷地瞥向晓璐。

“哎呀，慕雨你太坏了吧，我们辛辛苦苦准备着，万事俱备，只欠你的到来，你倒好，你一来反而取笑我，该打！”

慕雨迅捷跳上自行车，“哎，别打，对啊，我知道你们辛苦了，所以说感谢你嘛，顺便亲切地唤你一声嫂子，何尝不可，是吧？”

“你，还说。”晓璐抡起背上的书包甩向了他。

“走咯！这一提水就由我来带。”慕雨把那提水一拎就放在了胸前的自行车的横架上。

“我们也走吧。”蓝忆说道。

一路上，他们唱着小歌说说笑笑，真的好开心，几个朋友已经好久没有一起出来过了，借着这秋天的美景和气候出游确实无比愉悦，很多时候我们得感谢上苍给我们带来了这样的天气。

疯了一天，他们的确累了，但是心里真的很畅快。他们欢快又疲惫地回到学校，也没精神再一起吃饭了，便各自回宿舍里去了。

慕雨一回到宿舍，倒在床上，差点就睡着了。现在他真的提不起精神了，昨晚的失眠，现在周公急切的在找他。可是一身的汗，衣服都将近湿了，可不能这样就睡着了，那样就是连做梦都难做到好梦，于是他拖着疲惫的身躯，努力着还是速战速决的把澡给洗了，往床上一躺就没有知觉了。他真的累了，今天如此的疯狂，他自己都不知道自己为何这般的激动，玩的这么嗨，是梦婕的出现？这颗封锁了许久的心，或许他自己也不明白。

暮色四起，大学校园内一片躁动，在这周末的晚上总是比平时热闹几分，篮球场上尽情地挥汗如雨，林荫小路上三三两两，纵然有不少同学依旧待在图书馆里，可那是少数，毕竟这是周末，周末也不休息，那我们也太对不起自己了，人生苦苦几载，该潇洒的时候我们还是要学会潇洒，即便自己手头学习或是工作再忙，这才是人生，这才是生活，很多时候我们应学会李白的豪迈和坦荡："人生得意须尽欢，莫使金樽空对月。"

慕雨迷迷糊糊，半清半醒的，一个人在图书馆里看着《西方法律思想史》，在整理自己的几本书的时候无意间掉落了一张纸条，他打开一看，是一首小诗：

我该如何靠近你

——莫瑶赠慕雨

如何让我靠近你，靠近你孤冷的彼岸
在繁花盛开的季节，你一人在默默地徘徊
看不到身旁的美丽，闻不到周围的芳香
一个人，封锁在昨日的忧伤里
独自凄冷、凋零，无须他人的温暖
我多想，多想靠近你，抚平你的忧伤
很努力，很努力，可我依然只是停留在了你的边缘
在我芳香的季节里，我只想为你而盛开
可我的努力，总是那么的无助
为何你还是感受不到，我的心在为你颤抖
我爱你，可我该如何靠近你？

慕雨一看完，心底流过一丝隐痛，突然间"嘟……嘟……嘟……"恍然般从雾里间醒了过来似的，原来刚才是在做梦啊，还好、还好，"嘟……嘟……嘟……"还在响，是手机，打开一看是莫瑶，他心里一颤，还是接了"喂，莫瑶，有什么事吗？"有气无力地说着。莫瑶一听声音不对劲，担心的问道：

"慕雨，你生病了吗，怎么声音这么虚弱啊？"

"没有，我太累了刚睡了会儿，才醒来，所以感觉没力气。"

"哦，那就好。是这样的，今天回来，都没吃饭，我想你也饿了，一起出去吃点消夜吧。"

这种情况下，慕雨不知道该如何是好，一个女孩子邀自己出去，总不能拒绝了吧，那样可一点男士风范都没有了，可是如果一出去呢……其实从大

一到现在，慕雨一直都明白莫瑶的心思，只是都没有捅破那层纸，一直以最要好的朋友相处着和学习。只是，现在他感觉无比的尴尬，很难像以前一样那么自然，无所谓地面对着她。就刚才梦里的那首诗，再加上今天在枫林山的那一幕场景，如何收场？莫瑶也不想再那么矜持了，无论结局如何，都已是两年了，这时间说长不长说短也不短了。

在枫林山，就在他们离开那一块小草原向峰顶进发的时候，前面有两条小路共同通向了目的地，晓璐灵机一动，她一直明白莫瑶对慕雨的那份情，于是就提议道："哎，我说啊，慕大才子，要不这样吧，这居然有两条小路，那你和莫瑶走这一条，我和蓝忆走那边那条怎样啊？"对此，慕雨又怎么能说不好呢，他俩一对情侣，正好如此环境可以浪漫浪漫，又于心何忍说不行呢，"那自然是没问题咯，那我们就山顶见咯"慕雨表现出毫无在意的表情回答道。"嗯，对了，你们可不要太快了哦，不要只顾着到达目的地而忘了欣赏沿途的风景啊。"晓璐做出一副鬼脸调皮地说道。其实，她是想给他们更多时间、更多空间好好待在一起，而慕雨却又理解成晓璐想和蓝忆多一些二人世界的时间。所以，慕雨也就没什么好说的了。很多时候，生活就是这样，说的人是一个意思，听得人却是另一个意思，可最后都达到了很好的效果，我们只可感叹这个世界真的妙意横生。

慕雨和莫瑶沿着一排排的枫树慢慢地沿着台阶向上一步一步地走着，树荫下已堆积了一层薄薄的枫叶了。

慕雨对莫瑶说："莫瑶，你知道吗，我很喜欢枫叶。在所有的树种里，我最喜欢柳树和枫树，柳树有着柔软的妩媚，似水的温柔，一阵轻风拂过便可以摆动着优美的舞姿，尤其是那丝丝的垂钓，更是缠绵般的相思情绪，柔韧而剪不断，我喜欢这样来描摹柳树，要不要听听呢？"

"呵呵，当然啦，那是我的福分啊，能听到你的诗句。"莫瑶高兴地说道。

你是，三月里的新娘
柔软而妩媚
似水的温柔，是我今生的梦乡
我愿携你，走进婚姻的殿堂
让你永远那样的美丽，只为我的爱恋

听到新娘、婚姻、爱恋等词，莫瑶一阵羞红，虽然对于喜好诗的人来说，这没什么，可是在这样的环境下就她和他，而且她对他的那份情意，自

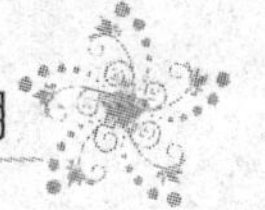

然就会感觉不自在了，可是她还是调整了情绪，微笑着说："好美的诗啊！慕雨，能不能你也为我写一两首呢？你的文笔我真的太喜欢了，在柔和里带有凄凉，而凄凉中又是那样的唯美，伤而不悲。"莫瑶从这首对柳的描写里，其实她明白了，慕雨是多么重情感的一个人，爱，就爱得那么刻骨铭心，他是一个有责任感的人，爱，就要永远，就要一生，携手走进婚姻的殿堂。

"呵呵，谢谢你的欣赏！而枫树呢，它是秋独有的美丽。"慕雨继续说着，"看这枫叶的形状，多有感觉啊，一张枫叶就含有了无尽的诗情画意，而秋天的枫林呢，那是一幅唯美的仙境，就像十里桃花一样，映红了天边，艳美了江水，天水相接，桃林其中，落英的芬芳是有缘人前世的泪花，枫林红霞，是凄冷的装束，孤寂、凋零，而凄凉何尝又不是一种美的意境呢，只是有太多的人体会不到罢了。"莫瑶痴痴地看着他，听得那样迷醉，就像是在听一位文学界泰斗级的人物在讲座一样。哦，不，讲座哪有这么唯美，这么动情，那些讲座有多少是卖弄学问的，讲了一堆，到头来一点感觉一点用处都没有，简直是胡扯，莫瑶醉了，醉在了慕雨的描述中。

慕雨突然停顿了半晌，站立在一地，带着悲伤的情感说道：

离别，是一种不舍、一种痛苦
可那是我的归宿，不可顽抗的无奈
不要悲伤，至少我走的时候
还有一缕清风相送
不至于那样的孤独，寂寞
不要留恋，我的美
因为我还会走入你的梦乡
为你拭去梦里无言的泪水
我走了，带着这片秋色悄悄地走了
如果可以，我还会回来
重续我们那份，不了的情缘

莫瑶双眼近乎模糊了，她不知道如何去评说。慕雨就看着这一片枫林落去的枫叶拟人化的写得如此绘声绘色，入情入理，那份对枫叶的爱恋，对落去的美丽的不舍，以及枫叶对他的眷恋，即便枫叶也以安慰他的口吻说道"不要悲伤，不要留恋"可事实上，离别了的枫叶心中更是痛楚和无奈，落去的枫叶，落去的美丽，她会悄悄入你梦来，为你拭去梦里对她的无言的思念，如果可以，她还会回来，重续，那份未了的情缘。莫瑶很明白，慕雨的这首诗是一语双关，借景抒情，表面写的是落去了的枫叶，以及那份无尽的美丽，可事实是他对梦婕的那份情，那份爱，那份不舍。

慕雨自己也因入情太深，也流泪了，心中莫名的浮现了那副已很陌生很陌生的面孔，而昨晚的出现，已深深映入了脑海，从此无法再抹去，他回看了一眼莫瑶，还好她也陷入深深的沉思中，未曾看到他这副模样，他赶快拭干眼泪，微笑着说道："哎，莫瑶，走吧，要不，蓝忆他们在上面可等久了。"莫瑶没有言语，只是默默地跟着走了上去，一时，两人都没有说话，寂寥的枫叶林下更是显得异常的安静了，"慕雨，难道你就从来没有发现过你身边的女孩也有很多美丽，温柔的吗?"莫瑶像突然引开了一包炸药似的，在冷漠了五六分钟后突然问起，而且这问得让慕雨不知如何回答，"呵呵，傻孩子，我当然知道啊，无论是我认识的或是不认识的我们院里的还是院外的美女都很多啊，同学们不是都公认我们学校的美女很多吗，看看，你不就是个绝世美人?"慕雨用微笑和调侃的方式来掩饰自己心中的触动。

"那你为什么还总是走不出你自己的围城呢，自己走不出来没事，可恨的是为什么要拒绝别人的进入呢，不但不给自己机会，也不给别人机会。"莫瑶生气地说道，顿时他真的不知道如何来回答这一问题了，心中无尽的怅惘。

"慕雨，你知道吗，我心里有多折磨吗，每天你能笑一笑我就会很高兴，可是你总是那么惆怅。我为你伤心，为你着急，你的每一个情绪都牵动着我柔弱的心，你知道吗？你知道我多想用我的心来温暖你的心，来融化那好似冰封了千年的心，可是你却总是无视我真正的心。"莫瑶接着说道，早已变成了一泪人儿了。其实慕雨心中明白，莫瑶对自己的情，只是他真的不知道要怎样去处理这份情感，过去或许其他人都会认为慕雨可以放下过去那段青涩的记忆，毕竟已经很久了，而且对方在哪都不知道，可是慕雨褪不去那段年华，而今，梦婕，梦婕又……这更是陷入了僵局了。看着莫瑶哭的如此伤心，如此的无助，都是对自己的一份爱，一份执著，真的就追求莫瑶的男生排成队都可以好长好长。"好了，不要哭了，"他拿出纸巾，轻轻的为她拭去了泪水，"我知道，这一切都是我的错，我的错……"慕雨不知如何安慰，也不知怎么说些什么，嘴里就呢喃着"都是我的错!"莫瑶看到慕雨如此的无奈，心里顿时更心疼了，小手轻轻地挡住慕雨的嘴，"别说了"，其实莫瑶已经很满足，很幸福了，慕雨能为自己拭去眼泪，就像刚才他念道的诗那样的美丽："不要留恋，我的美，因为我还会走入你的梦里，为你拭去梦里无言的泪水”。

“什么都别说了，走吧。”莫瑶说着便拉着慕雨的手向山顶走去。

慕雨想着今天发生的事情，突然感觉很难抉择如何来回复她的邀请？想了想还是只好答应了，“好吧，是的，正好我确实有些饿了”。

“那太好了，你快下来吧，我马上就到你宿舍楼下了”她高兴地说道。

慕雨穿上一件外套，穿好了鞋走下楼去，灯光一片通明，可稍远里路灯的地方还是模糊的，世界再明亮有的地方依然是漆黑的一片，就像慕雨的心绪。华灯初上，夜色显得有些暗淡了，莫瑶一个人静静的独立在楼下，慕雨看着心中升起了一丝寒意，他有些对不住她。她看到他下来有些激动，笑着说道，走吧外面有一家小吃店，那的米线特好吃，“忘不却的美”不知你吃过了没，一听这名字，他笑道“呵呵，当然吃过，还是那店名吸引的我呢，那么诗意，我怎么能不尝尝那味道是不是和所提的店名相称呢，味道还的确不错”，“那太好了，我们就去那儿。”

那晚，莫瑶很高兴，高兴慕雨陪了自己一天，陪着自己安静地吃着夜宵，陪着自己漫步在了温暖的校园路上，很幸福、很满足，可这一切，慕雨只能微笑着陪着她。

今夜不似昨夜那般明朗，回来的夜色，昏黄的灯光总是那样的迷迷离离，照耀着路上的行人。人世的浮华，总是那般欢悦又悲伤，看到希望的明天可也迷离着脚下的路，这是一份矛盾，而我们总是在矛盾里一分一秒地走过。踩着斑驳的灯影，在繁华的街角不知是否会有温暖的等候。每个傍晚时分，慕雨总会不由自主地想起自己曾写过的那首《华灯初上》：

昏黄的天、暗下的脸，我寂寞在你的河畔
细数满空的流星，是否找得到那颗
你我一起数过的美丽
无言是今夜的寂寥
怎耐住五更后的寒冷，化作一片惆怅的相思
繁华落于街角，青春荼毒在思念里
我该如何转身，于斑斓的灯影下，自顾地潇洒？

周小鱼，你的鱼飞去哪里了

■ 莫小离

当有一天，飞鸟爱上了鱼。

可是它们却注定无法在一起的，因为它们属于不同的世界。

飞鸟尝试着俯身吻一下鱼，却被河水打湿了翅膀。

鱼尝试着跃出水面去追随飞鸟的步伐，却因没有了氧气而窒息。

飞鸟急得流出了眼泪，却毫无办法。

鱼很难过。于是它做了最后的一次的纵身一跃，跃向天空寻找飞鸟的踪迹，它狠狠摔落的时候，飞鸟和鱼的故事，终于完结。

——题记

前言

苏沐瑾说：周小鱼，你永远是我此生最爱的女人，即使我们无法在一起，可是我却依然会把你深深地埋藏在心底。即使多年以后，想起你，我依然会是微笑的。

周小鱼说：苏沐瑾，我真的不想这个样子。可是飞鸟和鱼的爱情是不会有结果的，但是无论怎样，感谢你曾经给我那一段快乐的时光。可是，离开了你以后，你叫我该怎样对别人笑。

苏沐瑾黯然，低头不语。

然后，周小鱼的眼泪流下来，像是青海湖里最清澈的湖水。

然后，两个人，颔首，微笑，说再见。

再见，再也不见。

一

被誉为中国雾都的重庆总是弥漫着雾气，每次在周小鱼低头走路的时候习惯性的迷失在雾气中的街区里，然后睁大一双迷茫的双眼天真的不知所措。

苏沐瑾真的好喜欢周小鱼。苏沐瑾喜欢静静地站在周小鱼的身边，看着她，深一脚浅一脚地踏过雨后泥泞的土地弄脏了洁白的鞋子然后皱起眉头的样子，或是在每个充满雾气的黎明看着周小鱼背着双肩书包去公交站等巴士，却总是不小心迷失在雾气中然后偷偷地笑。

2006 年 8 月

周小鱼兴致勃勃的在公交站等公交，然后看见一辆载满人的公交呼啸着驶过来。周小鱼晃晃双肩背包，正要向前走，然后眼睁睁地看着公交完全无视她的存在，无情的从她的面前驶了过去。

周小鱼的脸色霎时变得铁青。看看表，快要迟到了，她马上转身，招手拦了辆出租车。正在开车门的时候突然感觉身边一大团热气匍匐着靠近，她警惕地回头，然后看见一个嬉皮笑脸的男生，和她穿着相同的校服。

“同学，送我一程好吗，你看，马上就要迟到了。”男生指了指自己的手表，露出一脸无辜的表情。

周小鱼瞬时变得很无奈，甚至有一种叫做虚脱的感觉。第一天上学就遇到这样离奇的事情，真的很郁闷呢。但是周小鱼不想被别人认为小气，反正自己一个人也是需要打车的，两个人还有个伴，可以说说话什么的，于是还故作潇洒地挥挥手：“上来吧。”

但是当司机师傅一脚踩下油门的时候周小鱼就后悔了，这是男人么？怎么这么多话？

“同学你也是新生吧？呵呵。”男生问。

“嗯。”

“同学你叫什么名字呀？”男生继续问。

周小鱼转过头看看那个男生。

“同学你不要误会我没有别的意思，今天你打车送我一程我实在是太感谢你了，想问问你的名字，很正常嘛。起码要记住我的恩人叫什么名字？”

周小鱼有一些虚脱。不就是送他上学么，这也算是“恩人”？

“周小鱼。”

“周小鱼同学你好，我叫苏沐瑾，以后请多多关照。”男生继续嬉皮笑脸地说。

一路上男生絮絮叨叨地问这问那，周小鱼很不耐烦，却不好说什么。还好地铁站离学校不远，很快的他们就下车了。临下车的时候男生还不忘问周小鱼在哪个班级，说是为了以后联络感情。

联络，联络个鬼呀。周小鱼在心里叹了口气，希望以后再也不要遇见这个男生。

周小鱼低着头郁闷地走进教学楼。然后看着班级门口大大的“高一 · 三班”深吸一口气，敲敲门：“报到。”

然后突然有一种很特别的感觉。周小鱼抬起头，看见了一张熟悉的笑脸。

“嗯，前面没有座位了，这位同学你去坐那里吧。”班主任指了指男生身边的空位，然后周小鱼看见了苏沐瑾在那里夸张地冲自己挤眉弄眼。

这是周小鱼在开学的第一天，第三次虚脱。

周小鱼隐隐地觉得，这三年高中生活，一定会很有趣。

苏沐瑾同样也是这么想的。有了周小鱼，这三年一定不会很无聊了。

不过苏沐瑾做梦都没想到的是周小鱼竟然是作为全校第一名的成绩被招到学校的。标准的疯丫头，这是周小鱼给苏沐瑾的第一印象。头发总是束成一个马尾在脑后晃来晃去，笑起来的时候毫无淑女形象，奔跑起来裙角飞扬，难得她还穿裙子。

因为和苏沐瑾是同桌的关系，两个人渐渐地熟络起来后周小鱼也不那么讨厌苏沐瑾了。两个人经常在午睡的时候趴在桌子上聊天，听苏沐瑾讲他的生活。苏沐瑾从小父母离异，苏沐瑾倔强的一个人生活，只是每个月他的父母总是从不同的地方打来一大笔生活费，养活苏沐瑾。

而周小鱼生长在一个书香门第的世家，父亲是大学教授，母亲是标准的贤妻良母，虽然生活不是很富裕却很温馨平静。与苏沐瑾不同，周小鱼有一个幸福的家庭，但是苏沐瑾没有。

事实证明苏沐瑾的第一感觉还是很准的。因为从高一下学期开始的时候，周小鱼开始跟着苏沐瑾翘课。

二

最初的时候，周小鱼很警惕，不肯和苏沐瑾一起走正门。所以每次苏沐瑾都是很无奈地带着周小鱼一起跳墙，周小鱼爱穿裙摆飘飘的白色长裙，然后很多次裙带都刮在墙角，苏沐瑾很无奈，周小鱼也很无奈。然后逃过几次课之后周小鱼脱掉了长裙，换上了肥大的牛仔裤。

第一次在苏沐瑾面前穿长裤的时候，苏沐瑾很惊讶。眼神在周小鱼身上扫来扫去。

看着苏沐瑾想笑不敢笑的表情周小鱼很不舒服，于是抬起腿给了苏沐瑾一脚。

“喂，你干吗踢我呀？我有惹到你么？”苏沐瑾很不服。

“我就是看你不爽，怎么，想打架吗？”周小鱼叉着腰一脸泼妇相。

苏沐瑾瀑布汗。低头默默地向前走。

在苏沐瑾和周小鱼的学校附近有一个小小的公园，有树木、有草坪、有小桥，还有流水。在这里周小鱼想起了初中时代学过的一首诗：枯藤老树昏鸦，小桥流水人家，古道西风瘦马。夕阳西下，断肠人在天涯。

然后周小鱼就伤感了，就难过了，就沉默了。周小鱼是一个很多愁善感的女子，苏沐瑾甚至会想如果是秋天带周小鱼来这里，周小鱼会不会踩着满地的枯黄落叶尸体，然后矫情的失声痛哭。不过还好是夏天，苏沐瑾暗暗庆幸。

夏天的中午真是好热，真希望阳光可以不这么强烈。周小鱼躺在草坪上仰头望着那些郁郁葱葱的树木。不过还好，这里还不算那么热。

苏沐瑾躺在周小鱼旁边，歪过头看阳光透过树叶间隙打在周小鱼浅白色的衣服上形成一个又一个椭圆形的亮点。然后突然就想起了一个很古老的片子，《101 忠狗》。

“我们放风筝好不好？”周小鱼突然说。

“你这个女人想象力还真是丰富，要放你自己放，我可不陪你。”

“真没情调，难不成我们就在这傻傻地看天发呆？”周小鱼很不满。

“那我可不管。”苏沐瑾就是这样的不解风情。

“不放也得放。”周小鱼蛮不讲理。

“你这个女人怎么这样……”话没说完便被周小鱼拽着头发拽起来买风筝去了。苏沐瑾的头发很长，每次他吵着要剪头发的时候都被周小鱼无情的否

掉，原来自己的头发对周小鱼来说还是有那么一点点的好处的，怪不得周小鱼总是阻挠自己剪头发呢。苏沐瑾郁闷地想。

苏沐瑾坐在草坪的边缘，看着周小鱼幸福地跑来跑去，时不时地叫他过来帮忙。苏沐瑾笑眯眯的帮周小鱼拾起掉在地上的风筝然后递给周小鱼，看周小鱼额头上布满了细密的汗珠。

2008 年 8 月 苏沐瑾

周小鱼。两年前我就这样杳无音讯的消失掉，你会不会生我的气？

周小鱼，我甚至还可以想起你生气时候的样子，嘟起嘴，脸颊鼓起来。我伸出手指，想要捏一捏你的脸蛋，可是却触摸到冷冰冰的空气。

周小鱼。原谅我的不告而别，我不知道该用怎样的自己去面对你。我没有办法带给你幸福，所以我选择了离开，我以为我离开了你便会渐渐淡忘你，我以为我离开了你便可以不再去爱你，可是我没有办法说服自己不去想你不去爱你，即使事隔这么久。

周小鱼。单纯的你永远无法了解我们之间的距离，像是飞鸟和鱼的间隔。我曾经试图努力穿越过我们之间的障碍走到你身边拉起你的手，然后给你一生的幸福。请原谅我的懦弱，我还是无法做到。

三

2008 年 8 月 周小鱼

苏沐瑾。我已经好久都没有在这个城市里遇见你了，哪怕是偶然。

苏沐瑾，即使你离开了这么久，我却从未曾忘记过你，你始终是我念念不忘的男子。而我们的那段过往，依然是我最惦念的时光。

我始终没有办法把我们的记忆割舍掉，哪怕那记忆像是一根刺，狠狠地刺在我心头最柔软的部位。

苏沐瑾。直至如今我才懂得，虽然爱情在两个人的世界里是最重要的，但是却无法因为爱情而把两个人紧紧地拴在一起。我以为你不会在乎那些，我以为我们只要相爱便能穿越一切世俗的阻碍。可是原来我错了，错的如此的离谱。

苏沐瑾。我不懂，为什么你不肯等我，哪怕是一秒，我都会拼尽全力去追随你的步伐。当我发现你把我遗失的时候，我尝试着蹲下来哭泣。可是眼泪流干后，我发现，我已经完全的迷失了你的身影。

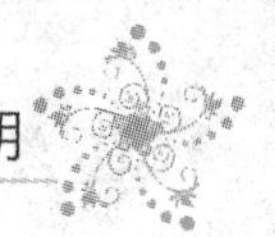

苏沐瑾，我们还是错过了，无论我多么拼命地去挽留。

2006 年 9 月

苏沐瑾和周小鱼依然每天碌碌无为的逃课，再逃课，仿佛逃课已经成为了他们的一种习惯。虽然很多的时候，只是漫无目的地走在一条又一条繁华或是落寞的街道。

但是更多的时候，周小鱼会背着她可爱的 Mickey 书包逃课，然后在不经意间突然就拿出了一本书，给苏沐瑾讲一些老师讲的重点给苏沐瑾听。听的苏沐瑾昏昏欲睡，却无可奈何。

苏沐瑾想，要是一辈子都活在周小鱼的阴影下，那么自己的生活可是够悲哀的了。

周小鱼却不以为然。这才哪里到哪里呀，要是真的可以让自己用一生去祸害苏沐瑾，那自己一定会很开心的。

9 月正是周杰伦出最新大碟《依然范特西》的时候。周小鱼好喜欢周杰伦的声音，虽然有的时候他吐字不是很清晰。看着周小鱼沉醉的神情，苏沐瑾嗤之以鼻。不就是周杰伦么，切，唱歌还没有自己好听，怎么能让周小鱼那样的迷恋。然后苏沐瑾暗暗地想，有一天一定找机会带周小鱼去唱歌，让周小鱼听见了自己的歌声后，忘掉周杰伦是谁。有可能还会因为自己感性的声音爱上自己也不一定哦，那时候自己就会抱得美人归咯。真幸福，苏沐瑾自恋的偷笑。

之后的时间里苏沐瑾不只一次地试图拽周小鱼出来唱歌，但都被周小鱼直接给否掉。周小鱼不想和苏沐瑾的朋友们一起出去唱歌，周小鱼觉得苏沐瑾的朋友们一定都是问题少年，染着黄头发，身上佩戴着各种各样的金属饰品，指尖夹着一支香烟，一脸玩世不恭的笑容，仿佛这个社会欠他们一千万似的。苏沐瑾无奈只好一个人拽周小鱼出来唱歌，还有周小鱼的女伴。

“喂，你干吗拿着麦不让我唱啊？还有没有男权了？”苏沐瑾很不满。

“哎呀，你怎么这么多话，你只管听我唱就好了嘛。哪有这么多事。”周小鱼更不满。

苏沐瑾甚是无奈，求助似的看向周小鱼的女伴。

那天在苏沐瑾和周小鱼的女伴的强烈要求下，散场的时候周小鱼终于放下麦，允许苏沐瑾飙了一首周杰伦的《搁浅》。

“我只能永远读着对白，读着我给你的伤害。我原谅不了我，就请你当做我已不再。我睁开双眼看着空白，忘记你对我的期待，读完了依赖，我很快就离开。”

苏沐瑾拿着麦深情的唱着，长长的刘海遮住周小鱼望向苏沐瑾的视线。那天苏沐瑾穿了一身黑色的衣服，特别的帅气。苏沐瑾的歌声真是好听，虽然有些不太适合周杰伦的风格。周小鱼想，如果苏沐瑾唱张信哲的情歌一定会更好听。周小鱼静静地听着苏沐瑾唱歌，虽然看不到苏沐瑾的表情，却能体会到他的用心。周小鱼想，不愧是酒吧混大的，唱歌就是好听。

苏沐瑾放下麦的时候，周小鱼的女伴巴掌拍的呱唧呱唧的响。苏沐瑾一脸骄傲的偷偷瞥了周小鱼一眼，周小鱼假装一脸不屑的神色，却掩饰不了眼神里的微微放出的光芒。

从 KTV 出来苏沐瑾和周小鱼一起去送周小鱼的女伴回家。然后两个人在大街上漫无目的的闲逛。

“你不着急回家了吗?”苏沐瑾奇怪地问。

“嗯，今天破例一次咯。”周小鱼依然漫无目的地走。

然后两人走到了熟悉的公园。周小鱼觉得累了，然后躺在长椅上，苏沐瑾坐在长椅边缘，于是周小鱼把头放在苏沐瑾的腿上。

四

“你的头好沉。”

“你哪来这么多的话，小心我揍你哦。”

苏沐瑾瀑布汗。无语。

天很黑，周小鱼昏昏欲睡，和苏沐瑾有一搭没一搭的断断续续地说话。谈起了两个人对未来的猜想。

周小鱼想要的很简单。一辈子住在一个地方，一辈子睡在一个人身旁。周小鱼是个淡泊名利的人，或许生活在她那样见惯了名与利纠缠的人都会淡泊名利的吧，周小鱼追求的是平淡。高中毕业后考大学，然后读博。毕业后找一个稳定的工作，不需要太丰厚的薪水，足够自己养活自己便可以，然后有一个爱自己的男朋友，两个人会结婚生子，然后平淡的走完一生。

苏沐瑾说，自己高中毕业后就出去工作，然后就可以离开家里的庇护一个人去寻找自己想要的生活。苏沐瑾想过以后如果特别的有钱或者是特别的没钱都要出去旅游，有钱的话就拿着钱去旅游去挥霍，没有钱的话就一路边打工边旅游，直到自己寻找到了属于自己的生活为止。如果一直找不到的话，那么就选择在走累了走不动了的那一天停下来，无论在哪里。

可是自从遇见周小鱼后，苏沐瑾的生活就变了，苏沐瑾的理想也变了。苏沐瑾只想和周小鱼一起，平平淡淡的生活，如果周小鱼不喜欢漂泊那么自己会陪着她在这个城市里生活一辈子。但是苏沐瑾没有和周小鱼说这些。或许是觉得现在说这些未免太过轻狂，毕竟自己连谋生的能力都没有。

周小鱼听完了苏沐瑾的话很难过。也许两个人真的不属于一个世界吧，虽然现在自己的头正放在苏沐瑾的腿上，可是两个人的距离却是如此的遥远。周小鱼无法陪伴苏沐瑾过他想要的生活，毕竟周小鱼还有家人，周小鱼没有办法抛开自己的家人去陪苏沐瑾浪迹天涯。

而苏沐瑾听完周小鱼的这些话张了张口，却没有发出声音，只有喉结在不停地上下抖动。天很黑，周小鱼睁大眼睛，试图看看苏沐瑾的脸，却依然无法看见苏沐瑾的表情。但是，如果她能看到苏沐瑾当时的表情，她一定会很难过的。

因为，苏沐瑾的表情，是从来都没有过的哀伤。

可是，因为天太黑，苏沐瑾也看不到周小鱼哀伤的表情。

2008 年 9 月 苏沐瑾

2008 年的重庆仿佛没有夏天，天气无止境的阴霾。我几乎忘记掉与周小鱼在一起的时光，天空晴朗的如同一面镜子，还有阳光下周小鱼微微赤红的脸颊。这些，都是我挥散不去的幸福时光。

如今，我一个人骑着单车穿梭在浓雾弥漫的清晨或者是午后，呼啸而过的风灌进衣服打透我单薄的身体。我依然穿着周小鱼送我的棉布衬衫，虽然有一些发旧，却依然有周小鱼身上淡淡的香水味道。我是多么的怀念，周小鱼在我身边的日子。

周小鱼，我好想你，你在哪里。我抬起头，望着阴霾的天空，在繁华的市区抱着我单薄的衬衫，失声痛哭。

周围有好多好多的人，他们只是静静地看着我痛哭，却没有一个人走过来安慰我。在他们眼里，我只是一个被爱伤害过的男孩子。可是，他们怎么会懂，我对周小鱼的感情，我是多么的爱她，可是我却必须要离开她。

2008 年 9 月 周小鱼

那一夜，忽然从梦中惊醒。然后，满脸的泪。

最近的那个梦里，苏沐瑾死了。可是我安慰自己，梦都是反的，苏沐瑾现在一定是好好地活着呢。

可是苏沐瑾，现在的你，还会记得曾经你的生命里出现过一个叫周小鱼的女孩子么？她是那么爱你，可最终你还是离开了她，全然无视她的眼泪她的痛楚。

苏沐瑾，我不知道你在哪里，自你离开我的那一刻，我便彻底失去了你的消息。很多个夜晚我都穿梭在这个城市的地下酒吧，只是单纯的想要找到你的影子，哪怕是你曾经存在过这里的痕迹。我甚至逼迫自己接受那些喧嚣到可以震破耳膜的音乐，和那些无聊的男子的挑逗。苏沐瑾，你知道么，我真的好难过。

苏沐瑾，这就是你一直以来的生活吗？

苏沐瑾，曾经因为我的出现带你走过这片阴霾。我以为你会为我而停留下来，开始另一种生活。可是你却依然丢下我，丢下我们的时光，一个人走了。

五

2006 年 10 月

苏沐瑾只带周小鱼去过一次他家。苏沐瑾的家很大，将近二百平的房子，可怜的连一只金鱼都没有。空荡荡的鱼缸里长满了青苔，地板上满地的空啤酒罐和随手扔落的 CD 碟片，乱的无可救药。周小鱼随手拿起一张 CD，是 Bon Jovi 的《Slippery When Wet》。两个巨大的音箱上有着一层轻微的灰尘。周小鱼看着特别的心疼，于是挽起袖子二话不说便开始打扫，整整用了三个小时的时间，整理出三袋垃圾之后才算勉强打扫干净。然后周小鱼满头是汗的对着躺在沙发上面带笑意看着她的苏沐瑾说："收拾好了。"

苏沐瑾一跃而起："谁叫你给我收拾的啊。你弄完了我都找不到我的 CD 都放在哪里了，等到我想听的时候怎么办呢。"苏沐瑾假装挠头，一脸无奈的样子。

周小鱼很委屈说："那人家不都是为你好嘛，看你家乱的跟杂货市场似的，那啤酒罐都发霉了都不知道扔。我帮你收拾收拾是为了你好啊，你这个人怎么这样。"

"我要你管。你看你把我家弄成这个样子，真是的。"苏沐瑾继续气周小鱼。

然后他看见周小鱼的脸刹那变得通红，甚至苏沐瑾从她束起来的马尾上看到一丝愤怒的火焰。苏沐瑾知道，自己这次是真的说错话了。果然，周小鱼用迅雷不及掩耳之势冲过来拎着他的耳朵咆哮着吼道："那你干吗不早告诉我！"

吓了苏沐瑾一跳，然后苏沐瑾才知道周小鱼原来是会轻功的。

苏沐瑾一脸无辜地说："你也没有告诉我嘛。"

周小鱼突然有一些缺氧。很气愤，自己三个小时辛辛苦苦地努力打扫没有得到一丝苏沐瑾的赞扬，反而被他认为是多管闲事。突然就怒气上头，冲动地想要转身离去，却被苏沐瑾拉住了手。

"怎么了小气鬼?"苏沐瑾假装无辜，却没有注意到周小鱼刹那间红透的脸。周小鱼匆匆的把手从苏沐瑾的手里抽出，"呃，没事。"然后苏沐瑾突然也注意到了自己的动作很暧昧，也红透了脸。急忙的松开手，然后双手在身前不停地搓来搓去。

"那个，我饿了。我们出去吃饭吧，想吃什么，我都奉陪。"苏沐瑾信口说了句话，打破了尴尬。

然后他说完了就后悔了。周小鱼最喜欢的就是麻辣烫，苏沐瑾真的想不明白有什么好吃的，一个大锅煮出来一大堆食物，都是半生不熟的蔬菜，一点都不营养不卫生。虽然苏沐瑾的化学不是很好，但是苏沐瑾还是知道被水烫过的蔬菜是最没有营养的。可是周小鱼这样的尖子生却连这么简单的道理都不懂。不懂就算了，自己去吃嘛。可是每次她都要拉上苏沐瑾去吃，每次都弄的苏沐瑾胃里空空的去，饿着肚子回。

"嗯嗯嗯，好啊。"周小鱼巴不得早一些离开这里，真的很尴尬。

在苏沐瑾沉默地关上门却没有一丝留恋的那一刻，周小鱼听见了一种叫做心痛的声音。他知道苏沐瑾其实心里还是很难过的，但是却无法与人说起这些无奈，所以只能靠大把大把地花钱来宣泄心里的空虚。周小鱼很难过，她可以想象苏沐瑾平时的生活，面无表情，浑身散发出难以接近的寒气。彻夜听摇滚，通宵喝酒，第二天起来头痛欲裂却要一脸笑容陪自己的样子。然后周小鱼的心突然就变得很脆弱，稀里哗啦地碎成了无数片。

周小鱼想起苏沐瑾曾经对她说的一句话，我们都是暗地里的病孩子，面孔幽蓝，眼神嶙峋。

突然周小鱼停下了脚步，苏沐瑾一脸迷茫地回头看着她。

"我去买菜，我们在你家吃吧，正好给你看看你我的厨艺。"周小鱼第一次没有吵着去吃麻辣烫，这倒是令苏沐瑾很意外。但是苏沐瑾没有拒绝周小鱼的提议，相反他还求之不得呢。他不知道，其实周小鱼只是想让苏沐瑾的家活过来，而不是这样死气沉沉的毫无生气，好像是一个沉闷的大棺材。

晚餐很丰富，有糖拌红萝卜，炒豌豆，冬瓜汤，还有一个五颜六色的水果沙拉。

六

周小鱼的厨艺简直可以来用糟糕形容，貌似她从来都没有做过饭，居然会把酱油当做醋放了近半瓶，弄的所有的菜色都是黑乎乎的。只有水果沙拉的颜色和味道还说得过去，但是还放了好多的辣椒。苏沐瑾很想不明白为什么水果沙拉里还要放辣椒，难道这就是周小鱼与众不同的地方吗？但是满桌上只有水果沙拉还可以吃，于是苏沐瑾三下五除二的把水果沙拉消灭掉。周小鱼看着空空的水果沙拉盘子，一脸骄傲地道："怎么样，我的手艺还不错吧?"而没有去注意别的菜竟然一口未动。

这回，换苏沐瑾有一些缺氧了。

从苏沐瑾家出来后，苏沐瑾依然很绅士地送周小鱼回家，骑着他打工一个假期赚钱买的单车。那是苏沐瑾赚到的第一笔钱，利用假期的时间去挨家挨户送牛奶，帮人换桶装的矿泉水，豆大的汗珠顺着额头滑落，苏沐瑾却毫不介意的用新买的 CK 衬衫随手擦掉。发薪水的那一天苏沐瑾拿着自己赚来的钱去商场买了一辆单车，没有牌子，但是苏沐瑾却是特别的喜欢。周小鱼坐在苏沐瑾的身后，快乐地听着风声呼呼的从耳边跳跃过去，然后张开双臂想要拥抱空气。

"周小鱼小朋友，你不要这么幼稚好不好。"苏沐瑾感觉到了周小鱼的动作，假装嗤之以鼻。

"苏沐瑾小朋友，你不要吃不到葡萄就说葡萄酸哦，是不是很嫉妒我啊，谁叫你的手拿不出来，不然你也可以学学我，我是不会介意的，嘿嘿。"周小鱼毫不理会苏沐瑾语气里的讽刺。

苏沐瑾很生气。然后周小鱼感觉到单车在平滑的道路上颠簸了一下。

然后周小鱼很不争气地缩回双手，紧紧的缠住苏沐瑾的腰身。

然后周小鱼听见苏沐瑾放肆的笑声回荡在空气里，久久不肯消散。

2008 年 10 月 苏沐瑾

周小鱼，我已经离开了我所熟悉的环境和我曾经的那些酒肉朋友。既然已经没有了你，这个城市于我来说再没有任何的留恋。我背上旅游包，开始了行走的步伐。

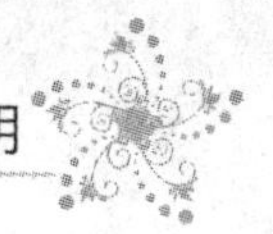

我不知道该去哪里，我也不知道我的终点在哪里，可是我却一定要走。因为在这里，哪怕只是骑着单车闲逛，我也总是能回忆起我们在一起的时光。那些曾经带给我最多的快乐的时光，和我们曾经一起行走过的大街小巷，现在在我看来，一切竟是变得如此的残忍。它们不断的撩拨起我们的回忆，让我在幸福的回忆中累积痛苦，然后将我吞没。

周小鱼，我还是没有学会足够的坚强，去承担起离开你的痛楚。

2008 年 10 月 周小鱼

苏沐瑾。我恨你！我如果可以忘记对你的爱恋，对你产生哪怕是一丝的恨意，我便不会如此的想念你。我翻遍了重庆所有的角落，还要忍受你曾经那些朋友的嘲笑。

苏沐瑾。我是如此的爱你，难道你感觉不到吗？我甚至逼迫自己不去回忆那些甜蜜的过往，可你是那么残忍地抛弃了我一个人走。苏沐瑾，我什么都不在乎，只要和你在一起。

苏沐瑾，我真的好累。你在哪里，可否借我肩膀靠一下？原来爱情伤逝后可以令人如此的痛苦。苏沐瑾，最近我学会了自残，尝试着用锋利的刀片切割开血管，然后静静地看着暗红色的血液顺着皮肤流下来，红的触目惊心。我试图用肉体上的痛苦来减轻因你的离开所带给我的种种折磨。

我在疼痛中失声痛哭，却依然无法忘掉你身上的橘子香水味道。

素锦清城

肖小邦和毕小索的固若金汤

■ 灼小昂

楔子

肖小邦以无敌的姿态闯入我的生活。

记得在音乐课上，老师讲到肖邦时大家的眼睛都不约而同地瞄向肖小邦，就像脱离了地球引力。

肖小邦眯起眼睛，非常可爱的表情："我是他的后代。"那样子无耻得真带劲儿。

小邦，我以单薄文字予你一纸情书。友情的情。

在没有认识肖小邦之前，我还真没发现原来自己有以貌取人的毛病。

我玩世不恭，你气宇轩昂。

我们在一起吊儿郎当，目的是把当地的火葬场熬黄。

我们这些小角色真就如此不同凡响。

1. 已知

我叫毕小索，男，就读于当地的一所重点中学。班主任姓林，有着林黛玉一样的娇容，王熙凤一样的心机。因为有她，我们班的语文成绩一直在学校叱咤风云。林 Sir 刚刚走到 20 岁的尾巴，穿衣打扮还是很 Fashion 的。

"大波浪的卷发和五官的轮廓格格不入，应该用 Kate moss 式的厚重刘海儿来突显慵懒。眼睫毛虽然交织浓密，但不生动，如果再翘一点儿就会很抢眼了。唇彩的颜色没有体现唇部的丰盈。碎花宽松雪纺罩衫配休闲五分裤会混搭得潮流些。还有，平底鞋的单调应该用设计感突破，不然会很死板。"

说这些话的是我的同桌——肖小邦。

肖小邦喜欢用他的眼光评点老师们的着装。他的妈妈是 Chanel 在某地区的总代理，Chanel 就是连小资都可望而不可即的香奈儿。子承母业，肖小邦在彩妆及服装设计等方面颇具天赋。他妈妈一直以他为骄傲，从他 12 岁开始就带着他在各种社交场合崭露头角。肖小邦即使和一个人擦肩而过，也能准确地嗅出这个人用的是什么牌子的香水，甚至是喷洒的剂量。

我为我身边有这样一位时尚界的弄潮儿而感觉脸上贴金。

2. 相嵌

似乎很久以前，我时常陪妈妈去 Chanel 买化妆品。日子久了，对那个坐在店里一角看时尚杂志的少年很感兴趣。皮肤白皙，瞳仁清澈，让他在人群中显得尤为落拓。

这时我妈妈常说："看，角落里那个孩子和你很像呢。"

嗯，无论是长相还是性格。

后来我们相知相识并决定一起仗剑走天涯了。

他就是肖小邦。

3. 弥漫

关于我和肖小邦同桌这件事，我们无数次地对林 Sir 充满敬仰之情。林 Sir 究竟为什么让我们两个很能添乱的孩子同桌呢?

我和肖小邦总结了以下几点：

(1)我们在老师眼里很乖。

(2)老师还年轻。

我不得不承认肖小邦总在牛 A 与牛 C 之间徘徊。记得有一次林 Sir 讲《出师表》，有一句"此悉贞良死节之臣"，老师让他解释。正确的译文应该是：这些都是坚贞可靠能够以死报国的忠臣。我离肖小邦不过 5cm 的距离，清楚地听到他是这么解释的："这些都是忠贞可靠能够以死报国的奸臣。"

……

小样儿，法眼一开就知道你是妖孽了。

上课无聊，我和肖小邦东拉西扯些比如未来等。肖小邦自然不用说了，去米兰进修，成为一名优秀的服装设计师。和他姐姐一样，能够有机会在米兰举办自己的作品 Show，让世界瞩目。

人各有志，我就想学好英语，将来在国际顶尖贸易峰会上做同声传译。

肖小邦对此很不屑，“学什么英语啊，你看看人家九大常委哪个是英语专业毕业的，学英语没前途。”

“那你呐，学什么服装啊，你看看人家九大常委哪个学服装了！学服装没前途。”

……

肖小邦笑得何止是露齿，简直就是怒放。

总结一下我和肖小邦在学校的表现：两个受过高等教育的流氓。

肖小邦上课总是看时尚杂志，我挖苦他，“你的眼睛是对美女模特的亵渎。”

他瞪了我一眼，“滚吧，带着我最后的慈悲。”

……

肖小邦是那种即使文化课成绩为0将来也有出路的富家少爷，所以读书对他来讲只不过是走个形式。可他的理解能力超强，不读书岂不是浪费了才华。

这些都是肖小邦的答案：

第一题，什么是共同富裕？

让一部分人先富起来，再消灭富不起来的，最终实现共同富裕。

第二题，两个B血型的人合作生产的小孩血型概率最大的血型是？

2B。

第三题，关于孟子《生于忧患，死于安乐》这篇古文的感受？

天没降大任于我，照样苦我心志劳我筋骨。

……

某节化学课。

肖小邦一边写字一边抱怨：“唉，打算理发了，甩刘海儿甩得我脖子都歪了。”

“咳……能不能别总让我有骂街的冲动！”

“……”

过一会儿。

“小索。”

“啊？”

“你知道几毛钱的重要性吗？”

“……”

“昨天我去超市买东西，付款的时候收银员翻了半天的钱匣，最后一脸无奈地对我说，‘唉，没零钱了，找你两塑料袋吧。’”

我刚要狂笑，只听化学老师在讲台上喊道：“肖小邦，你要是上课再搞小动作别怪我翻脸不是人！”

此言一出，我们班的笑声可以吓死个鬼。

4. 噩耗

静数浮光掠影堆砌的盛世荒年，一件未曾预料的事迅疾而至，把我们从美好的姿态中猛烈撞出。厄运永远猝不及防。

肖小邦的姐姐死了。

这个冬天，肖小邦的姐姐从米兰回国过年，晚上出去散步时遇到了一个许久不见的朋友，在寒风中他们聊了很久。和朋友说再见后肖小邦的姐姐本来要打车回家的，可已经很晚了，没有出租车了，于是她步行回家。原本在外面冻了很久的她一进家门就被家中地热的暖气所包围，一冷一热导致脑血管破裂，送到医院时已经是植物人了，后经抢救无效死亡。

她才22岁，已经举办过自己的作品Show，在米兰已经有了些名气。

她一直是肖小邦心中最伟大的服装设计师。

姐姐走后，肖小邦变了很多。不再张扬了，也不爱笑了。开始穿素气的衣服，迷恋低头走路。上课时也不再看杂志了，而是专心地把老师讲的每一句话规规整整地记在笔记本上。

肖小邦，只有我能看见你砸在臂弯里的眼泪。

肖小邦，你的一举一动我都看得如此明晰。

肖小邦，你真是让人心疼的孩子。

5. 偏离

眨巴眨巴眼，半年过去了。

某一天肖小邦突然收到一封信。干净的白色信封上贴着一颗桃红色的心，一颗极其娇小极其美好又极其甜蜜的心。这分明就是情书，天呀！内藤秀子喜欢上他了。

内藤秀子是全校公认的校花，有着日本女孩洛丽塔风格的可爱与甜美。

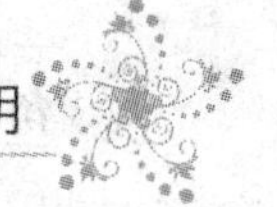

家世显赫，父母在中国经营内藤家族的分公司，姐姐内藤幸子是日本家喻户晓的明星。秀子自出生就闪烁着宠爱于一身的锐利光芒。但只是性格上有着些许的娇贵、蛮横、乖张。

肖小邦自然是不喜欢这种女生。他很快就写了回信：

“秀子小姐，难道你不觉得我们的恋爱是对生命的严重浪费吗？”

你看不到的是，利刃匍匐在深海下，伺机待发。

前奏

那天是肖小邦的生日，我们去 KTV 耗了整整一下午，曲儿都唱遍了，就连《数鸭子》这种儿歌也没落下。肖小邦还特意为我点了首《风雨彩虹铿锵玫瑰》，弄得我对他有种想斩草除根的冲动。

我们出来的时候天色已经暗了，肖小邦还在抱怨我唱歌走调，我说是因为麦克风质量不好，就这样我们一边走一边拌嘴。

“肖小邦。”后面有人叫道.

我们很好奇地回头一看，不由得吃了一惊。

还没到晚上呢，就有劫道的?

喊肖小邦的是个胖子，一看就知道是头脑简单四肢发达，站在胖子两边的看模样是两个混混，也就十七八岁的样子。左面那个耳朵上戴了三个耳钉，右面那个头发是红色的。“你们两个谁是肖小邦?”胖子先开口了。

“我就是，你们……有什么事儿吗?”

“哈，你还挺勇敢。”胖子笑道，“也没什么大事，就是你最近太嚣张了，哥儿几个教教你怎么学乖点儿。”

我当时第一反应，他们是来惹事的。我转头低声对肖小邦说：“你先走，剩下的交给我。”

“你有把握?”

“才三个，不成问题。”

我一把推开肖小邦，他顺势就朝着繁华的街区跑去，可我怎么越看他越像狂奔的蜗牛。

胖子一看肖小邦跑了就急了，动身要去追。我一把拦住他，笑了笑，“有事好好说嘛，别伤了和气。”

胖子挑起眉眼，一脸蛮横的样子，“哟，怎么着，还真有逞强的!”胖子一把揪住我的衣领，我随即用膝盖猛击他的胃部，他疼得松开了手。我又用右掌侧狠狠地劈向他的后颈，他招架不住倒在地上。三耳钉和红头发一看这架势便一起冲了上来。一个漂亮的回旋踢把三耳钉搞定后，我猛地跳到红头发的后面，用臂弯一把勒住他的喉咙。我知道，要是下死手，七秒封喉，必死无疑。

“谁让你们来的？”

“内藤、内藤秀子！”

“胡说！”

“真的！我不骗你！内藤说要是大哥帮他解决了你们两个，就和大哥好。大哥口袋里有他俩的合影！”

我放开了红头发，他因为缺氧眩晕在地上。在那胖子的口袋里，果真翻出了他和内藤的照片。

我起身把照片放进口袋里，发现肖小邦原来一直就站在不远处看着我。我们两个都笑了。

我把肖小邦送回了家，除了将那三个人找我们的目的做了些隐瞒外，肖小邦把我“勇斗歹徒”的事迹告诉了他妈妈。阿姨一脸惊讶地看着我，“小索这么棒？”

“那当然，他家可是开道馆的！”

阿姨赶忙看看肖小邦有没有受伤，“马上就要办签证了，可千万别有什么闪失。”

签证？什么签证？我刚要问，肖小邦眉头一皱，“妈，天都黑了，快送小索回家吧。”

第二天，我背着肖小邦找到了内藤秀子。

她一脸无所谓，“这和我有什么关系。”

我把照片甩给她，“秀子小姐，如果你不想太多人知道你和这胖子的勾当，以后请好自为之。请你不要以为四海之内皆你父母，天下谁都得惯着你。以后少打我朋友的主意。”

肖小邦，我不能让你受这种委屈，谁让咱俩的友谊比人民币还坚挺。

6. 破碎

我推开教堂古老的门。

时间久远，教堂内部已经很陈旧了，一景一物都温存着被时光细细抚摸过的纹路。光线被阻隔在顶部弧度优美色彩斑斓的窗子外面，只在带有钝重

之感的旧木地板上，切下一溜儿狭长的暖色。

我似乎听到了牧师在布道，听到了信徒们唱赞美诗，摸到了软皮圣经凹凸不平的质感。

我闭上眼睛感受世界的一刹那感觉灵魂被定格了。

我摸了摸胸前的十字架。

全部都静了。

我知道逃避一点儿都没有用。

我是肖小邦。

小索，我身不由己。

你知道姐姐的死对我是多么大的触动？信仰坍塌，我耳朵里有马嘶鸟鸣。我的前辈在追求理想的路上不得已半途而废，沿着她的路走下去是所有人对我的期望，包括我自己。

小索，我知道你会去找内藤，你太看重友谊。

小索，从我认识你开始，我就把你当成是我最好的朋友。我身边的很多人都只把我看成弄胭脂做衣服的小裁缝，甚至觉得我是败家子。只有你能真正理解我的理想，并且支持我，我才肯在这条路上继续走下去。

小索，关于“米兰和你”这样的选择，我真不知要如何取舍。姐姐走了，她的公司需要一个新秀来走姐姐的路。这是一个前所未有的好机会。可我同样知道，我也会因此失去前所未有的好朋友。

小索，对不起。

我希望你能原谅我的决定。

我必须义无反顾。

我是毕小索。

小邦，你果真去了米兰。

这个季末充斥着我们凌乱的回忆。那时我们无边无际地闲聊，关于我们的城市，关于艺术与生活，关于对米兰的崇敬与向往，还有校园一角，我们一辈子的友谊。

可今天，究竟是谁卑微了承诺。

当我以回首的姿态怀念已逝的人和事时，才发现自己是如此的软弱和耻辱。炎凉窘迫的世态之中，你给予我苟且的能力。我们彼此庇护了对方横冲直撞的感情不至于遍体鳞伤。我急于变得强大，像小宇宙爆发，包裹住你的软弱，你的胆怯，你的叛逆。你让人心生温暖却执意留给自己酷寒。对此，我不同意。

你是我生命中为数不多的可贵，我们的友谊是原子弹都无法击溃的城邦，固若金汤。我已身心坚守甘心赴死，可你却倒戈弃甲仓皇而逃。

你留给我一座空城有什么用。

千军来袭，我无路可退。

天父在上，小邦，当你经过米兰市中心的杜奥莫大教堂时，能否听见我穿过亿万光年的祷告。

小邦，你要幸福。

逐字逐行，才是对我们最完美的薄奠。

夜幕，记得回家

■ 萧承

我叫萧承，是一个90后的青年，也就是常人眼中的纨绔子弟。不能经受风雨，经不起挫折。

那天，我站在学校门口，雨滴滴答答地滴在我的那把灰白色的雨伞上，像一首悲伤的歌。马路上来来往往的车带着低声的呻吟和沉积在地上的泥水从我身边经过。注视着校门口走出来的学生，仔细地寻找着林倩的身影。

林倩，是我隔壁班的同学，成绩在学校排名前十，是老师眼中的好孩子。而我呢，老师们看到了眼睛都会变黑，正在欢笑的脸都会立即变青，两只眼睛瞪得就跟牛似的，恨不得直接上前掐死，除之而后快。可是，学校的老师都不敢把我怎么样，因为我老爸是这县里的县长，得罪不起。也就这个原因，我经常旷课，早退，留长发，打架，抽烟都不会被记过，顶多就是挨老师的一顿意味深长的精神洗礼后就拍拍屁股走人。

至于我和林倩的相恋，说起来也要感谢教我们的那整天就是之乎者也的语文老师，他也教林倩他们班，要不然，我也不可能有机会祸害祖国未来的正在含苞待放的牡丹。我虽然在老师们的眼中不是一个三好孩子，但怎么说也是一名爱国的90后的青年。我的英语基本上连二十六个字母差一点都能读上的人，即便我的语文不是很好，但至少我也会说汉语。两者之间对比一下，可见我是多么的爱国。

那次，我们那语文老师正在讲桌上意犹未尽地读着那不知谁写的《师说》，而我那时正在和我同桌开着玩笑。由于我那同桌说的那笑话实在是太好笑，我不经意间大笑起来，打断了那老师的爽朗的阅读。全班的眼神像是达成协议一样朝我投来，那老师听到我那爽朗的笑声，脸一下就像夏天时不经意的暴雨来临，乌云密布。恨恨地看了一下我，然后又自顾自地读起来。被我这么一笑，全班似乎被我的笑声震到了一样，安静得连一根针掉到地上都能够听到。坐在我旁边的同桌也向我投来了怜悯的目光，我知道，下课后又得到办公室里了。不过，我不怕，我早已经把那办公室当成了自己的家，老师们都当成了我家里爱唠叨的父母。

那节课下了之后，如电视剧里的剧情发展的一样，我被语文老师叫到了办公室。到了办公室时，我很热情地对着里面的每一个老师打招呼，虽然老师见到我的时候，脸都变成了黑色。但我依然很热情地打招呼，就像叫我老爸老妈一样的热情。可见，我是多么的尊敬老师，虽然平时经常犯下一些“小错误”，经常与老师们“聊天，聊人生，聊将来。”但依然很热情。不过我的付出也并不是没有回报，我也让全校的老师知道了我的名字。所以，我也挺自豪的。

来到办公室，语文老师摆着一张很臭的脸，坐在椅子上，狠狠地看着我。如果说，眼神可以杀人的话，那他一定是一个很不错的杀手，只需要用眼神瞟一下，那人铁定死翘翘。看到语文老师的那张脸和那双可以杀人的眼睛，我拿起他放在桌子上的杯子，屁颠屁颠地走到饮水机旁帮他放了一杯热水。放完之后我立刻后悔了，我应该给他放一杯凉水，以便缓和一下他心中正在燃烧的熊熊烈火。把水放到桌子上后，我说了一句特精辟的话，“老师您请喝水，喝完了再说。”说完之后，我都有点佩服我的勇气，可能整个学校也只有我才能这么说，心里别提多得意了，微笑地看着苦瓜脸的老师。我当时的那笑容，那是要多纯洁就有多纯洁。

老师看着此时我微笑的脸，还有我那么认真地给他倒水的事，苦瓜脸也不好在摆下去。又不敢打，想骂却也不忍心对着一脸纯洁笑容的我骂。想一想，古人说的话还真准，伸手不打笑脸人。无奈地看了看我，说道：“我说萧承，你能不能别再捣蛋了。怎么说你现在也是个高一的学生是吧，怎么还是那样的不懂事了，你说你上学是干吗来的？”

听到老师的问话，我一脸认真地大声说道：“是来学习知识，学习为人处世之道。是……是……”

我就像早已熟记于心的书本一口气说完，说的时候那阵势可以说得上壮观。语文老师听到我那滔滔不绝的话语，一时也被怔住，我也说得面红耳热的，端起刚刚给那老师倒的热水，一口气喝完了，然后又微笑地看着老师。办公室里的其他老师似乎也被我的那一腔正义的言辞怔住了，都把那只会盯着课本和黑板的眼睛向我瞟来，但大多数的目光是充满了鄙视的目光。其实我还是很得意的，毕竟那些老师的目光里只有成绩好的学生，今天我怎么说也把这么多的老师怔住了。心里别提有多得意了，微笑一直挂在脸上。

过了一会儿，语文老师似乎从梦幻中醒了过来，看着我那张很像蒙娜丽莎的脸，只有憋屈的说道：“你应该多向成绩好的同学学习，不说别人，就你们隔壁班的那林倩，每次语文试卷我都恨不得给她满分再加上几分。哪一

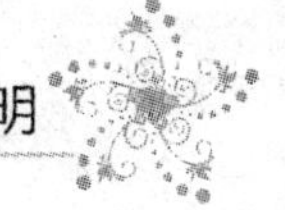

篇作文不是佳作，可以直接拿去参加比赛，而且很有可能拿到一等奖的。你再看看你，什么时候的作文不是空白就是胡乱的在试卷上涂涂画画……”

语文老师那满腔正义的言辞滔滔不绝的开始上演了，说的那是激情四射啊。感觉着老头一点都不像快退休的人，而是一个精力旺盛的青年。而我此时就像一个犯错的小屁孩，跟他面前乖乖的受训，时不时地向窗外瞟上几眼。

当我看到语文老师边说边瞟了瞟手上的手表，我知道我就要解放了。嘴里也开始应付他的问话，头点得那是相当的勤快。最后，语文老师说了一句让我特激动的话，让我对他产生了好感，他说，“好了，你去上课去吧。对了，你下次如果有解决不了的关于语文问题，可以去找林倩，就说我叫的。”听到这句话时，我感觉窗外那是一片光明，就连那昏暗的办公室也一片明朗。同时心里下定了决心，下次一定别惹这老头，训起人来那叫一个壮观。尽管我不知道他在说什么，但我还是挺心疼我的那双耳朵，我那可是用来听故事或者听笑话的耳朵啊！能不心疼吗？

也就是被语文老师训后的那句话，我就开始和林倩勾搭上了，时不时地上他们班问上几个问题。我也不是按照语文老师的意思去做的，不管什么问题我都问？不过还是有些事情没有问的。那些伤天害理的事情我是不敢问的。

五一长假，学校也按照国家法律给我们放了三天的所谓的长假，学校里的人所剩无几，只剩些离家远的或者有男女朋友的人还逗留在学校外，偌大一个学校显得空旷无比。而我自然是没事干的那种，带上自己的篮球，换上了球服后，屁颠屁颠的往学校走去。也不知道是上天的故意安排，还是我们两个拥有传说中的缘分，林倩也一个人抱着篮球在篮球场上打篮球，那天她穿着红色的T恤，蓝色的牛仔裤，长长的黑发被捆做一股梳在身后。我走到篮球场，到她的旁边，说道：“你一个人啊，不介意我和你一起打吧。”我原以为她会很残酷地对我说你不是自己有球吗？自己打去，说完还会投来鄙视的眼神，抱着自己的球到另一个球场。想不到她竟然爽快地答应了，而且还把自己手中的球扔给了我。

我们边打边聊，什么都说，什么都聊。学习上的，生活上的，还有其他的，等等。怎么看也不像是朋友的两个人，可以说如果一个不明所以的人看到了，肯定会认为我们俩是好朋友，或者是男女朋友。

从那以后，我开始注意她，也不知道自己是怎么了，她的影子和话语开始在我心里一点一点地沉积，慢慢地变成了一座小山。晚上的时候，睡不着就会打她的电话，和她聊天，不知道是她的语言有催眠的效果还是什么，每次和她打完电话自己的心里就会感到安静，用语文的知识来说，那就是心如止水般的感觉。很快就进入到了那遥远的梦乡。

直到有一天，我和她又在篮球场上相遇了，其实说是相遇，不如说是我有意的安排。了解她每星期的星期六都会到篮球场上打球，于是我就先去把我们第一次打球的篮球场上的人给赶走，又悄悄地跑到学校外面，静静地等待着她的到来。如我所愿，她果然去了我们第一次一起打球的那个篮球场。那天，她依然穿着红色的T恤和蓝色牛仔裤，抱着篮球往篮筐里扔，我看到她来了也抱上我刚买的篮球，屁颠屁颠地向那场走去。看到她的时候，我还假装表现出很惊讶的表情，说着一些我都感觉别扭的话。她什么也没说，只是一个劲儿地对我微笑，其实当时我心里挺毛的，心里想难道她知道是我故意安排的，不会在赶人的时候被她看到了吧，那自己在她心里的形象不是又得掉一截吗？最后，我也不知道哪里来的勇气，对她告白了。虽然说我很坏，也不是什么好孩子，但对于告白这事可还没有做过啊！我原本想对她说什么我喜欢她很久了之类的话，就像现在那些韩国明星上演的肥皂剧一样，但是最后只说出了一句“我可以和你交往吗？”当我对她告白时，我发现她的两边脸颊红扑扑的，跟红苹果似的。

就这样，我们的爱情就在那天的篮球场上开始了，我也成了国家的罪人，摧残了祖国未来的牡丹……

有一次正是放学的时间，学生们拼命地涌向校门。人群里，我看到了林倩那娇小的身影此时也正在努力地挤向门口。我打起我那把灰白色的自动伞，向她走去……

林倩看到我，也不顾自己好孩子的形象，用力地挤着旁边的人，向我这边走来。不经意间，林倩一脚踩在了一个男子的脚上，白色的鞋子上顿时留下了一个黄色的脚印。林倩自己也没有注意自己踩到了人，自顾自地向我这边走来。男子感觉自己好像被踩了一下，低头看了看，一个黄色的脚印印在自己的鞋上，然后一脸怒气地冲着林倩吼道：“你没长眼睛啊，急着去投胎啊。”说完，那双恶魔似的爪子向林倩推去，林倩那娇小的身体被他这么一推，倒向了旁边那一个已经被雨水填满的小水塘。泥水溅脏了林倩干净的衣服和裤子，她漂亮的脸蛋变成了一张似乎长满了麻子的脸。我那时刚好走到林倩旁边，看着她突然被推倒在地上，心里像被扎了一下，感觉好痛。林倩看到我走到了她的身边，一下就哭了起来，吓得我一时不知道该怎么办？只有扶起她，擦了擦她脸上的泥，看着刚刚推她的男子。那男子可能有一米

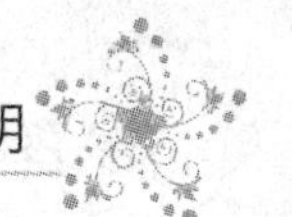

八，身体就像一个大猩猩。看到林倩脸上流出的泪水，我想也没想一拳狠狠地向那男子的脸上砸去，鼻血顺着那家伙的脸上开始往地面滴。怎么说人家也是祖国的牡丹，再怎么说也是我小霸王的女朋友，你不看僧面也该看看佛面吧！你有必要这样吗？那时我真的怒了，我本来就看不得林倩哭，她每次只要一哭，我就不知道该怎么办，感觉特茫然，特让人心慌。所以，我自从和林倩交往后就没有敢在她面前打人，怕把她吓哭了。

那男子看到从自己鼻子留出来的红色液体，一时间也怒了。冲着我说道："有种咱们出去。"说完还自顾自地走出去。听到他那话，我心里就想，老子可是敢在学校里干架的人，出去，你不是找死吗？不过看到他那像一个大猩猩似的身体我知道如果真的干架，那我可能不是他的对手了。不过看到林倩脸上还有身上的狼狈，我想就算老子打不过你，老子也要弄死你，怎么说老子也是学校里有名的小霸王，会怕他吗？带着还在抽泣的林倩走了出去……

广场上，我把我那把灰白色的雨伞递给林倩，把自己手中给她买的红色雨伞撑开，挡住天空下着的雨水。林倩那人不知道是懒还是什么的，从来不带伞，即使下再大的雨她也不带，这也致使了每次一下雨我都会到小卖铺给她买伞。至于为什么会每次都买了，那也是她的一个坏毛病，带伞准忘记拿。

我从口袋中摸出自己刚买的"小熊猫"，抽出一支叼在了嘴边，打火机一点，走向了正在等我的男子。走到那男子旁边，他看了看我，什么也没说，抬手一拳连本带利的还给了我，不过我的鼻子似乎没他的那么差劲，因为没有血流出来，不过身体却倒在了地上。林倩看到我被那男子一拳打倒在地，心里不知道是紧张还是什么，尖叫了起来，大颗大颗的眼泪就像下雨一样的从那深深的眼眶中掉了下来。我当时没来得及照顾正在哭泣的林倩，爬起来也一拳打在了那男子的脸上，那男子看着我那快如风的拳头一拳一拳地砸在他脸上，也开始狠狠的还击。但我毕竟是一个经常打架的小混混，跟他打起架来也就像对付一个小孩似的那么容易。很显然，那一架我胜利了，虽然是险胜，但也是胜利。

从那以后，我和林倩交往的秘密似乎已经成为了学校同学们的口中的话题。我消失已久的"小霸王"的称号，似乎又开始在学校里传得风风雨雨。不过，我和林倩的关系在学校里似乎是永远新鲜的话题。或许，学校里只有还被蒙在鼓里的老师们还不知道外，在其他同学们的眼里已经不再是什么秘密。毕竟像我这么一个如此烂的学生能追到祖国未来的牡丹，可是一件很新

鲜的事。

世上果真没有不透风的墙，我和林倩的关系似乎已经被学校老师们察觉。我又开始频繁的进出教师办公室，开始对我进行了深度教育。更可恨的是这次，又是我们那可爱的语文老师。

那一天，我很听话的上着语文课，上课的时候还很积极地回答着老师提的那些新鲜怪异的问题，尽管我没有答对，但那毕竟也是我内心经过了百番思索，也算是我那不聪明的大脑数次改造过的回答。可是，下课后那老家伙居然还是把我叫到了办公室，致使我很是纳闷。

到了办公室后，那老家伙自己去倒了水，然后板着脸坐在椅子上，深邃的目光盯着我，似乎想把我给秒杀掉似的。被他这么一看，我心感觉很焦躁，有些心慌。最后，我还是被老家伙的那双充满智慧的眼光给打败了，先开口说："老师您有什么话就说，别这样盯着我，我可还是一个很纯洁的少年哦。"想想，我还挺佩服我自己的，因为到那时候了还会说出如此精辟的话。老家伙看了看我，开始问我："你是不是和林倩同学交往?"

刚听完他这话，我心里确实慌了，心想这老家伙怎么会知道了。不过，像我这样的学生，应付这样的问题自然得心应手，只要自己死不承认，那他永远不会把你怎样。我就这样一直坚守着我的土地，任凭那老师投来什么样的炸弹，我都一直坚守着我的土地，就像一个王保护着自己的领土，像古代女人保护自己的贞节，至死不渝的精神。那一天，那老家伙一直把我留在办公室里站在一旁听他那滔滔不绝的演讲，而且还时不时地说出几句之乎者也我听不懂的话。

那一天过后，似乎我和林倩交往的消息一时间销声匿迹，学校的老师也没有再把我叫到办公室去进行深度的精神洗礼。我和林倩依然处于恩爱阶段，我依然每天陪她逛街，陪她散心，陪她学习。

那一天，我在学校门口等着她，我坐在摩托车上，嘴里叼着烟静静地等待着下课铃声的呻吟。那一天，我看着向学校门口里冲撞的学生，慢慢地寻找着林倩的身影，等待她那娇小的身躯坐在我摩托车后面，紧紧地抱着我的那种舒心温馨的感觉。似乎，老天总是在捉弄人，当你感觉一切都是那么美好的时候，总是给你安排着一个狂风暴雨在你沉溺在美好中给你进行洗礼。那一天，我没有等到林倩，而是收到了一条她发来的信息。信息的内容很简洁、很果断，没有任何理由，没有任何借口。我们分手了。那一天，我没有骑上她给我装饰得像花轿似的摩托车，没有去上课，手机也一直关着。感觉那一天，是那样的不真实，是那样的灰暗。我们就这样没有一点征兆，没有

一点预感的分手了。似乎一切都是那么的自然，自然的发生，然后又自然的结束。我不知道是老天的残忍，还是命运就是如此的作弄人。

我走到了一间酒吧，没有叫人，独自一人静静地坐在酒吧的一个比较阴暗安静的角落，点上了几瓶酒独自喝着，身旁放着的烟盒里的烟一支一支的减少，酒瓶也一瓶一瓶的增加。我感觉不到酒吧里的吵闹，只是感觉整个世界都是那么的黑暗，那么的阴沉。

那一天，我不知道我是怎么回到家的，只记得我一直沿着马路一直慢慢地走着，倒了，又爬起来再走，累了就坐在地上休息一下起来再走。吐了擦擦嘴，接着继续吐，就这样，那一天的时光里似乎就是与酒连在了一起。

第二天，我睡在自己的房间，老妈正一脸忧伤地看着我，红红的血丝印在那张深邃的眼里是那样的明显，是那么的深刻。我看着老妈，发现了老妈的双鬓上不知道什么时候夹杂着一缕白色的发丝，那张曾经我不注意的脸如今已经开始布上了皱纹，可是依然是如此的慈祥，如此的温柔。老妈看到我那惺忪的眼神，说："饿了吧！我去给你拿粥。"说完，走出了房间。

母亲走出了房间后，我自己就呆呆地看着房间里那白色的天花板，静静着想着曾经，想着我和林倩的曾经，交往时的甜蜜。

过了一会，母亲端着一碗热乎乎的粥走了进来。我发现，母亲的手似乎瘦了很多，那双细小的手里似乎在微微地颤抖着，不过似乎被那粥里散发的热气遮住了那双颤抖的双手。母亲看着我接过粥，看着我把那粥喝完，看着我放下那盛着粥的碗，看着我脸上布满的表情，什么也没说只是静静地看着我做的动作。我也看着母亲快长满了皱纹的脸，双鬓上的那一缕白发……

中午，我回到了学校。带着我的篮球，走到了那个曾经我们一起的篮球场，我没有去上课，也没有在球场上奔驰，只是静静地坐在篮球场上。我想我累了，我现在真的累了。我想起了以前小时候母亲常常说的一句话"孩子，别玩太晚了，夜幕记得回家。"而我，理都不理会母亲，自顾自的和小朋友们开心的玩着，直到天黑还依然和小朋友玩着。母亲焦急的来找，然后回家被老爸骂了一顿后，第二天依然继续与小朋友玩到天黑，直等到母亲来寻找……

自从我和林倩分手后，我再也没有像以前一样的放荡不羁，而是回到了学业之中。第一年的高考，林倩考上了北京大学，我身边的同学似乎只有我没有考上，看着他们拿着的红色录取通知书，心里很替他们高兴。而我，父母给了我一笔钱，我也开始做起了生意。

其实，爸妈都叫我去复读，而我再也不想踏进学堂，所以选择做起了生意。爸妈拗不过我，只有给了我一笔钱。

五年后……

我用父母给的钱开了一家公司，日子很平静，也很充实。

那一天，我无聊地坐在办公室。突然我 QQ 上的图标闪了几下，我打开消息一看，是一个陌生的号码，我也没有在意，将对话框关闭了。过了一会儿，图标又再次闪了起来，我打开一看，又是刚刚的那个号码，我回了信息，问了他是谁。过了一会儿，对话框上弹出了一个让我意想不到的名字。我当时愣了，不敢相信地看着回话框。她是林倩，她说她现在过得很好，只不过偶尔会想起曾经与我一起的日子。沉溺在我心中的那份伤痛和感情又开始在我的心里翻涌，像一阵阵汹涌的波涛冲击着我布置好的防线。我想让自己平静，我想让我自己冷静。

过了好久，我回复了她，我说了一句“我过得也很好。”此后，QQ 上的图标再也没有闪烁，然后那陌生的号码随着我复杂的心情沉溺，慢慢地变黑，消失。

我想我累了，我需要休息。我想起了母亲的那句“孩子，别玩太晚了，夜幕，记得回家。”这一句话，是那般的温暖，那般的真实。

七音阶夜曲

■ 海玻璃

一

夏日，蝉虫还在鸣叫，我咬着半根碎碎冰，忍受着太阳180℃烤箱般的温度，盘腿坐在红色的跑道上。我曾千百次想象自己躺在轨道上，让火车车灯打在我的双瞳，听火车的轰鸣，感受大地恐惧的颤抖。可是，永远都只有我自己的喘息声。

你是第一个躺到我身边的人，我不说话，你也不说。我只是知道，太阳是血红色的，天空是遥不可及的蓝，在阳光下，闭上眼睛，眼睑是透明的，太阳是血液里流淌的红。

我问："云朵是什么颜色的？"

你闭着眼，睫毛闪动了一下"牛奶白！"

我的嘴角扬了扬，笑了，一种我一直不知道的颜色原来叫牛奶白，呵！

你给我唱的第一首歌是《金鱼的眼泪》，很喜欢你唱歌的样子，45°角的侧脸，像午后阳光下慵懒晒太阳的猫，声音是带点蓝色的清新，很好听。我说想变成金鱼，那样可以没有烦恼，没有忧愁，7秒就可以忘记所有，7秒记忆就可以重生，你看着天空不说话。

二

你说生活无味，我说夜空很美。我总会在舍友都安静睡着的时候蹲在阳台看星星，夜空像镶了蓝宝石，一颗一颗，在这纷繁的城市里，显得那么珍贵。有时无星无月，也这样静静守着，也不知道为什么，我一直相信我可以跟天空有一种默契，就那么深深地相信了。后来，你说向北的天空星星更美，我才发现宿舍的阳台是向南的。之后，每晚十二点你都在操场等我。那一夜，夏夜的风很快，云就在天空匆匆地跑着，250米的跑道像是永远都走不完，兜兜转转，一圈又一圈。朝北的天空，我把七颗星连成斗，向上数，我找到那只小熊，趴在那，安静地睡了。

那晚我们谈到梦想，你天马行空地讲着，我只言不语。你问我的，我毫不犹豫地说："没有!"

曾经是有的，后来丢了……你说没有人可以嘲笑一个人童年时的梦想，就像你想当一个旅行者一样。

三

我是海边长大的孩子，我问你：

"海水是什么颜色的?"

"蓝色的。"

"为什么?"

"不知道。"

"因为海里有鱼。"

你无奈地问："为什么?"

我故意顿了顿，撩了撩头发，自豪地说："因为鱼吐泡泡的时候是 Blue! Blue! 哈哈。"

你刮了一下我的鼻子，我们都傻傻地笑了。第二天检查团徽的时候，你故意摘下来，想引我过去，我扭头就走。可一出门口，见到团书记检查，怕你会被记名，就又绕了回来，叫你戴上。你边戴边用小小的的声音和夸张的表情扮成鱼吐泡泡的样子："Blue! Blue!"

看着你白痴的样子，我走在洒满阳光的走廊笑了，笑一个傻子，笑一个我可能已经喜欢上了的傻子!

四

考前的周末，我总会一个人留在学校，等别人打扫完卫生，我一个人在教室看书。你进来拍了拍我的左肩，又躲到我的右边蹲下，我回头见没人就用手里的书打了一下右边，重重的一声打在了你的头上。只听一声惨叫，其实我小小的心疼了一下，但是仍然装得面不改色。

看着你的委屈的脸，我问："怎么还没回家?"

你从口袋里抽出一张纸条，在我面前扬着，我拿过来看，看着留宿理由我笑开了："留宿备考? 你没问题吧，这老师也信? 哈哈哈。"

“我只是留下来看星星的。”

我丢回给你一句：“无聊！”

然后的然后，我被拖了出去，你说要“共进晚餐”。

散着步回来，我们都一样，不习惯穿梭在灯红酒绿的街道里，回到操场一排白桦树下盘腿而坐，你突然跑出去，我也不问，回来时，荔枝味的碎冰冰，一人一半。

“怎么会想到挑荔枝味？”

“你上次参赛作文里写的，家乡的味道是蓝色的海风和牛奶白的荔枝。”

“呵呵！”我望着天空，咬着一口清凉暗暗笑了，星星眨着眼睛不说话。

你说到初恋，我静静地听，耳朵里被写满了刺刺的幸福，你的脸上是我看不懂的表情，但我读到了怀念，那是甜蜜的过往。我的心在吃完最后一口碎冰冰的时候冰冻完成，随着体温的下降出现美丽的冰裂纹，沉默了一会，你说：“好想念她……”

我的心冻裂到达冰点，碎裂了满地。风就在这时候吹了过来，农历初一的夜晚没有月光我的眼泪逃出了眼眶，溢出了眼角，渗进了红色的跑道，咬紧嘴唇不发出一点声音，我说过故作镇定向来都是我的强项。

你问：“你的初恋呢？”

我赌气地说：“死了！”

你惊恐地看着我，我别过头去，抹掉泪，我们沉默了……蝉虫鸣叫，永远都吵不停，但是我知道它们会死在秋季。

五

夜，依旧像蓝色的海一样静谧。好几天的晚上，我听着床头风铃清脆响声，没有下去找你，我不想见到你，就像在逃避着什么。直到有一天你到我阳台下，仰着头和我打电话：“Blue，Blue，北边天空的月亮在找南边天空的星星，下来吧，汀！”

我还是心软了，特别是他叫我名字时的温柔，像一条芦苇毛絮挠着耳垂。你在我前面倒着走，用怪表情逗我笑，我不敢正面看你，像是心不在焉。盯着快十五的月，我们，十多天没有说话了……

过了一会儿，你突然不见了，我继续走着，才发现尽管习惯了你这样，我还是有种不安的感觉，像是晚上卸下了一直紧跟我的书包，背上是凉飕飕的感觉，我怕那种感觉，脚步慢了下来，像被遗弃的孩子，月亮依旧跟着我走。

突然，我的手被拉了起来，然后耳际穿梭着风的声音，跟着你的脚步来到了一片我不常来的草地上，我看见了一点星火，走近看见了一盏蜡烛的昏黄灯光下，一颗用牛奶白的玉兰花花瓣摆成的星，烛光摇曳浓浓的玉兰香。

我愣住了，耳边听见你说："每天仰望天上的星，却没有地上的美，你眼里的星没有我眼里的闪亮，因为你在我心里是独一无二的。"

你伸出手，指尖缭绕着玉兰花香，绕在我的发间、耳际。你把一条蓝色海玻璃的项链戴在我的颈上，轻轻地说了一声："我喜欢你！"

我捂住脸，泪流了下来，打湿了脖颈，打湿了那颗海玻璃，月光下闪亮，那晚我不知道怎么回到宿舍的，泪，像是流了一夜，第二天起床，镜中的自己，在阳光反射下我看见了分明的泪痕，呵！不是该高兴吗？

六

风里，白玉兰的花香飘了过来，我可以想象出它碧玉般的样子，脑子里却闪过一个画面，落了满地的玉兰花瓣，渐渐变成枯萎的褐色，白色的变成了褐色，柔嫩的变成了干枯生硬，枝头的，却还在摇曳，就像黛玉葬花锹下的葬花吟："未若锦囊收艳骨，一抔净土掩风流。"

我们没有在一起，我不想在你对初恋的怀念中跟你在一起，我不想当她美丽的影子，不想去体会爱像风云那样善变。对不起，我从来都不相信永远，不然也不会有那么多人忙着去跟彼此说再见。尽管你在我心里早已重得像空气，我也怕缺氧。幸福总是像花期，总是会有荼蘼花事之时，当秋天的风吹来的时候，你走了，留下了一封信。信，好长好长，就像我的不舍，你的留恋……

汀：

你说你想你变成一尾金鱼，拥有7秒的遗忘速度，可以忘记烦恼，无忧无虑。可是我并不想，我不想那么快忘记你，你的下垂眼，你很少出现在脸颊的酒窝，你45°角仰望星空的侧脸，我一点一滴都不愿忘记！那晚我看到了你的泪，躺着的你泪闪过的那一刹那好像她，只不过……她淌下的是血红色的。在5·12，在那年，那场不该来的地震中，她离开了我，所以我错愕你吼出的那一句"死了"我的心有了种莫名的恐惧感，就像那时被石头砸中了一样，那样的被扼住喉咙的窒息感，让人透不过气……我很喜欢你，你有她的影子，但是我说过，你是你，是独一无二的。你就像我以前从没遇见过的

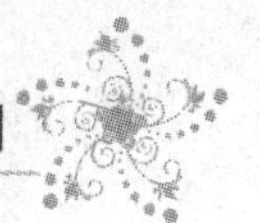

夜空中的星，把我从无味的生活中唤醒，成为我心里最亮的那颗，是那颗北极星，那颗可以指引我方向的星！

我走了，在这里寄读的时间到了，以后不能陪你看星星了。我送你的那颗海玻璃的星星，可不可以戴上，让我可以继续陪在你身边。我没有那么坚强，我怕你会忘记我，我舍不得你，但是时间回不去了。你要记住，好好爱自己！如果可以，我愿意一年四季全变成夏天，那样你是否就会相信有永远？如果有以后，我想陪你去我给你的明信片上的地方。在那里，上帝把世上所有的蓝色和白色都画在那里，那是希腊的圣托里尼岛，在爱琴海的沙滩上，我想和你在一起看一次星星……

愿你幸福，我爱过的人！

我哭了，哭得心好痛也不想停下来，风带着我的泪，洒在了衣襟，吹乱了头发，凌乱得像个疯子，失去你，原来这么狼狈！

七

夏夜的星，还是那么美，一个人在电影院里，看完了九把刀的《那些年，我们追过的女孩》像走过了几个世纪，手心用力紧握着那颗海玻璃的星，五个棱角像玻璃一样扎得心疼，所有人都像看疯子一样看着我，我多想对你说，那天晚上满天的繁星，我多想在平行时空下开始爱你，我多不想错过你，多想在白玉兰的花香中扑在你怀里抱紧你！那些宁静的夜，那细细碎碎的话语，那片朝北的星星，那些并肩的步伐，那句你说过的牛奶白，那些那些……都是你给我的美丽和幸福！我想告诉你，我没有忘记，你在哪里？

空荡的电影院里，只剩我一个，车水马龙的街市里，只剩下我孤身只影，我的世界里昏天暗地。初秋的风扬起，好冷……

八

又一季夏末，初秋的风吹来的时候，戴着你给我的海玻璃，和你当年留给我的明信片跟着人流涌上了火车，耳边是《那些年》的旋律，我要去找你，那个有竹林的地方，一定会有一个守着星星，等着星星的人在，就像他一直在我的心里，从未走远。

夜曲悠扬，星空璀璨，火车轰鸣，梦里到达了一片深蓝，梦的地方……

夏夜听，白染凉

■ 翎叶桐

1. 纯白的约定

By 染：我们都拥有一个属于自己的小小世界，我们喜欢沉浸在这个空间里，展开自己所有的喜怒哀乐。只是，闯进了你的世界，我很抱歉。

我是在一个夏日的午后认识你的，彼时的我还只是个穿着碎布裙子玩泥巴的女孩，顽皮的像个假小子。而你却截然不同，你穿着干净的白色衬衫身上干净的像个女孩子。你不会玩泥巴，你只是一个人蹲在草丛里，望着白色的蒲公英发呆。你的笑容干净，面容清秀、安静，那白嫩的肌肤几乎就像泡沫一样脆，仿佛用手指一碰就会碎。

我像个小丑一样闯进了你的世界，看见你的那一刻，我几乎忘记了呼吸。穿白色衬衫，表情冷漠的你如同一个孤傲的王子。笨拙的我也只能用王子这个词语来形容你了！

我主动和你讲话，我说我叫苏染，你呢？你说你叫夏凉。

夏凉！夏夜微凉！真好听的名字啊！从那之后，我也不再玩泥巴了，我也穿干净的白色裙子，陪着你一起看蒲公英，尽管我不懂你为什么这么喜欢它们！我只知道，看它们的时候，你的眉头微蹙着，脸上有我不明的表情。直到后来我才知道，那叫忧郁。

终于有一天，我和你有了我们之间的第一个约定。

白色的蒲公英漫天飞舞，你抬头望着天空，问我，“小染，你见过红色蒲公英吗？”

我摇摇头说：“没有！”

“那，小染，你想看吗？”

“想呐！”

“这样啊？那么，我们长大以后一起去看好吗？”

“好啊！长大后，苏然要和夏凉一起去看红色蒲公英咯！”

然后，你便牵着我的手在草丛里开心的旋转。

也是在那个夏天，苏染的心里住进了一个名叫夏凉的男孩。即使时光沙漏已漏过数年，也依旧是如此。

2. 夏凉是喜欢苏染的吧

By 染：我以为爱上一个人会和被爱等同。我沉迷于你给的好，你的关心。那时，自私的我以为，你的幸福就是我，就是苏染！

时光飞奔十年之久，此时，你已长成一个十七岁的挺拔少年。你依旧穿白色的衬衫，背一个单肩挎包。然而时光已将你雕刻成一个骨骼清晰，轮廓分明的美少年。

而苏染也蜕变成一个十六岁的花季少女，她会穿和夏凉很搭的白衬衫，背着和他相配的单肩挎包，和夏凉肩并肩走在一起。

你不仅人长得好看，就连成绩也好到没话说，好到就算上课睡觉也能稳坐年级第一的宝座。这，也成了众女生崇拜你的原因之一。

只记得当时的校花是一个名叫苏之琳的女生，她是一个典型的大小姐身份，这也便养成了她一向骄傲的习惯。只是我没想到，就连她也会来倒追你。

即便如此，你也是不为所动，在苏之琳第 N 次约你去看电影的时候，你依旧拉着我，一脸淡漠地说："我要帮她补课，没时间。"然后丢下苏之琳一个人，在教室里哭得稀里哗啦。

你没有说谎，你是在帮我补习，可你也只会帮我补习。因为你说过，我才是那个要和你一起去看红色蒲公英的人。

我想我会永远记得，记得你在那个夏夜对我说过的话。你说，小染，你和其他女生不同，你比她们善良，拥有她们都没有的美，而且你才是那个要和我一起去看红色蒲公英的人，所以我们要永远在一起。

我靠在你的胸膛，听着你的心跳声，幸福地笑了。我想，夏凉是喜欢苏染的吧？

我以为，你说过永远，就真的会永远了。

夜里的蛙声不断，我以为，它也在幸福着我的幸福。

3. 苏染真的很悲哀

By 染：幸福的你，忽略了我的悲伤，你的世界不再只有我。那个狭小的空间里，走进了另外一个女生。我站在边缘，身后是万丈深渊，看着并肩站在中央的你们，我告诉自己，你会抓住我。

在那不久后，你的班上转来了一个很美的女孩子，她叫溪嘉。听别人说她穿着白色的棉布裙子，有着瓷娃娃般的肌肤，说起话来有两个小酒窝，声音甜美的像“黑 Girl”里的丫头。她一来，“校花”的头衔无疑便落到了她的头上。

溪嘉被安排和你坐在一起。他们说这两个人坐在一起可真像金童玉女。他们说你肯定会拜在溪嘉的石榴裙下。

听到这些，我在心里呸了一声。心想，你们以为夏凉和你们一样肤浅吗？你才不会这么庸俗。只是我万万没想到，我亲爱的夏凉，那个只会对我露出笑容，说要和我一起去看红色蒲公英的男孩，有一天，真得也变的和他们一样肤浅、庸俗。

你不再会只帮我辅导功课了，每次到你家你会叫上溪嘉一起，你的注意力全都被她吸引，你告诉她这个题目的另一种解法，告诉她要注意细节，你还会说溪嘉你真聪明。

我坐在一旁，用书挡住脸，任凭眼前的一切刺痛着我的双眼也不愿移开视线。因为我怕，我怕只要我一低头，就会看不到你看我时的目光了。我告诉自己，你只是好心，只是想帮她而已。可即便如此，心却依然痛到难以言喻。

苏之琳约我放学后去东街的一个小巷里见面。放学后我对你说我有事先走了便跑开了。

你没有追出来问我为什么，这让我感觉很难过。

苏之琳站在破旧的木板中央，居高临下的蔑视我，身后跟着一群小太妹。她冷笑着对我说，“苏染你怎么就这么贱呢！人夏凉都喜欢上别人了，你还死不要脸的待在他身边，你还是个人吗？”

我冷哼一声，回敬她，“苏之琳，谁跟你说我和夏凉交往过啊？那人是不是瞎了眼啊？”

苏之琳明显的愣了一下，随之又笑得像个疯子，她说，“原来苏染你比我还悲哀呀！就算是待在他身边也只能暗恋，哈哈……”

虽然她这番话深深地刺痛了我，但我还是不得不承认，她说的这一切，都是事实，是呀，事实。

我高高的仰起头，生怕眼泪掉落会被她看到，因为那样只会让我看起来更脆弱。是呀，苏染真的很悲哀呢！

我说，苏之琳，你叫我来该不会就是要说这个吧？

聪明，以前每次你都破坏本小姐的好事，害我没有追到夏凉。这次，看没有了他，你还能怎样。给我上！

我都还没有反应过来就已经被她们给围住了。我想我真的是被冲昏了头，要不然就在她们疯狂地扇我耳光的时候，我都忘记了呼喊。

雨点似的拳头落在我身体的每个部位，我的头渐渐变得很重，天空也变得很阴暗，我没有流泪，但不是因为不疼，我只是想伪装到底。我睁开疲惫的眼皮看着她们，我想，她们打够了，便会离开了。

而莫白就是在这个时候出现的。

他说他是我的救星，我想是吧！不然为什么我每次陷入困境，不是你，而是他救了我呢。

我对他说谢谢。然后佯装没事一样转身离开，尽管我知道脚底在流血，但我还是忍住疼痛离开了。

只是我没立刻回家，我去了你家，可是我还没来得及让你看见我，我便看到你撑着一把透明雨伞，身边是和你一样优秀的溪嘉。就在此刻，我才不得不承认，你们真的很配！

我垂下头，任由雨水浸湿着我的衣服，眼泪流下来和雨水混合着，我这才明白，原来爱与被爱不能等同，原来爱情没有时间。

我这才肯相信，原来你，从来没有喜欢过我，原来夏凉从来没有喜欢过苏染！

转身，才发现莫白，一直在我身后。

你这傻瓜，真让人心疼！他撑着伞来到了我身边，我张张口正欲说些什么，却被头晕代替，先晕倒在他怀里。

此后的一个星期，我没有去上学，莫白亦是。

4. 不属于苏染的世界

By 染：红色蒲公英，一直是一个美好的梦，我爱你，也只剩下这个梦。我忽略了白，是因为我相信你会记得。可是，狠心的你，却连一个梦，也不肯留给我。

夏凉，我好难过！

苏染，很难过！

再次见到你，那已经是一个星期之后的事了。你先是问了我这几天不在家的原因，然后又神秘地告诉我，你和溪嘉终于在一起了。

我呆愣在原地，脑子里一片空白，耳边只剩下你的声音，张开嘴，却不知道要怎么开口。幸好莫白反应快，说了句，人溪嘉是好女孩，夏凉你可不要辜负她！

我连忙随声附和着，任由心里的那道伤口继续扩大也忍住不哭。

后来我们四个人经常黏在一起，你和溪嘉，我和莫白。

你和溪嘉经常一起开玩笑说我和莫白很配，不如就在一起算了。我苦笑，却比哭还难看。聪明的莫白，又怎会不懂。所以他总是说，我才不要小染这样的白痴当我的女朋友呢！

很好不是吗？可是却不够。

我一直心存幻想，你会履行承若，和我一起去看红色蒲公英，只有苏染和夏凉。所以我才会故意忽略莫白，忽略他对我的好。然而就连这最后的幻想也终于变成了绝望，我才不得不宣告放弃。

那天我们依然相约在餐厅见面，我和莫白一同前往，你们早已到达。我们刚坐下，溪嘉便对着我劈头盖脸地来了一句，“苏染你见过红色蒲公英吗?”

我的心脏突的漏了一拍，一种不好的预感蔓延到全身。我木讷地摇摇头，说：“怎么了?”

溪嘉和你对视一眼，说：“凉准备高中毕业后带我去看红色蒲公英。”

我的心瞬间就像被刀子划开了一道口子，里面堆积了许久的难过与伤心一下子涌了上来，我终于按捺不住一个人冲出了餐厅。外面的太阳毒辣的灼烧着我的皮肤，可我的心却像是置身于寒冬之中，红色蒲公英终于不再属于苏染了，苏染再也走不进夏凉的世界了。

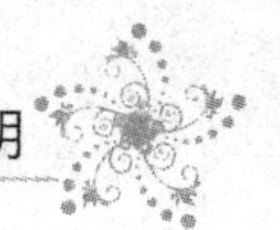

我蹲下来号啕大哭，像是丢了全世界。你和红色蒲公英便是我的整个世界，而如今你们都不再属于我了，那我要怎么办？

莫白跟着苏染跑出来，看着哭得那么伤心的她，他却迟迟不敢靠近。是的，苏染的整个世界是夏凉，而莫白的整个世界就是苏染。

你丢了你的世界，而我又何尝不是丢了我的世界？

5. 为你追回你的世界

By 染：将你埋葬，我以为这样就可以遗忘。可是就像曾经莫白说的那样，若是爱上一个人能说忘就忘。那么苏染，我宁愿不爱你。

是的，若是说忘就能忘，那又有什么意义呢？那样的话，夏凉，我宁愿不爱你。

我开始接受莫白的好了，也开始将注意力转移到他身上，我发现其实你们有很多相似的地方。比如，你们笑起来的时候都有可爱的小虎牙，你们同样喜欢打篮球，你们同样在理科上面门门打满分，你们都喜欢穿白色的衬衫，然后背一个单肩挎包。唯一不同的就是，你牵的是溪嘉的手而莫白牵的是我的手。

我以为这将会是我们最后的结局，但其实不是……

就在我接受莫白的第二天，一个消息却让我们的生活发生了逆转。你和溪嘉分手了，就在高考的前一天，而傻瓜一样的你竟然连高考也没有参加。听到这个消息后，我丢下了正和我商量填志愿表的莫白，奔到了你家。

你爸妈一见到我就像见到救星一样，拉着我的手央求我劝你出来劝你复读。我硬着头皮点点头，他们便欣喜若狂。可是你知道吗？当时的我根本就没有把握你会听我的话，因为我清楚地知道，你已不再是那个对苏染的话言听计从的夏凉了，在这个世界上能够说服你的人，也只有她。

我走进去，你正坐在床上一动不动，犹如一具死尸。我的心突然痛到不行，你还是那个牵着我的手说要陪我一起去看红色蒲公英的夏凉吗？你还是那个总是温柔地叫我小染的你吗？

“夏凉！夏凉！”我叫你。可你却像个木头一样依旧无动于衷。

“夏凉！夏凉！你别这样，溪嘉她……”

“溪嘉走了，她走了。她说她不喜欢我了！小染你知道吗？我们说好要永远在一起的，我们说好高中毕业后一起去看红色蒲公英的，可她却背叛了我。怎么可以呢她怎么可以这样呢？小染，我好心痛……”

你很大声地冲我吼，这是你第一次这样和我说话，然而还是为了她。我的眼泪就这样掉了下来，为你也为我自己。

我拿起沙发上的抱枕朝你重重地扔了过去，一边扔还一边冲你大吼，“夏凉你有什么资格说永远？你知道永远有多远吗？如果不能实现就不要轻易许下诺言。你以为说好的就不能忘记吗？你以为承诺的就一定会实现吗？”

你和她说的你都记得，可是我呢？你记得所有和她有关的话却唯独忘了，你也曾跟我说过要永远和我在一起，你也说过要和我一起去看红色蒲公英。可时光的旅车呼啸而过，让你全都忘却，注定再也回不到从前。

大概是第一次看到我哭吧！你竟然慌了神，你拿纸巾给我安慰我，你说，“小染对不起，我只是，我只是太心痛太难过了所以才会……”我推开你，神情冷漠的看你，在心里冷笑，为了她，对我你有什么决绝的事做不出来？我说，“夏凉，如果你答应复读，并考上溪嘉所在的学校，我便答应你帮你追回她，不要怀疑我的话，因为我和她在同一所学校。”说完我便摔门而出。

嘴角是不可掩饰的苦涩，但要是想说服你，也只有用这个方法了吧？我以为我已经不再会介意了，却原来还是骗不了自己呢！

我拿着志愿表，毫不犹豫的填了和溪嘉一样的大学——闽南大学。莫白站在我面前，眼中是不可掩饰的悲伤，他填的是复旦大学。

接到录取通知书，莫白要走了，我去送他，站在吵闹的火车站，泪水打湿我的双唇，莫白紧紧地抱着我，他说，“苏染，我不想离开你。”

我靠在他的肩膀上，任凭泪水打湿他白净的衬衫。我说，“莫白，你能给我一年时间吗？一年之后我就转学去复旦找你，我去闽南只是想帮夏凉追回溪嘉。”

莫白欣喜若狂，“苏染你说的是真的吗？”

嗯！我点点头。他突然俯下身来亲吻我被泪水打湿的双唇，只是轻轻一点，便离开了。

那，苏染，我们一年后一定要再见。

嗯！我很用力地点点头，看着他帅气的脸从我眼前一闪而过。

几天后，我和溪嘉一起踏上了去闽南的火车。

6. 消失的蒲公英（凉染共篇）

By 凉：当我终于明白心里住着的是谁，却已经错过了最好的时光。亲爱的，原来你早已不在了！

染：你果真履行了你的承诺，在复读的前半年，你把高中三年的课程全都复习了一遍，区区高考对你来说根本不算什么。而剩下的半年，你自学了大一的课程，主修是外语和法律。

我知道你学外语肯定是为了溪嘉，而至于你为什么选择法律，我只有保持缄默。你不肯告诉我原因，但是我想，这世界上能够让你这么不顾一切的人也只有她。

凉：我主修了外语和法律，因为我知道这两门是那个白痴一样的女生最喜欢的。我已经自学完了，那么，等我到了那里，就可以继续在她面前当那个天才少年夏凉了。

她问过我原因，可我没说，我知道要是我说了，她一定会骂我傻了，我才不要她骂我呢。所以。我打算等见到她时，在亲口告诉她。

染：今天是高考的最后一天，我想，过了今天，你的心里最想见到的人应该就是溪嘉吧！所以这天晚上，我拉着溪嘉一起在网上和你视频。

一年不见，你长得更帅了，眉宇间褪去了一份青涩，多了一份稳重，只是骨骼更加突出，你瘦了，更高了。大概是因为有溪嘉在吧，你显得特别的兴奋，和她一直说个不停。我站在一旁，心隐隐作痛。你们那么幸福，而我却难过的想要落泪。

我想，那么美好的场景，要是我哭了，肯定会让你讨厌吧？所以，我选择离开。

凉：今天和她们视频了，一年没见，我感觉她变瘦了，也更加成熟了。可是她接下视频，只跟我说，我把溪嘉叫来了，你们好好聊聊吧！然后屏幕上不再是她的脸。

我和溪嘉说了很多，我告诉她我很想她们。但其实我想说，小染，我很想你！

看着她神情冷漠，抿紧双唇一语不发的样子，我突然很伤心，我正准备叫她，可她却说，溪嘉，你们好好聊聊，我先出去走走。

于是，她便真的走了，连头都不曾回过。

染：夏凉说他收到通知书了，再过不久就会踏上来这里的火车。而我，也已经交了转学申请书，就在夏凉来这里的那几天批下来，批下来后我就会转去复旦。而夏凉，我知道他本有更好的选择，清华、北大、抑或是复旦，对他来说，都不在话下。然而他选择这里，是因为她吧！

莫白也知道了，本来他说要过来四个人先聚一聚的，但我想还是没那个必要了。十一年前，我扰乱了凉的世界，十年后，我走出了那片天空，而现在，完美的毫无瑕疵的他，又怎会愿意让小丑一样的我再次去捣乱呢？

所以就连转学的这件事我也没告诉他。

凉：收到通知书了，真好。很快就可以看到她了！那些话我也终于可以告诉她了！真开心呐！

染：今天夏凉就要来了，而我也早已买好了去上海的火车票。站在人海中，我突然很想念莫白。感谢他，感谢他等我这么久。而夏凉，我注定不能走进他的心，就算爱他爱了十年之久，这也已成为过去。上火车前。我回头看了一眼，却在人海中没有看到那张熟悉的脸，夏凉，再见，再也不见了！

你一定要很幸福哦！和溪嘉一起，一起幸福！

凉：来到闽南，我感觉自己被满满的幸福包围着，这里就是小染生活了一年的地方，而今后，我便要和她一起生活在这里了。可是，溪嘉告诉我，小染走了！她走了！就在一个小时前的火车，她去复旦找莫白了。溪嘉把小染的手机给了我，我看见里面我的号码的备注是——大傻瓜夏凉。

我翻开手机，才发现她录了一段音给我：

大傻瓜夏凉，恭喜你踏入了闽南大学的大门不过更要恭喜的应该是你和溪嘉吧！恭喜你找回了你的幸福！

说实话啦，我其实很想当你的学姐的，因为那样我就可以欺负你啦！唉……只是很可惜，我想这可能永远都不会实现吧。

我去上海了，去找苏染的幸福啦！因为夏凉幸福了，苏染当然不能败给你啦！可是傻瓜夏凉，有一件事，我一直都很想告诉你的，那就是，苏染曾经很爱很爱一个少年，那个少年曾经说要和苏染一起去看红色蒲公英，他曾经说，小染，我们要永远在一起。于是，我就以为真的能永远，我就以为，他也爱我。

听到这里，是不是觉得很可笑啊？哈哈……我也这么觉得呢！现在想想，那个时候的我怎么就那么天真、那么幼稚呢？

当我终于意识到自己的悲哀时，终于敢承认他不是喜欢我的时候，心，痛得难以言喻。

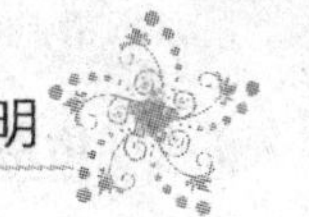

我爱的那个男孩，他终于有了自己的幸福，夏凉，你终于有了幸福！现在告诉你这些，很自私是不是？明知道你一点都不在乎，却还是固执的想要说给你听，给你带来困扰。那么，夏凉，可不可以就让我自私一次？可不可以答应我最后一个请求？请你一定一定要记得，曾经，有一个叫做苏染的傻女孩，曾经你说过要陪她一起去看红色蒲公英的小染。曾经，她曾经很爱很爱你，她，很爱你！

苏染最爱夏凉了！所以请你，请夏凉，一定要幸福，请你，一定，要，很，幸福。

7. 夏夜听，白染凉

By 凉：传说，太思念某个人，那思念会到达另一个国度，那么你思念的那个人也会出现在你面前。那么小染，我要多想念你？多思念你？你才会出现在我面前？

手机从手中滑落，夏凉抬头看着天空，苍白无力的犹如此时的自己，他勾勾唇角，眼泪差点掉落。呐！小染，傻瓜夏凉也爱你呢！你知道吗？小染，你不是说想要当我的学姐吗？我现在来了哦！我不怕你欺负我的，也不怕你说我傻了，那么小染，你会出现吗？会吗？

小染你还记得那个约定吗？记得吧？你一直记得，遗忘的那个人是我。是我，一直只顾着看着眼前的风景，忘了回头看看一直在原地等我的你，那个叫做苏染的傻女孩。

当我终于记得，终于回头，才发现，原来你早已不在了那个路口。当我终于明白，明白自己错过了什么，我才发现，原来你才是一直在我心底的那个人。

传说：每个人的视力都只有十五度，有些人，有些事，有些风景，她其实一直就在这十五度余光里，然而却总是被忽略。小染，我终于明白，原来你就是一直在我眼中那个风景，却还是被我遗忘在那十五度余光里。当我终于看清，才发现，原来你早已不在。

亲爱的小染，我想知道，现在的你，还会不会答应，陪我一起去看红色蒲公英？

几年后，当他到达那个国度，那个盛开红色蒲公英的国度，他终于敢真正的想念那个叫做苏染的女孩！那个曾经爱他爱到无法自拔的小染！

看着漫天飞舞的蒲公英，那些和她有关的点滴……

——我叫苏染，你叫什么？

——好啊！长大后，苏然要和夏凉一起去看红色蒲公英咯！

——夏凉！夏凉！

——夏凉！夏凉！你别这样，溪嘉她……

——夏凉你有什么资格说永远？你知道永远有多远吗？如果不能实现就不要轻易许下诺言！你以为说好的就不能忘记吗？你以为承诺的就一定会实现吗？

——我把溪嘉叫来了，你们好好聊聊吧！

——大傻瓜夏凉！

——因为夏凉幸福了，苏染当然不能败给你啦！

——说实话啦！我其实很想当你的学姐的！因为那样我就可以欺负你啦！

——苏染，曾经很爱很爱一个少年，那个少年曾经说要和苏染一起去看红色蒲公英，他曾经说，小染，我们要永远在一起！于是，我就以为真的能永远，我就以为，他也爱我。

——我爱的那个男孩，他终于有了自己的幸福，夏凉，你终于有了幸福。

——明知道你一点都不在乎，却还是固执的想要说给你听，给你带来困扰。

——夏凉，可不可以就让我自私一次？可不可以答应我最后一个请求？

——请你一定一定要记得，曾经，有一个叫做苏染的傻女孩，曾经你说过要陪她一起去看红色蒲公英的小染。曾经，她曾经很爱很爱你，她，很爱你！

——苏染最爱夏凉了！所以请你，请夏凉，一定要幸福，请你，一定，要，很，幸福。

苏染……苏染……小染……

他呢喃着……

草丛中，苏染蹲下身，盯着眼前的那朵红色蒲公英，嘴角有一抹苦涩的笑，白，你看这朵蒲公英好漂亮哦！

是呢！很漂亮呢！那么夏凉，你和溪嘉，是不是也看到了呢？

莫白拉起苏染，指着漫天的纷飞说，“小染，你是愿意像这样飘荡还是想那样一直守候？”

苏染垂眼，望着他美丽的侧脸，她当然知道他说的是什么。三年了，加上她在闽南的那年，便是四年，他一直在她身边，就算这次她提出要来看红色蒲公英，他也没有反对。这么美好的他，她难道不该珍惜吗？

苏染微笑，将头靠在他的肩上，说，“我不想飘荡，也不想一直守候。我只想陪你，陪着莫白一直到老！”

莫白终于笑了，那一恍，仿佛这几年的负荷都在那一瞬间被卸掉。

他们转身，正要离去，心中却突然有一种莫名的牵引力，让她不得不回头。

苏染，小染……仿佛有人在呼唤她。那声音，仿若跨越千年，传到她的耳中。

她终于回头……

他收起所有的回忆，转身，却在迈出脚步的那一瞬间，他回过头……

传说：太思念某个人，那思念便会到达另一个国度，而你思念的那个人也会出现在你面前。

那么，小染(夏凉)，是我太思念你了吧？所以在回头的这一瞬间，透过这漫天飞舞的蒲公英，我仿佛看到你，站在时光的尽头，在向我微笑。

亲爱的你，祝你幸福！即使这幸福，不是我给的。

微笑着回头，很庆幸，我曾经爱过这样一个女孩(男孩)。

红色蒲公英漫天纷飞，自此，永不相见！

花事了，吉他弦上的回忆

■ 午后么么茶

1. 那个谁是谁

她叫卡卡，洛卡卡。成为医学生之前她有许多的梦想。当空姐，这个差点实现的梦想在中考的时候破灭了，父母亲是推手却也是凶手，毁灭她第一个梦想的凶手。于是她忽然又想成为艺术生，常常做着后来的自己在舞台上璀璨的白日梦。而这一次的毁灭居然是一纸重点高中通知书。于是她又开始梦想着未来的自己是一个享誉海外的外科医生，在她选择生物这一学科的时候，然而大学生录取通知书上写的却是：护理学专业。

她喜欢玉兰花，原因是她喜欢的男孩送她的第一朵花是玉兰花，别无其他。

我在讲的是一个这么长那么短的故事，于是开始的时候很多废话，后来的剧情同样很多废话。其实，这个故事很短，因为它发生的整个过程时间不长。

他叫阿元，汤纪元。他的来历我知道的不多，因为我和卡卡比较熟悉，于他，也不过是从卡卡的口中听说。嗯，是的，他的专业正是卡卡最接近却依稀遥远的梦想。而他的爱好恰好也是卡卡的梦，乐队主唱。似乎，他注定是要成为卡卡生命中一个极其重要的过客，至少是卡卡后来很长时间也没法忘记的过客。

他刚上台的时候，卡卡正不屑地盯着他，长这么邋遢，唱歌大概好听不到哪儿去。那个时候，卡卡去看演出为的只是听夏枯草乐队的歌，大一新生的她迷死了夏枯草这个名字，迷死了这个嗓子独特的矮个子帅哥乐队。而他的乐队不过是助演罢了，直到后来很长的一段时间后她才清楚地记得他的乐队叫什么名字，五一乐队，哈，像在劳动节出生似的。那个时候印象深刻的居然是他的原创，开始的开始，观众们都很安静，兴许想得跟卡卡差不多，但副歌部分一到，台下便是各种尖叫声，包括十分虚伪的卡卡。

2. 不过是聊友

卡卡很健忘，那晚的表演过后她便忘记他长什么样子唱的歌怎么样，只记得当时不小心被震撼了一下。大一的生活很枯燥，于是对一切新鲜事物都尤其敏感。那时候的我们就跟二傻一样，整天待宿舍里研究大学里各种稀奇古怪，讨论如何找个帅气的男朋友。除此之外，卡卡和我都有的一个习惯便是看学校的电子杂志。

某天晚上卡卡忽然尖叫着说："啊！那个人，那个人……"

"到底谁啊？"宿舍其他几个不约而同地好奇。

"那天我跟阿卢去看夏枯草表演时发现的一个很邋遢很赞的乐队主唱"

"很邋遢很赞？"

"就是长得邋遢唱歌很赞，而且原创很强悍，呀！这个电子杂志上有他的介绍，还有 QQ，哈哈，我要加他玩玩。"

于是，我们几个用齐刷刷的白眼作为回应来结束这场无聊又白痴的对话。

好长的一段时间里，没事坐那追《越狱》的卡卡忽然安静了，也不再整天鬼号着说爱死米勒了。也不听她平时最爱的布鲁斯和各种摇滚，反而听起了小清新的校园歌曲。后来才发现，原来，那些都是他写的歌。

卡卡长得很好，但是很没有自信，因为时不时脸上会长几颗青春痘。她在见不到面的情况下是尤其为自己自豪的女生。她加他 QQ 的时候告诉他说，师兄，我是你的粉丝哦。其实，那个时候她只是想玩玩，也才刚好知道他叫什么名字，学的是什么专业。他很惊喜地说，粉丝，呵，我居然也有粉丝。于是，渐渐地他们谈天说地，卡卡说，她最喜欢调戏他的一件事就是吓唬他说要将他卖到非洲去当男奴，因为他会跟她撒娇。每次说起这个，卡卡总是笑到差点断腰。

一直很长的一段时间里，他都不知道卡卡长什么样，只知道这个师妹说话很可爱，而且喜欢他的歌。她是他的第一个粉丝，所以他变得好奇和珍惜。他总是跟卡卡说，什么时候有排练，让卡卡过去看他排练，这是一号粉丝的权利！终于某天卡卡的照片被他看到，大赞，然后在自己的 QQ 空间发表心情说，很可爱很漂亮的师妹，我的粉丝。

3. 五月，繁花季节

卡卡告诉我们说她喜欢他的时候，我们都被吓了一跳，大骂她白痴，喜欢一个她见过却没见过她的师兄。

他打电话过来说已经带好吉他在湖边等的时候，我和卡卡正在看学校的五四青年节晚会。卡卡说很紧张，于是就拉我去了。其实，他长得不像卡卡口中说的那么邋遢，至少我第一次看到他的时候他穿得很整洁。简单的格子衬衫和发白的牛仔裤，抱着吉他坐在湖边，从背后望去是道美丽的风景。卡卡整夜都没说话，出奇的安静。歌声，吉他，月色，湖边，我们都不忍打破这样美好的一个气氛。终于知道卡卡为什么喜欢他，这样安静美好的为你抱着吉他弹唱还为你写歌的男孩确实不多见。

第二天卡卡再次去湖边听他弹唱的时候已经不再是师妹加粉丝了，而是以他女友的身份出现。背着吉他带卡卡到他排练的地方，跟她讲那些年少轻狂的曾经。卡卡第一次被吻过后回来宿舍刷牙刷了半天，她大叫着说：“一直都好奇别人接吻是什么感觉，原来口水不好吃。”这样的情况，宿舍的其他几个只好又集体白眼作为回应。

他打篮球受伤的时候，卡卡就跟疯了一样地到处找药水给他擦。于是他们第一次接吻就那样发生了，在那个蚊子聚集地，边吻边被蚊子吸血，回来还刷牙刷到快脱落。后来卡卡一有什么让我们不爽，我们就恶狠狠地用这件事来笑话她。

卡卡不喜欢学习，整天就待在宿舍里玩电脑看电影。和他在一起之后便越发频繁地往自习室和图书馆占位，第一次自习回来的时候头上戴着一朵玉兰花。虽然好笑，但卡卡戴着确实可爱。她说，那是他特意走到球场那边给她摘的，球场和自习室可是相反的两个方向。为此，她暗暗感动了好久，那朵玉兰花也在她的笔记本里夹了好久好久。

他会带卡卡去见他各种各样的兄弟朋友，带她私奔般地逃课到外面游戏厅去玩。卡卡将他介绍给我们这些死党的时候，他顺势将我们带到了情人坡去干坏事，一群师兄和一群师妹。他说，你们想不想玩点刺激的？于是我们十几号人马就这样浩浩荡荡地往情人坡走，然后跑到每一对情侣面前大唱青藏高原，将所有情侣赶走占领整个情人坡。

4. 夏至未至

卡卡生病了，肿瘤，她自己跑去医院看病回来的时候眼睛肿得跟金鱼似的。她好久好久都没去见他。那天我们都在图书馆看同学们的画展，阿元打电话过来说自己在解剖楼上课，下雨了，没伞回不去。卡卡于是踩着拖鞋蹚着雨水就过去了，他撑着伞站在解剖楼下笑嘻嘻地看着卡卡走向他。

他抱着卡卡追问她为什么不见他的时候，卡卡只是微笑着说考试月，有点忙，不想挂科。他说，卡卡，我要带你坐遍学校的每一个角落，走遍每一寸校土。踩在他的脚上走路的时候，卡卡就计划起了什么时候和他分手。

父亲说学校离家太远，让卡卡自己去看病，需要手术的话自己得坚强，钱会汇到卡里。其实，手术很简单，简单到卡卡清楚地知道手术刀是如何切除她身上的那个肿瘤的。但她还是哭过了整个手术过程，她倔强地说，自己可以，于是就那样消失半个月。回来学校的时候，瘦了一圈，她笑嘻嘻地说，“我还以为自己会死掉，可惜肿瘤是良性的，命真是太长了。”

他不知道她这半个月究竟去了哪里，因为不管他问谁，不管他打多少电话和发多少信息，都无从知道卡卡的消息。在食堂遇到卡卡的时候他简直不敢相信自己的眼睛，只半个月卡卡竟变化这么大，那样清瘦。当场就抱住卡卡哭了起来，周围的人都莫名其妙地围着他们看，后来还华丽丽地上了校报。卡卡没有告诉他自己去了哪里做了什么，他也没有问卡卡为什么消失这么久，只是更加疼惜卡卡，时不时地给卡卡带好吃的，偶尔带卡卡出去和朋友玩。那天他第一次听到卡卡唱歌，他的好友都赞卡卡唱歌好听，他很惊喜地偷偷在背后给卡卡竖起大拇指，卡卡只是淡淡地笑。在 KTV 的外走廊那紧紧地搂着卡卡说：“怎么办，你越来越漂亮了，我有危机感。”然后深情地吻着卡卡。

他们的第一张合照，是细雨淅沥的傍晚，他们撑着伞站在湖边看好友们拍照而被拍的。他在左边，她在右边。羞涩的距离，第一张却也是最后一张合照。那天，他们都没有回学校，在外面过夜。他吻到深情时却忽然想要卡卡，她扯住衣服哭着说不可以不可以，于是两人就这样僵持了一夜。卡卡原本也不够自信，而如今，胸口多了一道刀疤，她要如何面对他。

脖子上还留有他的吻痕，卡卡于是接下来那几天都没有去上课，也因为她跟他说分手了，整天顶着对金鱼眼不敢出去见人。

5. 记得，比我幸福

再看到他的时候，他剃了个锅盖头，笑嘻嘻地跟卡卡打招呼说这是给失恋的一个纪念。

后来，听说他转校区了，去到另一个城市。偶尔给卡卡打电话说自己又写新歌了，然后发到卡卡的邮箱让她听。他知道，她一直喜欢他的歌，一直，因为是粉丝。偶尔，还会问卡卡有没有交到新男友，是不是好多人追，等等。卡卡总是以浅笑回应，其实，她心里一直还存着他。他实习的时候又回到了 DG 城，那已是和卡卡失去联系的一年后。

卡卡去兼职的时候不知道他也在同一个 team，上车的时候他喊了她一声“丫头”，她差点失声痛哭。在台上他弹唱了最后一首他说给她听的歌，那还是一年前的事。后来她发现，这歌不是写给她，而是写给另一个她。第二次兼职依旧很意外地发现他又在同一个 team，这一次，他带上了那个她，就坐在她前面，搂得那样紧，比阳光刺眼。卡卡对着窗外浅笑，这一次，他们没有再说话。那一次的“丫头”成了最后的称呼。

再见，再也不见。

记得，好好爱自己。

记得，比我幸福。

有梦想的人都会闪闪发亮

■ 猫言喵语

一

初见乔薇薇时，她正站在昏暗的通道里，捧着一盒彩色粉笔专注地在黑板上画着什么。我吃了一惊，悄悄地走了过去。升入高三以来，黑板报就成了我一个人的领地，同学们都在剑拔弩张地准备高考，各个班级的文艺委员也任由黑板报荒芜。而我却不顾老师和家长的反对，让我最爱的诗歌在上面生根发芽。寥寥几笔组成的孩童，轻轻一抹就绽放的花朵，简单而又生动的插画恰到好处地陪伴在我的作品边上，让寂寞的文字有了生气。

许是乔薇薇一手漂亮的粉笔画令我怦然心动，许是在这所重点高中里同样在班里不上不下的成绩让我们感到同病相怜，许是我们都是心怀梦想，独自一人坐在教室后排的忧郁女生。总之，从学校到公交车站这短短的 15 分钟路程，是我一天中最快乐的时光。乔薇薇乘坐的公交渐渐投向夕阳的怀抱里，厚重的金光也在我的心里拂过一片温暖。

二

乔薇薇是个寡言细心的文科生，她总是面容和善地听着我一遍遍地抱怨着老班的偏心，理科尖子班的冷漠，以及我那堆被老妈以耽误高考复习为由卖掉的青春文学杂志。每到这时，我就心里一疼，声音也微微颤抖：“你知道吗？那些杂志是我用攒了一年多的零用钱在淘宝上买的，太可惜了。”她的眼中布满关切，而我那些理科班的同学只会木讷地点头，继续投入题海战术。

但令我没想到的是，乔薇薇所做的远非安慰那么简单。半个月后，一个大箱子出现在我面前，她故作神秘地眨眨眼。打开盖子，一股霉味扑鼻而来，我下意识地歪歪头，把里面的东西倒在路边的小石凳上。

杂志！各种文艺杂志。

“你也喜欢收集杂志?”

看着我询问而又欣喜的目光，薇薇垂下头满意地笑笑，右脚伴着斑驳的树影轻轻画着圈圈。

“我该怎么谢你啊？给个机会呗。”

“谢什么谢，好东西是要拿来分享的。”她俏皮地扬起脸：“不过，要是你实在觉得过意不去，周日你下了补习班，来‘水印’找我，陪我一起回家吧。”

三

师大东门对面有条狭窄的胡同，古朴的道路两旁点缀着各种精致却价格低廉的特色小店。每到周日，艺术系的学生们就会聚在名为“水印”的水吧里开文艺沙龙。他们或是举着画笔忘我地描绘着街边景色，或是慷慨激昂地朗诵着自己的诗歌，让艺术的气息弥漫每个角落。

隔着玻璃，薇薇正捧着破旧的画夹子，和美术系的学生们一起临摹风景画。我知道，成为一名优秀的插画师是薇薇的梦想。许是画得乏了，学生们渐渐放下笔，晃晃酸酸的脖颈，叫了大杯五颜六色的饮料，边喝边聊。还有的人则皱着眉头，盯着自己的画作好一阵看，却突然刷地把纸撕碎，收起画具，掩饰般地唠叨着“今天不在状态”扬长而去。可她依然不动声色地继续画，固执地修修改改，带着毫不妥协地热情。“如果可以，我想考师大美术系!”我记起她说这话时的无限向往。原来，她一直在努力着。

从“水印”出来，我和薇薇在师大的校园里漫步。虽然我家只和这里隔了一条街，但这却是我第一次来。考上师大，这句父母嘴里常唠叨的命令早让这座名校变了颜色。但此刻，和自己亲密的朋友一起走在陌生的环境里，好奇地张望，看着周围纷飞的落叶，宽宽的甬道上三五成群，充满活力的大学生们，兴奋的感觉让我突然奇想，要是我和薇薇也能像他们一样该多好。

“你真的要考这里的美术系吗?”我有些紧张地问她。

她愣了愣，明亮的眼睛闪烁了几下，却还是坚定地点点头：“我真的很喜欢画画。”细小的声音迅速消失在空气中，奇妙的豪迈感却倏地铺满我的全身，我下意识地握住她的手，宣誓般地说道：“我和你一起考，我报中文系，我真的很喜欢写作。”

“好啊，等那时，你写了文章，我还给你画插图。”她脸上挂着天真的笑，目光中却有些难以捉摸的深远。大概是和我一样，她也想到了高考这个冷脸侍卫吧。是啊，不打败它，这些美好的憧憬无异于白日梦。不过，没关系，有了一同努力的伙伴，浑身都是动力。

回到家，我拿出大张白纸，慷慨激昂地列出复习计划。但刚列完，我就又泄了气，要看的内容太多了，光是想想那些化学公式就觉得头大，况且只剩下小半年的时间了。可想想立下的约定，我心里又十分不舍，更重要的是，我可不想被薇薇轻看。总之，背水一战吧。

四

但我宏伟的复习计划还未开始实施，周一一上学就被班主任莫老师和教导主任请进了办公室。

“我就开门见山吧，”莫老师抿了口茶，“叶璇，你和乔薇薇是好朋友，她的情况不用我说，你都了解。你平时成绩还是挺稳定的，趁这最后几个月，努力一把，还是有机会的！”

我咬着嘴点点头，尴尬地坐在椅子上听着老莫和赵主任的二重唱。

“总之，我们希望你这几个月能抓紧起来，有所突破。”长篇大论之后，老莫终于说起这句N年不变的结束语。“你要相信自己的实力，别受乔薇薇的影响。”他不放心地补上一句。

“老师，您误会了，没来得及告诉您，我和薇薇打算一起考师大？”我不解地看着老师，急切地申辩着。

老莫不相信地看了我一眼，刺得我心里一紧。

“乔薇薇要考美术系。”我一字一句地解释，胸口胀胀的，“她每周末都和美术系的学生一起练习，很努力的。”

老莫茫然地瞪大眼，似乎没听懂我在说些什么，他张张嘴正要解释，却被赵主任截了过去。赵主任和蔼地笑笑说：“看来真是老师想多了。老师嘛，总怕自己学生受伤害。要是这样的话，她考上的希望可是更大些呢，加油哦。”说完，她轻轻拍拍我的肩膀。

整个下午，我过得都有些云山雾罩。想想和老莫的对话，总觉得有些地方不太对头，可又理不清个头绪。不过，赵主任的话却提醒了我，一定要趁这几个月好好努力！

发短信给薇薇，她却只问了我一句：“你确实真的很喜欢写作，真的很喜欢文学吗？”

“当然，这还用问。”

“真喜欢就是不放弃。”

我不知自己是怎么熬过来的，高考过后，整理着被翻掉了页的词汇书，我真不敢相信那个不时用冷毛巾敷脸，强打精神背单词的女生就是我。原来，每个人力量要比自己想象得要强大得多，只要，有梦想在。

五

揪心的等待之后，比三模高出三十多分的成绩让老爸老妈的脸都挤成了一朵花，我也大大地松了口气。可还没高兴几天，录取结果就让我陷入了矛盾的冰点。原来，我考得竟不是一般好，不仅够了师大的分数线，还够了老爸随手填报的那所提前招生院校的管理系。

“提前批次，都是不错的学校，考不上也不影响录取，空着怪可惜的。”

没想到老爸玩笑竟然成了真，只觉得生命里出现了一个怪异的断层，把我和期待的未来无情地隔开。明明心里酸酸的，可看着亲朋好友祝贺羡慕的笑脸，前所未有的成就感又让我有些轻飘飘的。该是欢欣放松的时刻，我却多了几分茫然。原来，无论是悲是喜，生活中这些猝不及防的变化总让人乱了方向。

打电话给薇薇，依旧是“您所拨叫的号码已停机。”实际上，从考前放假开始，我就再也没联系上她。本以为她是为了安心复习才把手机停掉，现在看来是真的有什么不对了。

跑到学校问赵主任，她惊讶地看着我：“我还以为当时你告诉我们乔薇薇要报师大是为了既让老师们放心，又鼓励她复习呢。毕竟后来我们发现你俩进步都挺大。可她的户口不在本市，得回河北老家参加高考，跨省报考分差太大，她最后好像上了当地一所大学的政治系，你不知道吗？”

我傻傻地摇摇头。

赵主任给我倒了杯水，叹口气说：“她父母早就离了婚，母亲家在北京。本来她父亲打算托人把她的户口迁到母亲家，方便考北京的高校，可最终也没办下来。说起她父亲，还真不容易，在北京找不到正式工作，宁愿在废品站做临时工，也不轻易放弃……”

废品收购站！我身体一颤，猛地记起那箱码放整齐的旧杂志，还有那散不去的霉味。原来，这背后远不如我想得那么美好……

她早就知道自己考上师大希望渺茫，可梦想、努力、坚持却是她跟我说得最多话。这到底是她的理想使然，还是友谊促使她撒了个善意的谎？我想

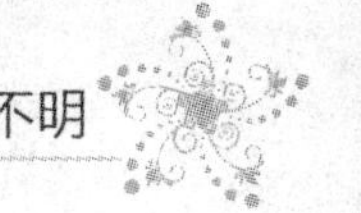

不出真正的答案，可从和薇薇的那个再也无法实现的约定里，我却找到了自己真正的力量，体会到了为梦想拼搏的苦与乐。哪怕梦想仍会与我相形渐远，我也无限感激。

走在晚风里，心里凉凉的。看着满天的星斗挂在天际，发着熟悉的微光，我却发觉整个世界都变了样。

六

进入大学，学着和文学毫不相关的专业，我本以为自己的写作梦会就此终结。可只要有空闲时间，我就会不自觉地摊开本子，坐在安静的图书馆里记下心中的世界。原来，梦想这东西并本不会随时光消逝，真正的爱好也永远不会褪色，它早已潜伏在你的心中，随着成长，化为生命中的一部分。

可我收到第一笔稿费，打开第一本样刊时，却并没有太多的喜悦。相反，那些再也无法回归的，难以忘怀的岁月却如洪水般冲破记忆的闸门，令我倍感忧伤。

“真喜欢就是不放弃。”

亲爱的朋友，你还在坚持吗？

寒假回来，我从宿舍管理员那里领到了新寄来的样刊，看着看着，泪水就啪啪地连成了线，落在彩色的插图闪烁着盈盈的光亮。

就在我的文章的左侧，那副精美的插图的底端，竟清晰地印着“绘图：薇薇乔”。

像柳絮一样死命地飘

■ 余娅

进高三的第一天。

很普通的高三教室，铺天盖地的复习资料，刺鼻的风油精和汗液混合的空气，在离讲台最近的位置，睡得一塌糊涂的我。

丫儿在那个早晨，用一支尖细的铅笔，从后面戳醒了梦中的我。猛地睁开眼，转过头，看到戴着黑眼圈的丫儿，用左手在草稿纸上画着圈："额，兄弟。帮我捡一下笔！"

就这样，我虚度掉了高三的第一个45分钟，顺带着认识了丫儿。丫儿说她今后会在回忆录里写："在那个天高云淡的早上，我正一边思索做人的道理，一边练习用左手转笔。突然，我的晨光中性笔鬼使神差地飞离了它原来的轨道，砸到前排的一头酣睡的猪背上，之后落到地上。我用脚钩了半天没有成功，万般无奈之下，只能拿起一支铅笔，用没削的那头戳了她一小下。猪依旧纹丝不动，可怜的孩子！天知道她昨天晚上加班加到什么时候！千万般无奈之下，我换了有尖的那头戳她。就是这一下，中华2B素描铅笔的一次伸展运动，造就了两个伟人的传奇友谊。"

我向来是个低调的伙计，估计自己成伟人的机会不大，可丫儿不同，在我们班，她绝对是那种很强的人。她会做那些奇怪的自然地理题，写让人眼前一亮的800字作文，让那些整天埋头啃书的好学生无理由地郁闷。可是，她和我一样拿外语没办法，在试了很多诸如一个月做几百道阅读理解题，一天记几十个单词的偏方而毫无起色之后，丫儿对外语彻底绝望了。她开始以请吃饭为诱惑，让同样外语很烂的我替她写作业。经常抄错答案位置的我，让外语老师找丫儿谈话的频率从一个月一次上升到一星期一次。丫儿受训的时候一脸虔诚，低着头，偶尔抬头看外语老师的眼睛。丫儿的眼睛很大，盯着外语老师的时候，给人一种顿悟的感觉。老师习惯性地在谈话的最后温柔地拍拍丫儿的肩膀："知道你是个好孩子。下回可别让我失望啊！"这样之后，丫儿会同样温柔地拍拍我的肩膀："小琳子，知道你是个好孩子，下回可别让我失望啊！"

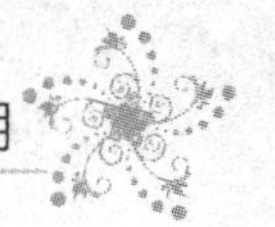

嗯！上帝证明，我们都是好孩子。虽然，丫儿继续在外语课上发呆和睡觉。虽然，我继续坐在离讲台最近的地方，把丫儿的外语单选题答案抄错位置。

事实证明，丫儿比我更爱睡觉。她很奢侈地睡掉了高三30%的外语课，将近一半的政治课和几乎所有的课间。还会很无辜地解释说那些课实在了无生趣，是她强迫不想睡过去的自己睡过去的。就像她也会在地理课和语文课上强迫想睡的自己醒着一样。丫儿把这件事叫做驱魔，于是每回都使出浑身解数，抹风油精，咬手指头，用尖头的铅笔扎自己的腿，手法相当残忍。而在我看来，那些可恨的瞌睡虫从来没有在我面前投过降，且越战越勇。我只能充分地尊重它们毫无章法的作息，即便是在月考的数学试卷面前，都只能用酣睡侍弄好那些醉生梦死的小虫子。

高三的时间都被排得满满的，满到了我们得挤时间去感慨和发呆。可是，我们都在为能够挤出来的时间活着。老人们常说："生活总得有个盼头。"那些隐约可见的自由和白日梦可能就是我们的盼头吧。每天照例去食堂排老长的队买米粉，为了多得到一点黄豆肉糜的佐料，对着食堂师傅永远板着的脸笑。丫儿会在我们俩的米粉里放上她妈妈捎过来的咸菜，和着高考前所有的郁闷吃掉。下午的课，我们逃掉自习。坐在阅览室大大的窗子前，翻那些花花绿绿的杂志，看窗外飞过的鸟，猜着它们旅行的终点。体育课上，我们绕着学校400米的跑道走过了一圈又一圈。冬天的时候，丫儿缩着脖子搓着手走在风里，告诉我她最想活在春秋战国。为一个简单的理由，爱或恨，生或死。周迅在歌里唱："外面的世界很精彩。"更多的时候，我宁愿是和丫儿两个土得掉渣的小人，手牵着手，在繁华落寞的大银幕后自娱自乐。一起傻笑，一起发呆，互相争吵。

在睡掉了高三的五分之一后。丫儿突然跑过来对我说："小琳子，我们不能这样堕落下去了，从今天晚上开始背历史吧。"

"背历史？什么时候？"

"晚上。"

"哪儿？"

"宿舍楼梯那儿。"

"为什么是晚上，感觉好像在做贼。"

"做人要低调嘛，搞学习也一样。"

"哦。你昨天历史考试没及格？"

"嗯。你也一样吧？"

“知道还问，晚上出来一起背吧。”

我们的宿舍是一栋很长的六层楼，长到每一层都有一大排，20多间寝室。丫儿住在201，我住在301，不同的楼层同样的位置。所以我经常用拼命跺脚来吵醒睡在上铺的丫儿，并在她举着扫帚红着眼杀进我们寝室的时候，装作一脸天真。宿舍管理员田阿姨是一个大嗓子的中年妇女，有点凶，喜欢开寝室长会议打小报告享受做领导的感觉。她每天坚持在熄灯后叫上两嗓子，然后仔细地查寝，锁门。这样复杂的过程之后，我们的夜生活才真正开始。

那天晚上。按照计划，我在12点钟的时候用脚连跺了5下地板，然后带上手电筒和书跑到2楼的楼口等她。她光着脚拎着鞋从寝室里跑出来，看到我后眼里闪过一道兴奋的光。四下张望了半天后走到我跟前，诡秘地说：“咱俩先吃点消夜吧。”说完从书里变出一大袋子饼干和旺仔牛奶。很多东西都会引起人们对于往事的无限回忆，比如说老照片，日记本。而在我看来，旺仔牛奶和手电筒无疑会让我一辈子记住有丫儿的高三。在那个晚上，只属于两个人的寂静的夜，我们把历史书塞在屁股底下，坐在冰凉的楼梯上，开始了我们的夜生活。

丫儿一边嚼饼干一边无比憧憬地感叹道：“唉，真想做个男生。”

“男生不用半夜起来背历史？”我笑。

“无所谓啦。至少，背完历史，我们可以一起翻墙出去通宵上网，打魔兽打到天快亮，然后买一大袋包子一边啃一边翻进来赶早操。还可以爬到房顶上唱许巍的歌，抽烟，喝酒，讨论彼此喜欢的姑娘。没事的时候，一大帮子兄弟出去打打群架，多好。”

“呵，如果我们都被学校踢了，就加入伟大的民工队伍。去北京建奥运村，去新疆摘棉花。为建设和谐的社会主义新中国努力奋斗。”

“然后，死在城里人的白眼里！”丫儿做了一个刘胡兰就义的姿势，“这真是生的光荣，死的伟大啊！”

“那样比现在的日子好过？”我问。

“不知道，可是现在这样，让我很难受。”丫儿努着嘴，貌似很痛苦。

我们很坚持地从三皇五帝背到了鸦片战争，从麦哲伦环球航行背到了美苏争霸。每天坐在楼梯上，举着我们唯一的家用电器，乐此不疲。丫儿甚至在背完历史后回宿舍继续窝在被子里看书，一本叫做《血色浪漫》的书。她很厉害地在夏天快要到来的季节，把被子捂得密不透风。经过几个晚上的奋战，丫儿在一个阳光分外明亮的早上，在学校的食堂里肿着眼睛为我朗诵了

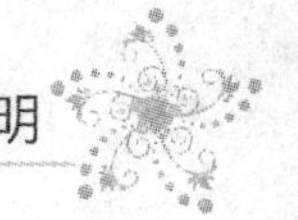

那段被她奉为经典的择偶标准：

“我的爱人，如果哪天我对她说要去当乞丐，她会二话不说跟着我去要饭；如果哪天我对她说要去神农架抓野人，她也会屁颠屁颠地跟着一块去。等到我们都老了，走不动了，就坐在家乡的草垛子上，为对方捉虱子。”

丫儿不由分说地爱上了那个人——目光冷峻、一脸坏笑的钟跃民。

我却很变态地对暴力狂充满好感，喜欢凶巴巴的人。因为我相信，用拳头来解决问题的人，心思都会很单纯。他们眼里的世界，美好或肮脏，喜欢或厌恶，简单分明。

不知道是谁给丫儿吹了枕边风，说18岁之前不谈恋爱的人生是不完美的。于是在17岁的尾巴上，丫儿充当了一个十足的思春妇：经常抱着书在“野兽”出没的操场边上晃悠，像个猎人，等待上钩的猎物。更确切地说，是等那个双手插在半个月或是更久没洗的牛仔裤袋里，歪着头装酷的“钟跃民”。

在某个风和日丽的下午，天高云淡，香樟蓊绿，篮球场边抱着书的丫儿。一切都和偶像剧里的情节出奇的一致，三分未中，充当爱情小天使的篮球砸中女生乌黑的长发。然后有小姑娘因为生气而微红的脸颊，阳光帅气的校草慌张而羞涩的眼睛，一切像是一场有预谋的电影，完美，无懈可击。

当我正想给丫儿的浪漫小故事续上一个诸如：“从此，王子和公主一起过着幸福的生活”之类的结尾时，一个重物从天而降，压在了我背上。身子动不了，我扭过头，看到丫儿像小说里写的一样泪流满面：“苍天啦！什么鬼日子！居然让体育老师给砸了！”丫儿一边揉着脑袋一边龇牙咧嘴地挤出几句话。人生就像一场戏，这话没错。

丫儿后来会经常绘声绘色眉飞色舞地给我讲那天发生的事：矮而胖的体育老师如何发挥失常，篮外空心；篮球如何在万有引力的作用下划出一道优美的弧线，打了个转砸到她的头上；眼泪如何像决堤的洪水，不听使唤地汹涌奔腾；动画片里的星星如何一圈又一圈在脑子里飞。末了，还不忘对一脸悲天悯人表情的我补上：“小琳子，人生就像一场戏啊。你没事的时候去那块地方转转，说不定哪天会被某个你钟爱已久的暴力狂砸到。然后装晕，等后话。”

或许，这真的是个不错的主意，不过，太懒的我更热衷于养我的小宠物——那些可爱的瞌睡虫。

丫儿在那个高三写了很多东西，包括每个星期十几页的信，都会寄给一个叫杨的小伙子。我也在她的煽动下，写信给一个像丫儿一样陪我做过梦的兄弟。每页信纸都会用彩色铅笔涂得满满的，再让丫儿给我在信封上画一头小猪。由于信的原因，我和丫儿有了同样的习惯，下早自习后狂奔到传达室翻信，那是每天最快乐的开始。我们兴奋而紧张地翻动那些刚从墨绿的邮袋里拿出来的信，希望看到熟悉的笔迹和名字。那些信有的会有碳素墨水淡淡的清香，有的会混着中性笔的化学原料味。无一例外地，在高三的上百个早晨，它们都会令我迷恋而不能自拔。

我们在那些信里，看到过许多从北京上海某所貌似很辉煌的大学里寄过来的信，那些字生硬而骄傲地刺人眼；也有从广州福建某个工厂里寄过来的，歪歪斜斜的字，缩在白色信封的一角。有一回，丫儿甚至翻到了一封寄给她曾经疯狂地喜欢过的男生的信，粉红的信封里藏着不言而喻的小秘密。丫儿把那封信拿在手里，感叹了半天人世的无常多变。

杨的信，会让丫儿看上去像一株生机勃勃的植物。她收到信的时候，总是手舞足蹈，笑得没心没肺，迫不及待地撕开雪白的信封，满脸陶醉地撇下我走掉。我甚至很想见见那个文字娟秀的男生，在丫儿的描述里像顾小北一样干净的小王子，他常在某个有阳光的午后，躲在教室的某个角落里，给丫儿写温暖如春的字。

看来，没有缠绵悱恻的爱情，有个互相惦记、心照不宣的好兄弟，丫儿的18岁依然会是件美好的事。比如在她生日那天，我们照样可以去传达室眼巴巴地翻信。比如那天，学校的栀子花开成了一大片，白得灿烂，广播里有情调地放着何炅的《栀子花开》。

丫儿突然扯住翻信的我，小声叫道："看，好大一束向日葵，真拉风啊！"我扭过头，一个小姑娘抱着一大束开得火热的向日葵朝我们走过来。

站在我们面前，小姑娘摸了摸头发，不好意思地问丫儿："嗯，请问高三310班在哪？"

"哦，我就是310班的啊。"丫儿的眼里明显放着光芒。

"真巧啊！可以帮我叫一下你们班丫儿吗？这花是别人订给她的。"

"啊？不会吧。"丫儿望望我，又看看送花的小姑娘，一脸茫然。

"就是她啦！"我窃笑，很八卦地把脸凑过去，漂亮的向日葵，裹上了米色的皱纹纸，一朵一朵，笑得灿烂。

"看什么啊？又不是给你的。"丫儿小女人地抱过那束花，签收，跑到一边，表情古怪。

其实我知道，花里面会有一张小卡片，上面会用彩色铅笔写着：

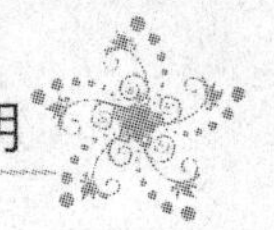

今天丫儿18岁，在她生命的黄金时代，她有好多的梦想，她想爱，想吃，还想变成天上忽明忽暗的云。不管这些天马行空的梦想会不会在将来的某一天一一实现，我都希望丫儿永远都是那株向日葵，骄傲地昂首走在六月的阳光里。

——兄弟：小琳子

丫儿蹲在一大片雪白的栀子花下，抱着大束的向日葵，眼泪噼里啪啦打在水泥地上。

我们的学校，建在沅江边上，湘江的支流。在某一年发大水后，人们修了一条长长的防洪堤，并在堤上种下一大排的垂杨柳，任凭江水在堤外撒野。每年春末，柳絮就会在风里死命地飘。这群白色的小妖精，飞过大堤，弥漫在学校的每一个角落，曾经无数次地让刚从梦里醒过来的我误以为睡得太多眼睛花掉了。第一次在丫儿的指挥下，胆战心惊却很顺利地从学校混出来，我们就沿着大堤走了半个下午。丫儿在前面哼着歌，稻草般一样扎起的头发上沾满了白的柳絮。我只是走在丫儿的后面，看她胖胖的身子下那双白色的帆布鞋，踏过青石板的路面，一路无语。

丫儿，有的时候，我会想，就这样一直走下去。年华静好，你在，我在。栀子花会开，我们的青春，像柳絮一样死命地飘在风里。

青丝绾霞

妈，你要跟我矫情到底吗

■ 美丫

什么秘诀啊？妈。母爱的力量！闺女。矫情吧？发誓再也不问了，太酸！

1. 烦不烦？累不累

跟主管请假，申请调整今年全部公休，因为……我有点“激动”地说，“我妈终于病了，需要我照顾。”

主管很纳闷，“你妈病了你那么激动干吗，还‘终于’，你盼你妈病啊。”

我倒不是盼，是这么多年我妈好像就不会生病，整天像上满了弦的钟表一样，停不下来，忙得我眼晕……一时半会儿跟主管也解释不清，好在她倒准了我的休假申请。因这几年，我的公休基本没休过，时间都贡献给公司了，为此年年被评先进。当然，这也要得益于老妈的勤劳。我不太爱旅游，家里又总没事，一切被她安置得完好，我只需好好工作衣来伸手、饭来张口就可。那日对老妈说，“好在曾经爱读书现在会工作，不然，被你养成废人一个。”

老妈狠狠瞪我，“这话说得没良心，你是身在福中不知福。”

其实我是知福的，我又不是白眼狼，怎么会感触不到这么多年，她对我那种细致入微的爱呢。我从来不知道每天早上她几点起床，反正记忆中，只要我睡醒，她必然已经做好丰盛早餐，且一周从不重样。高中的时候，学校要求提早到校，不到6点就要起床，竟然也会有热腾腾的早餐，并不只是荷包蛋热牛奶那么简单，连小巧的水煎包、水果饼她都做得出来。

至于午餐和晚餐，知情的同学说完全像五星级厨师的作品，色香味俱全，还有说道，啥是补脑的，啥是补气的，啥是补心的……

但做饭也不过是她生活中一件小事，她把关于我的所有家务当事业经营，可以琐碎到一件内衣、一盏台灯、床的朝向、卧室里的植物……

真是很认真地问过她，妈，你烦不烦？累不累？

不烦！不累！老妈叉着腰斩钉截铁地回答我，像个斗志昂扬的战士。可是这个战士，灯光下随意一瞥，也可以看到鬓角的几丝白发了，明明已是过了中年的胖胖妇人，电视上一直都在说，女人过了40岁精力就大不如前了，进入更年期更是易累易怒甚至心情抑郁……种种症状，在她身上全然不见，一天到晚忙忙碌碌不停歇，依旧面色红润、精神饱满。

什么秘诀啊？妈。

母爱的力量！闺女。

矫情吧？这个女人。发誓再也不问了，太酸！

2. 放心，我们饿不死

于是就一天天看着她吹着母爱的号角战斗下去，战斗到我高中毕业读大学，大学毕业找工作，工作以后找男友……眼看她的白发多到终于决定去染黑，但却依然貌似身强体健，言说日后我结婚生子，只管把宝宝交给她。还要不要人活了？我这辈子，就只享受的命。妈，你这难道不是在剥夺我为人女儿和母亲的责任吗？

喊叫多了，终于有一天她愤愤地说，“不用急，有你还的时候。”

有吗？有吗？那么也让我自我认可一回，而不是26岁的人了，还活在她的壳里。

结果这话好像说了没几天，老妈竟然病了。我都有些不信，要知道记忆中那么多年，她就不曾病过，连感冒好像都没有过，她就是陀螺，转转转地不停歇。于是我曾经以为，疾病永远是和老妈无关的。可是忽然那天晚上她感觉肚子痛得不行，一去检查，身体就出了大问题——阑尾炎。对老妈来说，当真算是大问题了，因为要动手术。

再小不过的手术，相熟的医生说，“几分钟的事，不过，手术后是要躺几天的。”

老妈大惊，“要几天？那他们怎么办？”她指着我和爸。

“有我呢！”我当即挺身而出，“放心，我们饿不死。”

老妈愣了半天，忽然说，“好，你如愿了。”

“我，如什么愿，我可不想你病。”我说得情深义重。

“你是不想我病，可你不就想看我停下来什么样子吗？告诉你，我也是会享福的。现在好了，给你个机会伺候我吧。”

“嗯嗯嗯，我伺候你。”

老妈，我是真想谢谢你给我的机会，让我伺候伺候你，做了这么多年女儿，

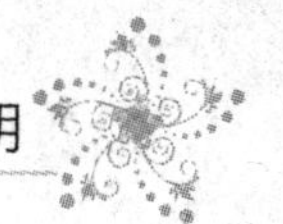

连顿饭都没做过，更别说照顾你。我怕等很多年后，想起来，我会很遗憾。

当然，我想要的不是这种机会，她生病我心疼，可是她若不生病，恐怕我还真没什么机会诠释一下为人女儿的孝顺。

但我没想到，老妈竟然很折腾。

3. 不是痛的，是吓的

手术一切准备就绪，老妈却坚持不要全麻，她说不放心。偷偷对我说，“电视上经常有医生做手术时把工具落在病人身体里了，所以，她要自己看着。”

这要求并不是不可以，但，至于吗，看着自己身体上动刀动枪的。换了我，才不。

可是老妈坚持如此，也只好做了局部麻醉。但她却远没有自己想象的那么勇敢，医生一刀下去，她立刻大喊——不是痛的，是吓的。

结果老妈一嗓子，把医生护士都吓出汗来。

好在医生经验足，飞快处理完将刀口缝上。

但老妈还是被吓到了，麻药劲还没过就开始喊疼，握着我的手死活不松。这么多年，我哪里被她这样需要过，瞬间觉得责任重大，竟然紧张得不行，手心一会儿就出了汗，竟然不敢问她好没好点。

后来她真的开始疼了，反倒松了我的手，让我赶快去买巧克力。不知道她听谁说，吃巧克力止疼。

一路小跑买回来，她却又不吃。

两天后便有了套路，饭前要用热毛巾擦手，饭后也是热毛巾。半个小时翻一次身，腿部和手臂每日按摩两次，力量要均匀，幅度要适中，以免晃动引发伤口疼痛。每天要读两个小时网络新闻，以明星八卦为主，她懒得看，电脑屏幕小，花眼看不清。

饭以各类粥为主，不能重样，我自然是没本事做的，好在医院不远有家连锁的粥店，虽然不及她做得可口，也能凑合几顿。水果要切方块的丁，不能大也不能小。平均3个小时方便一次，这是最最麻烦的，她下不了床，我需用力抱起她大半个身体，用劲怕弄疼她，不用劲，她又太重，抱不起来。结果她每次方便我都满头大汗。

那次，老妈看我那样子，问：“我很重吗？”

“你身轻如燕，是我力气太小。”我喘着气回答她。

老妈扑哧一乐，伤口痛起来，拍我一下，“别逗我笑，疼。”

一周之后，我已经面如菜色。主要原因是休息不好，就在她的床边搭了张陪护折叠床，一个晚上被她喊醒数次，喝水、方便，要么是睡不着跟我聊天。

起初还有一句没一句地聊，那天晚上，聊到12点半，终于累得聊不动了，央求她，老妈，闭目养神休息会儿行不行，

她才终于发觉我的疲惫，问："累了?"

我闭着眼睛点头，点了几下，头一歪，睡着了。不知道这情形落在别人眼里，会不会当她是狠心后妈。

4. 生这场病，值了

睡醒的时候，发现天竟然亮了，她正半坐在床上不转眼睛地看着我。

猛然意识到一觉睡了六七个小时，大惊，"妈，怎么没喊我?"

"喊你干吗？我自己能翻身了。"

我赶紧爬起来，问："不喝水吗？不解手吗？不……"我蹲下来找便盆，手忙脚乱。

老妈伸手拉住我，"别忙乎了，这会儿我没事。"

我直起身站在床边，"妈，那你想吃什么?"

老妈没说话，却忽然哭了，边哭边说，"闺女，我知道你以后会对我好的。"

竟然，为这哭，还以为她伤口疼。我松口气，"我当然会对你好了，你是我妈。"

她点头，"嗯，这次我知道了。"忽然就破涕为笑，"好，我不折腾你了，喝碗小米粥就好。"

真服了她，一场病让她脆弱起来，刻意地"折腾"，只是想知道，我是否也会待她如她多年待我这样。

现在，她知道了，所以很欣慰地说，"生这场病，值了。"

正是这句话，终于让我心酸，因为我也知道了，爱一个人不是那么简单的，才这短短几天，我已经觉得累。而那么多年，她肯定不是如我所看到的那样一直精力充沛、乐此不疲地围着我转，她正是在那些我没有看到的时间里生了白发、有了皱纹，她是在那些时间里老去的，因为爱我。

现在，我让她放心，她的爱，我会好好还的，就算辛苦疲惫，也一定不厌不烦。不然，还能怎样呢，用她的话说，谁让摊上了，没办法，凑合吧。

话说到这份儿上，看样子，她是要跟我矫情到底了。

世上最好的爱

■ 郭雪涛

一

一直觉得，在这个世界上，有个哥是件幸福的事。

还记得小时候，累了，倦了，只要我小手一摊，哥不管在忙什么，一准会蹲下身来："来，上来，妹儿。"我则会应声扑到他的背上。

哥背起轻盈盈的我，顺着我手指的方向，往河边走，那里有清亮亮的流水，终日流淌不休；往山上走，那里有油绿绿的草叶、不知名的小花，还有不知疲倦的蟋蟀在等着我们……我伏在哥的背上，听他讲好玩的笑话，听他讲风婆婆唱歌的故事，听他讲穿着彩衣的仙女喜欢上了尘间的樵夫……

哥带着点儿汗味儿的体温隔着布衫传来，让我感觉暖融融的。他的背有时候还是一只上好的摇篮，我在摇篮里迎来无数香甜的好梦……

二

我没有爸也没有妈，哥大我二十几岁。他面庞黝黑，总是胡子拉碴的，老得几乎能当我的爸，可是他的确是我哥。我和他在一个安静的小山村里有一个简陋的家。

我的名字叫小米。哥说妈生我的时候，因为早产，我小得像一粒米。多数时候我只是沉沉地睡着，醒来了就有气无力地哭上两声，于是，妈给我取了小米这个名字。这个名字仿佛是个魔咒，弄得我一直比同龄的孩子要小上一号，真的就像一粒米那样小巧。

哥总说我长得太小，要补充营养，所以他总是拼命干活。下地种田，到山上挖山货，给村里人打零工，只要能挣到钱，哥总是不辞辛苦。每当哥从集上回来，总会变魔术般地从衣兜里掏出我爱吃的小零食，还有我喜欢的头绳、发卡。哥每次都把它们举过头顶，看我因为够不到而抓住他的衣襟急得团团转的样子。"好没羞!"哥边说边在我脸上刮两下，然后一抬手，往我张开的大嘴里扔进一块好吃的糖果，看着我一下一下贪婪地嚼着，哥的脸上便绽开了满足的笑容。

三

哥这次赶大集带上了我。哥的背上背着一个沉沉的背篓，大手牵着我的小手，我们一起走了很远的路。来到大集上的时候，我浑身都在冒汗，哥也不时拉起衣襟在脑门儿上擦着。

“哟，土根，带着妹妹来赶集了啊?”认识的人在跟哥打招呼。

我却没心思理睬，集市上好玩好看的东西太多了，我的眼睛简直忙得要命。哥“嗯”“啊”地应着什么，哥在什么时候卖掉了背篓里的东西……这些我都顾不上了。

后来，哥拉着我的手，在卖头绳的大娘那儿买了花花绿绿的头绳，又跑到卖花布的大婶那儿扯了几尺花布。卖布鞋的爷爷那里我们也光顾了，哥给我买了一双绣花鞋。最后，我们在一个卖书包的地方停住了，哥用他的大手拎起这个，又看看那个，不时问我“好不好看”。我挑了一个粉色双肩背样式的，包有些小也有点儿薄，但我真的很喜欢。

往回走的路上，我背着书包，哥背着装满生活用品的背篓。收获了这么多战利品，我的心畅快得像揣了一只鸟，恨不得钻出胸膛，飞上天空。哥看着我开心的样子，也一路哼起了经常唱的那些歌……

哥给我买了那么多东西，却什么都没给自己买。哥的衣裳是旧的，鞋是破的，哥的头发乱得像一蓬草，胡子也波澜壮阔着，手上满是厚厚的老茧……这些，我本该知道的呀！可是，一颗小小的心，在关注了那么多漂亮的礼物后，就真的没有多少地方可以容纳其他的东西了。

哥托邻居大婶给我做了一身新衣裳，又用刚买来的新头绳给我扎了两条溜光水滑的小辫儿。我一身簇新，背上书包，站在院子里，阳光下哥眯着眼睛打量着我：“好看，我妹儿真好看！赶明儿就上学了，一定要好好学习，认真听讲哟！个子也争取再蹿高些，不能总当小米喽！”

我忙不迭地点着小脑袋，活像一只啄米的小鸡。

“哥，上学了是不是就长大了?”

“当然喽，我妹儿会越长越大，长成漂漂亮亮的大姑娘！”

“那我将来能不能嫁给你?”

一听这话，哥藏在黑胡子下的脸腾地就红了。

“你瞎说什么？谁让你胡思乱想的？哥和妹是不能结婚的！”

“我们……不能结婚？”

四

我终于上学了！

这天早晨，早早地吃完了哥给我做的早饭，我“全副武装”，蹦蹦跳跳地跟着哥往外走。哥带着我来到了村上，用前些日子卖苞谷挣的钱给我交了学费。把我交给老师后，哥就要回家去了。我一直目送着他远去，突然感觉他的腿有些异样，仔细一看是右腿有些瘸，走起路来一拐一拐的，处在兴奋当中的我之前竟一直都没有发现。在小操场转角的地方，我看到哥停了下来，转过身子，看我还没进教室去，就冲我摆摆手，我也冲他招招手，哥这才放心地消失在我的视线中。

我的小学生活就这样开始了。

学校的一切都是那么的新奇。虽然学生不多，但有很多的新知识开阔着我的视野，有和蔼可亲的老师关心着我的学习和生活。我虽然依旧比同龄人要矮小，但跟原来相比已经蹿高了不老少。我在学校里还结识了一帮好朋友，每当我回到家，把学校里的趣事说给哥听，他总是张开大嘴，呵呵地笑着。哥是看到我开心，他也开心啊。

夏日的夜晚，吃过晚饭，我在灯下做作业，哥就着昏暗的灯光，捏起绣花针，用粗枝大叶的针脚缝补衣裳和破洞的被子。家里是那么的安静，蟋蟀鸣叫的声音在耳畔清晰地此起彼伏着……

五

日子流水一样逝去。

上三年级时，有一天在回家的路上，我遭到了外村的几个小混混。他们是不良少年，成天东游西荡，干些偷鸡摸狗的勾当。不知怎么这么倒霉，竟让我遇上了他们。他们拦住了我的去路，伸手管我要钱，有一个小子还趁机揪了揪我的小辫儿。我吓哭了，手足无措地步步后退，他们把我兜里哥给的零花钱都翻走了，一看没有多少钱，就恶狠狠地对我说：“下次记得多带点儿！”我哭得更厉害了，他们一看我这样，也觉得没啥意思，甩下几句话就转身走了。

“将来你就跟你哥结婚吧！哈哈哈……这个傻丫头要嫁给她哥做老婆……”

我花着一张脸，跌跌撞撞地跑回了家。哥正在灶坑前烧火，看到我这个样子，赶忙站起身来，边给我擦眼泪边问我是怎么一回事，我泣不成声地告诉了他。哥气得牙齿咯咯作响，抄起一旁的木板就往门外冲……

哥一定是狠狠地教训了那帮小兔崽子，不然的话，为什么那帮家伙再看到我的时候就一溜烟没了踪影？哥追出去后是怎么教训他们的，他没有对我说起，只是回来的时候，他一遍遍地跟我说：“是哥不好，让妹儿害怕了。他们要是再敢欺负你，哥就给他们好看！”以后的日子，哥会时不时地拖着他不方便的腿，去接我、送我。

六

我越长越高了，哥的腿脚却越来越不好了。

哥的腿不好，应该去医院看看，检查一下是什么毛病。哥也这么大岁数了，应该给我添个嫂子。可疼我、爱我的哥，却置这两个问题于不顾，对去看病和娶媳妇儿的事，他丝毫不放在心上。

哥是有理由的，腿不是还能走吗？能走就不用去看！再说了，还能得什么大毛病。咱家这么穷，谁家的好姑娘愿意往这儿嫁呢？

哥还不到四十岁呀，却因为日夜操劳，深深的皱纹像刀子一样印在他脸上，他的鬓角不知何时也钻出了几根银丝。

看到这些，我的心有点儿疼，我一直以为哥强壮能干，他怎么也会老呢？

七

一天，我放学回到家里，却没有看到哥在灶间忙碌的身影。我以为他去地里干活了，就边做作业边等。

可是，很晚了他依旧没有回来，这下我可着急了，就打着小手电去地里找他。

哥不在地里。我又想，他会不会是去后山了呢？借着微弱的手电光，我往山上走去。这时，忽然下起了小雨，不一会儿山路就变得很湿滑了。慢慢的，雨势越来越大，道路已经无法辨清了。我深一脚浅一脚地走着，好不容

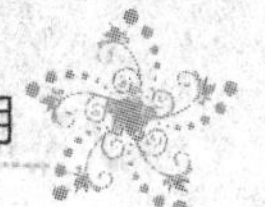

易才来到后山哥开垦的那片地里，哥仍旧不在。

我害怕极了，哥能去哪儿呢？我想试着去别的地方找哥。就在这时，远处隐约传来哥有些沙哑的呼救声。想是哥一直喊，把嗓子都喊哑了。

哥掉进了捉野兽的陷阱里。陷阱有两人多高，哥无助地躺在坑底。可能是进行了很多次的尝试，想要自己爬出来，可是拖着一条不灵便的腿，哥已然耗尽了全部的力气。

“哥，你怎么掉进了这里？你等着，我去喊人！”

哥抬眼一看是我，满是雨水的脸上瞬间又掺杂进了泪水。

我连滚带爬，费了好大的力气才回到了村里，喊了一帮大人，把哥从坑里救了出来。

哥的那条病腿骨折了，赤脚医生帮忙接好了骨，哥躺在炕上休息，我坐在旁边给他喂水。哥摸着我的头说：“妹儿，谢谢你！”

当得知哥是因为想去够我小时候特别喜欢的一种野花，才不小心掉进陷阱里的，我鼻子一酸，眼泪掉了下来。

眼前的哥是那么的憔悴，哥还能再背起我去河边，去山上吗？

八

哥的腿渐渐恢复了，差不多两个月后，哥嫌躺得闹心，伤没好利索就拄着拐开始忙碌了。

我也在渐渐长大。老师让我当了班长，我一直刻苦努力地学习，成绩次次都是第一。初中时，哥把我送进了镇里的中学，班主任老师看我家里困难，路又远，就让我住在她家里，我一周回家一次。每次送我回老师家，哥都是大包小裹的，有给我的一份，也有老师的一份。哥说老师心眼儿这么好，咱不能忘了人家的恩情。哥还会往我的衣兜里塞上钱，嘱咐我别委屈了自己，长那么小需要营养。我拗不过哥，捏着衣兜里那些浸透了哥汗水的钱，只觉得是那样沉重……

我们家在哥的辛苦劳作下，日子逐渐有了起色，哥也是四十开外的人了。

一个周末，我回家看到家里多了一个陌生的女人。女人是个聋哑人，一条胳膊因为小时候触到了高压电被截肢了。女人的条件不咋样，但她愿意来我们这个穷家，哥对她也挺满意。

哥对我说：“媒人跟我提到她的时候，不知道为什么，我就想去保护她，她也是个苦命人啊……”

我由衷地为哥感到高兴。

结婚那天，哥破天荒地刮净了胡子，并且喝了很多酒，他拉着嫂嫂的胳膊唱啊跳啊……

我知道哥是高兴，哥现在是有家的人了。这么多年，哥不容易，总算把我拉扯大了，又有了一个不嫌弃他的女人愿意跟他一起共担风雨。

哥的好日子终于来到了！

九

婚后，嫂嫂勤俭持家，把哥照顾得好好的，哥仿佛年轻了十岁。

每次回家，我都能感受到哥和嫂嫂之间的浓浓爱意，我真是打心眼儿里为他们高兴。特别是嫂嫂怀了宝宝之后，哥简直乐得合不拢嘴。他时常会哼起小曲，虽然嫂嫂听不见，但她会摸着哥的脸，摸他一如既往茂盛浓密的胡子，他们深情对视着。宝宝胎动时，嫂嫂会拉起哥的手，放在她隆起的肚子上，两个人甜甜地笑着，共同迎接新生命的到来……

这温馨的一幕，永远定格在我的脑海中。

如果不是因为意外，这幸福将永远继续下去。然而造化弄人，嫂嫂生孩子时大出血，村里的卫生所医治不了，送到镇医院时已经晚了。

刚刚享了几年福的哥是那么的命苦，夕阳下哥怀抱婴孩的场景是何等凄凉！老天是那样不公，为什么把不幸都降临在他的头上？

嫂嫂的离去让哥的泪水差不多都流干了，好长一段时间他都很沉默。可是日子还得过下去，而且他已经是一个小婴儿的爹了。那沉甸甸的责任让他坚强起来，就像当年抚养我一样，哥又当爹又当妈，给予了这个没有吃上母亲一口奶的苦命孩子无微不至的爱与呵护。他给孩子取名叫小石头。小石头跌倒了哭起来，小石头想要吃奶……哥的脸上都会荡起久违的笑容。生命似乎就是这样轮回的，一切都是当年的翻版。而此后但凡有媒人上门，哥都一律拒绝，绝口不提再娶之事。

十

这样的日子又过了几年，我读完了高中，哥又供我上了大学。

我早就懂事了，长高了。我心疼哥，告诉他不要那么累，不用再给我寄钱了，我自己打份工就能维持一切开销。可是哥不听，总是隔两个月便寄钱给我。劝了几次他都不听，我便把他寄来的那些钱以哥的名义开了户，存进了银行，盘算着等我毕业了一并还给哥。后来我毕业了，如哥所愿在城里有了一份不错的工作，每天忙忙碌碌，很少有时间回小山村去看哥了。

很多次，我想把哥接到城里来享福，哥总说住不惯。没办法，我只好把哥的娃接到了城里，安排他上了最好的学校，一切都跟哥当年照顾我一样。只是时不时的，我会想起小山村里一年年老去的哥，他拖着病腿艰难地走路的模样，总是让我心碎……

十一

在一个秋天的上午，我接到了哥去世的消息。

听到这个消息，我惊呆了。疼我、爱我、身板一直硬朗的哥竟然去世了！怎么会？这个噩耗像尖刀一样剜着我的心，我强忍悲痛，带着小石头一路风尘地赶回了村里。

哥蒙着白被单在土炕上静静地躺着。我疯了似的掀开白被单，看到了容颜苍老、依旧胡子拉碴的哥。我摸着哥的脸，可是已经没有了温度，我还想听哥跟我说："妹儿，来，哥背你！"可是，哥一句话都不会再跟我说了……

哥的腿其实早就有病，因为一直没有去医院仔细瞧，耽误到最后，癌细胞已经遍布全身了。哥生命的最后阶段特别痛苦，彻夜难眠，可是他却从来都没有跟我提起过……

我恨我自己没能劝哥早点儿去医院检查，几次哭得昏倒哥跟前。

不知过了多久，我悠悠醒转，看到邻居大婶抹着眼泪，将一个小包裹和一封信递到我面前。信是哥写的，他没有上过学，他用仅认识的几个字外加符号告诉我：

"小米是捡来的，小米来的时候冲我笑，所以我发誓，要一辈子对她好……"

我用颤抖的双手打开包裹，里面竟是一个保存完好的小包被，我望着这陈年的旧物泪水滂沱。当年，我就是被它包裹着一路漂来，而哥在生命的河流里捡到了我，此后待我如一奶亲妹，足足疼了我二十多年。

十二

邻居大婶哭着说起哥是孤儿，多年前流浪至此，安顿下来，说哥是这世上最好的人，哥央求他们对这件事守口如瓶……

终于知道为什么哥会大我那么多了，一个与我没有任何血缘关系的人，竟会那样地疼爱我。而我又有何德何能，遇见了这世上最好的爱？

料理完哥的丧事，我要带着小石头离开了。我紧紧地牵着他的小手，生怕再失去那小小的温暖，这个世界上最像哥的人——哥生命的延续，我发誓同样要给他这个世界上最好的爱……

点亮三个渐冻人生命的烛光

■ 沧浪

引子

父亲朱邦月不是我的生父。我是遗腹子。

父亲和我的生父是工友，都是福建邵武晒口煤矿普通挖煤工。父亲是孤儿，无依无靠，生父就经常拉他到家里来吃饭，两人关系亲如兄弟。

1975 年是我们家最痛苦的一年。那年年初，母亲朱玲妹手脚疼痛，走路困难，3 岁的哥哥顾中华也出现腿发直，不能随意弯曲的症状。到医院检查，发现母亲患有进行性肌营养不良症，这种病会随着年龄增长，肌肉逐渐萎缩，直至完全丧失生活自理能力，并眼睁睁地等待着自己由于心肌衰竭而死亡，医学界将其和癌症、艾滋病并列为三大难题，俗称“渐冻人”。年幼的哥哥更不幸遗传了母亲的疾病。

母亲欲哭无泪，为了给父亲一个健康的孩子，倔强的她又怀上了我。可那年 5 月 28 日，从煤井回来的生父刚脱下工作服，突然头一歪，倒在床上，脸色惨白——他的心脏病发作了。父亲急急赶到我家时，生父已经气息微弱，他却像抓住一根救命稻草一样抓住父亲的手，眼泪纵横，悲戚说道：“兄弟，我不行了……我求你一件事，我走后，帮我照顾一下可怜的妻儿。”

面对已经大肚子的母亲拥着瘦弱的哥哥，善良的父亲眼眶也红了。他帮母亲处理完我生父的后事，就帮着家里买米、买菜、挑水，照顾母亲和哥哥，忠实地履行着他对生父的承诺。

4 个月后我出生了，可母亲的病更重了，无法自由行动。父亲又一次来到我家里，真诚地说道：“你们娘仨不能少人照顾……我自己一个人也孤独，不如就让我住过来吧。”母亲连连阻止，可父亲决心已定：“你不为自己，也得为两个孩子想想呀！”那一晚，母亲辗转反侧。第三天，父亲到矿里开好证明，在大家瞠目结舌的惋惜或赞叹中，父亲用自行车推着母亲领了结婚证，然后搬到我们家。母亲感激涕零、愧疚难耐又无以为报，让我跟着父亲姓朱。父亲给我取名邵华。

那一年，父亲26岁。

母亲无法行走，每天还是让父亲把我放在身边，在哥哥的帮助下，喂养襁褓中的我。父亲每天早出晚归，辛苦赚钱，一家人清贫却也快乐。尽管大家都说母亲和哥哥的病没治了，父亲手上有结余时，还是带着母亲和哥哥到医院治疗，并每天给他们按摩。可不幸的是，长到4岁时，原本与常人无异的我，眼睑开始无法闭合，手指痉挛如鸡爪收缩——那是哥哥曾经经历过的不幸，母亲的病又遗传到了我身上。那几年，父亲的背就是我的床，我们父子俩跑了全国许多地方，父亲还找来民间草药等偏方给我治病。我7岁那年，再度来到上海华山医院治疗时，我才知道与我同期治疗的两个孩子已经死亡，而我不仅活了下来，病情恶化的速度也被控制，连医生都赞叹不已。

可尽管如此，我依旧不可逆转地成为了“渐冻人”。而我们原本清贫的家在给我治病后，已是家徒四壁。母亲心酸又心疼，哀求父亲离开，找一个健康的女人结婚生子，父亲一阵苦笑：“你们这样，叫我怎么放得下？我真走了，以后又哪有脸去见伟祖！”他更加辛苦地过着节衣缩食的日子，把省下来的钱用来给我们母子买药和补品。为了增加收入、减少开支，父亲垦地种菜，在门口搭窝棚养鸡养鸭；为了让妻儿多吃一点营养丰富的食品，父亲翻山越岭去乡下，只为买便宜些的猪肉、鸡蛋……在那个困难的年代，谁也无法想象，父亲每餐啃馒头就咸菜，我和哥哥两个人却一直过着早餐吃鸡蛋牛奶的优质生活。

哥哥7岁后，父亲就开始背哥哥上学；我7岁之后，父亲又在送哥哥到教室后，再回来背我去学校，一趟下来1个小时，但父亲风雨无阻。我们分外珍惜上学的机会。虽然我们读书时用橡皮筋绑着笔和手才能写字，成绩却一直名列前茅。

哥哥顾中华16岁初中毕业，肌肉开始萎缩，不能久坐，更丧失了自理能力，继续读书变得不可能。我身体状况比哥哥要好，一直坚持念到高中毕业，但因为身体的缘故，我高考时虽然考了过一本的分数线，却上不了大学，找工作更是屡屡碰壁。

1. 一根拐杖撑起家的脊梁

可命运并没有因为我们一家的苦难就放过我们。

那天父亲骑自行车回家时，神情有些恍惚，结果一辆装满砂石料的卡车

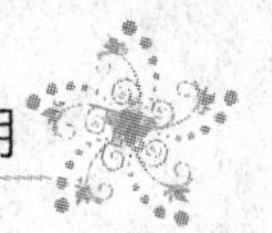

迎面而来，将父亲一只脚压得血肉模糊。

父亲住院了，哥哥和妈妈躺在床上无法动弹，照顾父亲、哥哥和妈妈的担子就落在全家唯一能动的我身上。每天，我都拖着蹒跚疲惫的脚步，在医院和家之间奔波三十多分钟。回到家，再像父亲多年做的一样，给哥哥和妈妈做饭。但我所能做的只有这些，我不能像父亲一样抱着哥哥和妈妈上厕所，邻居每天到家里来两趟才能解决妈妈和哥哥最基本的生活问题。因为双手无力，我也无法给他们按摩，更无法像父亲那样，再苦再累、每天都是一副乐呵呵的样子，让一家人不感觉愁苦。

住院的日子应该是父亲最清闲的一段时光，但他却坐卧难安，我永远记得父亲出院推门回家的那一刻，他满脸笑容，叫了一声："我可算是回来了。"他回家仿佛把阳光也带进了家，躺在床上的妈妈、哥哥和为他们做饭的我，都忍不住喜极而泣。

可父亲好不容易保全下来的病腿却没有治愈，有一天晚上父亲觉得脚胀得难受，便把脚搁在茶几上疲惫地闭上眼睛靠着沙发休息，等他再睁开双眼时，竟看到地上有碗口大小的一摊水渍，父亲以为是天花板在漏水，抬头却发现楼板没有漏水的痕迹，于是他很奇怪地伸手一摸，才发现原来是黏稠的鲜血，血是从他伤脚一个针眼大小的口子里流出来的，面如土色的父亲用手紧紧地捂住了伤脚。母亲很快发现了异样，吓得像世界末日来到一般大声悲号。我走过去却无力扶住父亲。此时，被惊动了的邻居赶紧帮忙把父亲送往医院，由于病患处发炎严重，院方为了保住父亲的生命，最终采取了截肢手术。

失去一条腿的父亲无法再下井了，我们家也失去了最基本的生活来源。父亲努力平静地安慰我们娘仨："放心，一条单腿，我们也能生活。"不久，心灵手巧的父亲开了一个修鞋铺，开始拄着拐杖给人修鞋。为了减轻家里的负担，病情越来越严重的哥哥在亲戚的资助下买了台日本产的"兄弟"牌编织机，织毛衣来赚钱。而考虑到病情终会让我卧床不起的现实后，我希望能像霍金一样，从事一份能在电脑上完成的职业，比如当网络校对和写稿。

父亲得知我的想法后非常赞成："就让电脑成为你心里的阳光吧。"他不知从哪里借来的钱，给我买了一台二手电脑。无所不能的电脑在我面前打开了一个全新、充满了欢乐和希望的世界。可不幸的是，1998 年，我也开始出现肌无力、四肢无法动弹的症状。这样一来，我们母子 3 人都只能躺在床上，日常生活全靠父亲一个人打理，父亲依旧无怨无悔。

有一天夜晚，父亲拄着拐杖做晚饭时，想回身拿一把菜，结果一不留神，拐杖一滑，他竟摔在地上，挣扎了半天也没爬起来。我们母子二人焦急地看着父亲，母亲着急心疼得眼泪都出来了，又是哭又是叫，我和哥哥一遍遍地叫“爸……”却只能眼睁睁地看着他挣扎，无力帮他。过了好半天，父亲终于从地上爬起来，笑着对我们说道：“没事，就是不小心滑了一下。”从那以后，父亲无论做什么都会倍加小心，生怕再有个什么闪失，让妻儿担心。

后来，靠福建省红十字会募集的爱心款，父亲装上了假肢，行走比用拐杖更加方便。而我们一家人手挽手走过苦难，生活并没有因此更加不幸。

2. 我的父亲叫朱邦月

为了不给家里增加负担，我开始在网络上接一些书稿校对的活儿。1 万字 15 元的费用，最多时我一个月看了 240 万字的稿子。因为并无名气，刚开始与出版社联系业务时，经常被出版社拒绝，可我心里知道自己在干什么，坚定地沿着这条路前行，为了让出版社放心，我常常先接项目来做，对方满意后再付工钱。慢慢的，我扎实的功底和严谨的工作态度赢得了大家的信任，而我最后成了圈内校对出错率最低的“专家级”校对人员。

2006 年夏天，福建省人民出版社听说我在圈内校对差错率最低，通过电话联系上了我，他们承接了 20 本中宣部重点教育宣传系列丛书，这些书要在 40 天内校对完，这相当于两天要校完一本书。如此短时间完成这种工作量，圈内绝大部分校对都不敢承接，出版社也担心我身体“吃不消”，但我毅然接了下来。

然而，接活后 3 天，我突然高烧 40℃而昏迷，患上了严重的大叶型肺炎，生命垂危。虽然经过全力抢救活了下来，但行动能力和免疫力几乎丧失。住了 3 天医院离开时，医生嘱咐父亲：“你的儿子离死亡只差一小步了，多给他吃点好的吧。他如果有什么心愿，你们做父母的要尽量满足他，以免留下遗憾……”

听完这些话，父亲痛心地对我说：“儿子，校对的事就快放弃吧。”我笑着问：“爸，如果你是我，你会怎么做?”在父亲的沉默中，我告诉父亲，这么多年，有事干、被人承认会让我更加快乐。父亲不再说什么，默默地把我接回家，更加细心地照顾。

那段日子，我的床头除了一些出版社寄过来的堆积如山的书稿外，还有一本大新华字典和医院吩咐的每天要吃的药品。即便是在深夜，我都会让父亲为我安一个很亮的灯，通宵开灯校对。由于长期校对，我眼睛经常红肿流

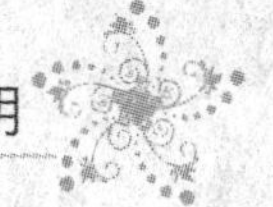

水，我就让父亲给我买一瓶眼药水，眼睛确实睁不开了，就滴几滴眼药水，闭上眼睛躺一会儿。经过40天的苦战，奇迹般地完成了出版社的任务。出版社的领导特地买了水果，亲自登门到我家道谢，当看到躺在床上肌肉萎缩骨瘦如柴的我时，出版社领导才知道我的身体状况，钦佩不已。一位老出版人拉着我的手说：“我原以为你是一位做了20年校对的专家级人物，请接受我诚挚的敬意和谢意！”他们临走时，多给了2000元的校对费用。

2009年8月，我以父亲为原型创作的《只想做个好人》一书正式签约出版，引起了社会极大的震动，央视等多家媒体也将镜头对准了我这个苦难的家庭。

2009年9月20日，父亲被评为第二届“全国道德模范”。2010年2月5日早晨，父亲收到了一份特殊的礼物，这是中共中央政治局常委李长春寄来的亲笔签名的新春贺卡。

2010年3月，福建省邵武市著名作家、编剧黄墅老师找到我，他说读了我写给父亲的书《只想做个好人》深受感动，他想将我的作品改编成剧本《我的父亲朱邦月》。这是我多年的梦想，我自己没有能力实现，对于黄墅老师的好意，我心怀感激，并当即应允。

2011年9月，这部电影在邵武开拍。如今，父亲成了名人。得知他的故事后，每天都会有一些来自全国各地的好心人和邻居来帮我们，父亲脸上每天挂着笑容。夜深人静，我听到母亲问父亲：“你选择这个家庭有没有后悔？”父亲笑道：“我从小就是孤儿，孤单一个人来到这个世界上，幸亏有你们三个人给我做伴，我为什么要后悔！”

我的父亲朱邦月，他只是一个普通人，但他却用自己的行动告诉我：生活就是人生的田地，每一个被播种的苦难都会长成一个希望！

恨一化，就有爱了

■ 古保祥

一

自小起，我对大哥的身份充满了怀疑？总认为他非我的亲生哥哥。他呆傻内向，言语不多，但一出口必伤人。母亲没少为了他的事情与邻居们起纠葛，甚至有一次，大哥做了错事，失手伤了一个年纪尚幼的孩子，人家找上门来，母亲的手早已经扬了起来，却没有落下来。

母亲揍我时，却是石破天惊的气势凌人，好像她对于我的教育与爱，充实有厚度有力量。但对于大哥，她却像似有所欠缺似的，不敢抬手，不敢唾骂，任凭他像一只风筝一样游荡在为所欲为的天空里。

终于有一日，我想教训一下这个不可一世的家伙，起因是他居然纠结了一帮不法分子，想揍我的同桌，而我的同桌却是我的“最佳损友”。在一个巷口，大哥的团队发起了攻击，力量十足，战事正酣，同桌显然处于下风头时，我却出现了，双方一开始便剑拔弩张，大哥笨嘴拙腮的，只是让大家注意我，不要伤害我。

我则不以为然，立场全然与同桌站在一起，头一遭，我们起了致命的冲突。

我将内心深处的怨恨全部爆发出来，我恨他，他夺走了我在母亲身边的一切，人都说母亲爱幼小，宠最小的孩子，而我则没有这种待遇，他窃取了我的“最惠国待遇”。我要报复，我揍他，他不敢还手，任凭我的拳头雨点般落下来。

我一边打着，一边数落他的是与非，包括我们家里究竟欠了他什么，是恩情还是冤债。

头一次，大哥知道了事情的一半真相，他果然不是我的亲生哥哥，因为这话从自己弟弟的嘴里吐了出来，这是经得起时间与岁月检验的真理，由不得他涂抹、不认或者忘却。

母亲的皮鞭落了下来，将我的后背打得体无完肤，父亲在一边，身体不住地颤抖着。从小多病的父亲，企图掩盖真相，又想避免我的挨揍，又想在母亲面前自圆其说，他犹豫着，终于以一记栽倒结束了当场的所有纠纷。

二

自那事起，我与大哥结下了梁子，但他则像没事人似的，每日里照常叫我的名字。母亲说他心胸宽，但我却不知，母亲与父亲费尽了周折，寻找大哥是他们亲生的佐证给大哥看。在此之前，大哥说自己要走了，寻找自己的亲生父母，已经成了毕生的追求。

父亲瞒了我，与大哥理论半天，父亲甚至以验血相威胁。邻家的几名长辈，教训着大哥的飞扬跋扈，说这是明摆的事情，有什么需要理论的？当时生你时，我们几个都在现场，那哭声震天吼呀，外面大雨倾盆，才给你起个名字叫水生。

水生依然不依不饶，但在父亲的咳嗽声中，一场不该发生的故事暂时告一段落。

但总有些好事者庸人自扰，母亲脾气不好，在邻居中结下了一些仇人，他们散布着各式各样的消息。这些浮风般的消息传到我的耳朵里，当然，大哥无法也处在世外桃源里。

我听到的版本却是：母亲与大哥的母亲有仇，双方发生过械斗事件。十八年前的一个雨夜，一场泥石流突然间袭击了这座小镇，雨水将母亲、父亲还有大哥的母亲逼到了一处绝境，大哥的母亲奄奄一息，双手紧紧抓住大哥的手，大哥的哭声响彻云霄，当时父亲已经受了伤，母亲看到一个无辜的孩子，动了恻隐之心，刨开泥泞，抱着孩子，逃了出来。

由于以前伤害过大哥的家人，母亲出于同情也好，弥补也罢，大哥便在我的家中住了下来。从此后，他叫父亲爸爸，叫母亲妈妈，与我的称呼一模一样。

大哥听到这则故事时，脸上十分难看，我不知道如何劝慰他。头一次，我感觉他身世可怜，惺惺相惜是男人的天性，我走过他的身边，郑重地拍拍他的肩膀，告诉他：“无论何时，我都是你的弟弟。”

这句话起了至关重要的作用，他晚上敲开了我书房的门，当时，我正在全力冲刺高考，他见我忙碌，欲言又止，我知道他内心充满了狐疑，但这样的心境，恐怕只有他一个人可以承担，旁人除了沉默外，找不到适合的方式缓解。

三

大哥出走那天，毫无征兆，但他却以逃避的方式面对着我们全家对他无比深沉的爱，母亲不解，父亲大哭，我则在一旁无所适从地搔着头。大哥不在，我就是主事人，17岁的我，顾不得高考前的繁忙，日夜兼程地去电视台登广告，走街串巷地贴寻人启事。

以前水生在时，我讨厌他，现在他走了，我倒觉得万分失落，不管是不是一脉相承、一奶同胞，光是在一起磨合过的岁月，也擎满了忧伤与彼此的快乐，就这样简单无助地离开，简直将我的基因与细胞割裂开来，一种莫可言状的酸楚油然而生。

大哥离开的五年时间里，母亲与父亲一起苍老，而我则在一片孤独的气氛中学会了自强自立和自信。母亲得了抑郁症，我试图得到关于大哥身世的最确切消息，而她则封闭了全部的故事。父亲病重、病危，睡梦中尽是水生的概念。我顿足捶胸，有时候觉得是苍天弄人，有时候更恨水生的无情与冷落，哪怕是个路人，也要好好叙一场，哪怕从此后天各一方，天涯江湖路。

母亲逢人便骂那些好事者，说水生的命薄福浅，本来好好的日子，却因为某些好事之人的毫无口德而变本加厉，骂地那些平日里嚣张无比的人，内心深处陷入了愧疚的波澜。

四个年头上，我大学毕业结婚生子，母亲的脸上有了一片吉祥的光芒，爱人孝顺，听我说完家中的变故后，便常常宽慰母亲，母亲的抑郁症得以缓解，而父亲的病情却越发加重。

儿子一岁时，老父亲于一个雨夜中永远地离开了我们。

但母亲、我和爱人寻找大哥的步伐却从未停歇。有一个从砖窑逃回来的孩子说，那里面住着许多附近小镇上的民工，我和母亲喜出望外，我们日夜兼程地赶向了那个破落的地方，期望在那儿找到关于水生的一丝生机。

在当地民警的配合下，一大群民工黝黑的脸庞从幽暗的角落里步了出来，一个接着一个，我和母亲的眼睛看个不停，直到最后一个人出来时，母亲瞪大了眼睛，她一把拽住了对方的衣领子，大声叫着这就是水生。

五年时间的禁闭生活，水生更加缄默了，他得了严重的疾病，在医院观察了近半年时间，却仍然没有得以完全康复。

但他心中时刻记着自己的身世，犯病时便敲打着床帮子逼问母亲。母亲总是一声不响的，水生精神不正常时便向母亲发难，我遇到了好些次，推了他好些次，他黯淡无神的目光望着我这个人高马大的弟弟，我已经过了那个任人欺负的年龄。

四

事情的原委终于在一个深夜不请自来。水生抓狂起来，举起了菜刀，将自己的血管切破了，血流如注，我和母亲忙不迭地将他送进了医院。

由于血流过多，他处于深度昏迷中，一连七天七夜没有醒来。

母亲心焦如炭，她不停地拽着水生的衣襟，听着他的呼吸，希望他从昏迷中苏醒过来。

也许是母亲以为上天给水生判了死刑，或许是母亲觉得不应该再藏着这段不堪回首的往事了，母亲将我叫来，在水生的床前，告诉了我整个事情的经过：

水生的确不是我的亲生哥哥，他是母亲仇人的儿子。在我之前，母亲曾经生过一个女孩子，我应该叫她姐姐，姐姐一岁多时，掉入河中，而水生的母亲当时就在场，她见死不救，硬是眼睁睁地看着姐姐呛水毙命。从此后，两家结下了永远的伤疤，母亲甚至叫嚣要骂对方一辈子，诅咒她来生来世。

但一场泥石流却突然袭击了小镇，几乎在刹那间，所有的房舍碾为了平地，母亲腿快，拽着父亲向外面跑，却听到了哭声，正是水生的哭声。

母亲二话没说，扔了父亲，跑到了泥沼中，抱住了孩子便向外面疯跑，而水生的母亲由于救治不及时，永远地闭上了眼睛。

母亲一边讲着，一边哭着："我虽然救了他，却无法救他的母亲，一报还一报。"

这是我迄今为止听到的最真实的版本，我质疑母亲为何不早早地告诉水生。母亲说道："他天生体质差，如果告诉他，他一定会受不了，他或者会认为我们之间藏着更深的误会，我本想是瞒他一辈子的。"

水生终于醒了，他竟然忘却了所有的旧事，这样也好，一个崭新的爱的起跑线摆在所有人面前。半年时间后，他已经可以下床活动了，他叫母亲妈，叫我弟弟，因为母亲一直说就是他的妈，护士也说，我也说，所有人都说。

无论过去有着多么低迷的爱恨情愁，均已经烟消云散，一段新鲜的爱的路程摆在人间烟火的世界里等着我们用心地去攀爬、体谅，爱也是需要学习的，感性的挣扎过后，我们终于换来一个理性的亲情。

那一晚，年迈的母亲给父亲写祭文：

雪一化，就有路了；恨一化，就有爱了。

灿透罗裳

街心异玫瑰

■ 王蔚

那座城市快要被玫瑰包围了，不同寻常的玫瑰，壮硕的枝蔓，巨大的花与叶，缠绕了一座座建筑，一辆辆未及开离城市的车……

有人提议把它作为世界第十大奇迹，用作旅游观光，但问题是，人们不敢轻易靠近它。

事情就发生在不久前的一个下午，在一条喧嚣的、烟尘弥漫的街边，她和他都抱着书本，并肩走着，两人都羞涩着，不安着，谁也没有说话。男孩本来想买一束玫瑰送给女孩，可他又没勇气。在这样灰蒙蒙的空气里，一朵玫瑰就会吸引所有人的目光。

但是他不知道，女孩的心里，早已有花蕾结出，并在等待开放……

他们不约而同想离开这里的喧腾，想去一个宁静的、美丽的地方，他们开始过马路……

不断有大车小车在路上呼啸而过，没有红绿灯，他们走走停停，好不容易走到了路当中，就很难再进一步了，只得在呼啸中等待。这时，男孩就勇敢地抓住了女孩的手。

事情就从这里开始了，女孩感到浑身一热，她心里的花蕾就盛开起来，太美的花了，美得不能够藏在心里，女孩捂着胸口，不期然跟男孩对视了一下，一朵玫瑰就从她心里冒了出来……

他们都没有太惊讶，年少的他们相信任何不寻常的事，哪怕是奇迹呢?

他们只是专注于那朵玫瑰，现在它被托在女孩手心里，缓缓地绽开着，是一朵新鲜的滚着露珠的红玫瑰，花朵下的枝子从女孩指缝里伸展出来，越来越长，一片片叶子生发出来……

他们这样痴痴看着玫瑰，突然就被一辆车从身边擦过，一阵风带走了玫瑰，眼见它翻滚了几下，落在了不远处……

女孩愣在那里，男孩慌着去捡，但是，街心的玫瑰翻转了一下，突然竖了起来，长在了那里，男孩想去拔下来却拔不动，眼看几辆车急打着弯从他身边擦过……

男孩越急，玫瑰越是不肯动弹，哦不，它在动，它的下端不断深入地面，地面裂出放射状的缝来，玫瑰花泛着隐隐的红光，伸展起来，枝叶也伸展起来，并且在飞快长高，玫瑰越长越大，还有越来越大的尖刺，扎痛了他的手。

等到一辆车开到跟前时，它已经长得跟男孩一样高了。

车子不得不急停下来，驾车人焦躁地吼着，越来越多的车急停下来，因为玫瑰已经向两边伸出侧枝，挡住了马路，路边的人们都好奇地涌了过来。

排成长阵的汽车都急了，一辆辆狂鸣起来，但玫瑰还在长大，侧枝还在伸展，花朵舒展得像一个在伸懒腰的巨人，并且继续长大，侧枝的花也开了出来，一朵一朵舒展起来，花丛在蔓延在变得密集，袭人的香气扑面而来。

男孩不得不后退了，一直退到女孩身边，两人拉着手，仰脸看着不住生长的花朵，虽被花丛逼得步步后退，但他们幸福地笑了，怀里的书本掉落一地。

所有的车都不鸣了，所有的人也都不嚷嚷了。

街心即使在凌晨两点，也不可能有这样的寂静。

人群与车开始一点一点向后退去，因为玫瑰花丛的生长似乎不会有止境了。

当它变得像一幢楼那么大的时候，半个城市都被香气包围了，人们开始着迷地深深吸气，开始感到迷迷糊糊。

最早那朵花的枝子渐渐弯下来，花朵垂摆在地面，它太大太重了。一阵风来，几片巨大的花瓣抖动着，鲜黄的花粉“呼”一下吹散开来，人们对这阵花粉没有防备，实际上他们只是欣喜地迎着这阵花粉“雨”。但接下来，事情就不一样了。

不管是谁，只要有一点花粉落到身上，这人马上就变得极小极小，比拇指大不了多少，一群人纷纷变小了，还没变化的人们诧异极了，人群一阵阵骚动……

最先变小的正是这女孩和男孩，他们的发梢上沾了点黄黄的粉末，人就立刻变成拇指般大小，他俩顿时被掩进了花丛，谁也看不见了。

花丛里静极了，叶子像巨伞一样庇护着他们，世界好像只剩下他俩了，“多好啊！”男孩说，“要是我们永远都这么小，你会不会……”

“不会，不会……”女孩轻轻地摇着头。

是啊，他们才不会着急，也不会慌张，也不会后悔，这对他俩，是不值得在乎的事，只要让他们在一起，哪怕变得更小呢。

他们紧紧拉着手，灵活地爬上枝杈，把玫瑰刺当梯子，又踩着叶梗跳上花朵，好多好多天以来，他们盼着的，就是像这样，在一个安安静静的弥散着花香的地方，好好地待在一起，他们已经忘了，他们正在大马路中心，制造了严重的交通堵塞。

而在他们身后，越来越多的人被花粉沾上，变成了拇指大小的人，最前面的那辆车里的驾车人，躲在空调车厢里，亲眼目睹着一个个人变得极小极小，目睹他们离开了原来的人群，纷纷隐入玫瑰花丛……

变小的人无法去做他们本来正要去做的事，而他们似乎也忘掉了那些重要的、紧急的事，他们渐渐汇成一个拇指人的“溪流”，不断从人群中“流淌”出来，他们变得不疾不徐，从从容容，脸上带着奇怪的微笑，像在梦境中行走……

那个驾车人试图向后倒车，他感到必须离开这玫瑰之地，但后面的车阵使他没有退路，而空调系统不久也带进了花粉，眼看着他自己也变小了，变小的一刹那，驾车人忽然不再焦躁，他感到一阵放松与平静，于是就从容地跳出去，汇进了拇指人流……

这个城市发生了这样的事情，在高度发达的讯息世界，半小时后，已经传遍了全世界各地。好多的人要来看个究竟，要来拍摄，要来研究，要来满足好奇心。但是，每个靠近的人，都不免要沾上花粉，变小了……

理智的人们开始明白，这里不是可以冒冒失失靠近的地方。人们开始畏惧了，甚至也畏惧那些变小的人，因为他们脸上都带着奇怪的安详的笑容。

他们不再试图拦住小人问个明白，也不敢捉拿拇指小人。实际上，谁一沾上小人，谁就变成拇指般大小。

而玫瑰花丛仍在不断地蔓延中……

渐渐地，城里笼中的鸟也变小了，它们轻易地从笼中出来了。缸中的鱼也变小了，却不能从缸中出来，但当一个玫瑰侧枝伸进窗口，伸向亮晶晶的鱼缸，卷裹并打翻了它，小鱼就洒在了地上，顺着水流离开室内，汇进一股不知哪里来的更大水流，城市里纵横着一些水流，流向城边大河。

河水向远方流淌，河水所到之处，一些钓鱼、捕鱼的人也变小了，他们毫不迟疑地放下手中一切，向玫瑰城走去……

所有的地方都在发生这样的事情，各地都出现了变小的人，他们渐渐汇成人流，向一个地方行进，脸上带着安详的笑容。

在各个没被玫瑰袭到的地方，人们远远张望着拇指小人的队伍。人们叹息着，有些人还哭了，因为小人流中有他们的亲朋好友，但这的确又并不像一场灾难，所以人们叹息着哭着，终于又没了声息，他们一面诧异，一面不舍，一面羡慕地看着小小人流缓缓蠕动，渐行渐远……

有一些人，因为自己所爱的人走了，就不顾一切地追上去，也变成了拇指小人。

一些拇指小人穿行在街上，渐渐又偏离了，他们并不一定得走在街上，他们能够通过的地方是很多的，选择是很多的，他们可以轻易钻过一堆石块，一个墙洞……

在他们身后，留下密密的一串微小脚印，而且不论风雨尘埃，都没能使脚印消失……

男孩与女孩一直拉着手，和以前一样，沉浸在他们的幸福中。

玫瑰城在蔓延，花丛依然在扩展中，这个喧嚣的城市变得寂静安宁，只有枝叶生长的声音，花开的声音，还有花瓣掉落的声音。

当城市全部被植物缠绕，一些人已经逃离，留下来的全都是拇指小人，小小的人们变得活泼起来，他们四散奔跑，追着蔓延的枝叶不断攀爬。

不久，拇指小人们变得衣衫破烂，面目全非，其实他们也不再需要衣衫，他们身上还长起一层茸毛，为了便于在高大的玫瑰枝上行动，他们的胳膊腿变得异常灵巧，他们还长出了尾巴，可以吊在枝上荡秋千。

后来，有人发现了他们，管他们叫拇指猴。

后来，还有人发现，远远不止拇指猴，城中还飞起雀鸟，奔走着野兽，只是，它们从不离开玫瑰的范围。

至于最早那朵巨大的玫瑰，早已经枯死了，但更多巨大的玫瑰开了出来。

最近，有人开着飞机绕着玫瑰城观望，试图没有危险地接近它，他们在天上发现，玫瑰城仍在一点点扩大它的领地，周边的人们还在纷纷撤退。

他们还发现，总是另有一些人，无所畏惧地向玫瑰城奔去，变成拇指小人，消失在玫瑰丛中。

至于那个女孩和男孩，没有人知道他们的下落。

其实，他们没有变，现在，他们是一对相爱的拇指猴。

如果时间真的能够倒流：有情篇

■ 佚名

第一卷　天下有情人

一

夕阳下，一位身穿白色衣服的美貌女子，站在幽蓝的凝思湖边。风吹起她白色的罗裙，宛如仙子一般灵动。额前有一呈滴水状的美玉晶莹剔透，飘逸的长发衬托着她白皙的皮肤，如同不食人间烟火的女神一般高贵而且神圣。

她就是名遍天下的馨然派掌门人：雒雪芙。

十年前，雒雪芙十六岁，正是美丽的年龄。虽然她很小，但她的名声早已传遍江湖各大门派，她就是当时名闻天下的“蝶剑女”。雒雪芙自幼习武，待到十六岁时已胜遍天下高手，为馨然派闯下了名声。江湖中人称之为“蝶剑女”，因为她的兵器就是一把剑，剑柄上刻着一只栩栩如生的蝴蝶，仿佛风一吹它便会飞起来似的。雒雪芙用这把剑斩杀了无数歪门邪道之人，在江湖上声誉颇高。

十六岁那年，她的师父决定派她下山斩杀五毒派弟子哲文。

于是，小小的她带上那把绝蝶剑下了山。

她虽然年纪小，又经常在山上，但师父常告诫她，人心险恶，遇人遇事都要多留个心眼。她谨记在心，从不敢马虎。

走了一天累了，她找了一间客栈住了下来，准备明天天亮继续赶路。就在她回房间时，后面跟着两个土匪模样约莫三十岁的人，他们悄悄跟着雒雪芙。雒雪芙早已察觉，她想看看他们耍什么花招，于是她装做没看见。待她进屋后，二人放迷药，她假装被迷晕。在两个歹徒靠近时，她忽地一下坐起来，“你们是什么人，为什么跟着我？”她质问道。

“你没昏？小丫头，敢骗我，你活腻歪了！”男人恶狠狠地吼道。

雒雪芙不想与他们废话，她赶了一天的路很累了，于是说："我今天不想动武，你们走吧。"

"呵，口气还不小嘛，就你，弱地像风似的，还说什么武不武的，吓唬谁啊！"胖男人说道。

"是啊，小姑娘只要你跟了我们，保证你好吃好喝，锦衣玉食一辈子，哼哼。"

"我不说第二遍，你们快走，否则我就不客气了。"她依旧平静地说着。

"那我们就看看你是怎么不客气的，兄弟！给我上！"二人如猛虎般扑向雒雪芙，她并不闪躲，待二人到身前时，只见她脚尖轻点便落到了门口。那二人穷追不舍，雒雪芙不到万不得已是不会动手的，她只好一个劲的闪。二人急了，拿出大刀就向她砍来，她见状心想这么耗下去可不是办法，于是她灵机一动道，"好，我跟你们走便是了。"

那二人听到后大喜，忙扔下刀张开怀向雒雪芙走来，只见她玉手一抬，在二人身上指了两下，二人便倒下了，她点了他们的穴。把他们关到了柴房，用绳子捆住，她还找来了一块木板，在上面写道：张某某、王某某，采花双贼。放在他们身上后笑嘻嘻着离开了，离开前告诉他们穴道三天后自会解开了，还让他们保证以后不会做坏事。

十六岁的雒雪芙，还是有点孩子气的。

第二天，集市上。"原来他们就是扰得人心惶惶的采花双贼！""对啊，砸死他们！"

瞬间，街边，二人身上落满了杂物，烂菜叶子，有的人甚至用鸡蛋砸过来。

"哼，让你们跟踪我，给你们点厉害瞧瞧。嘻嘻！"躲在暗处的雒雪芙对二人眨眼睛，二人顿时气不打一处来，心想：被一个小妮子给整了，真是丢脸！二人的脸气得像西红柿似的，好不快哉！

二

雒雪芙又赶了半个月的路，终于来到了五毒山。"啊，终于到这个偏僻的地方啦，不知道那个哲文在不在这里。"

于是，她在附近打听了一下，得知哲文最近杀了雪山派掌门人夙言后逃到了碧家村。

她便向人们打听碧家村怎么走，得知路线后她便赶往碧家村寻找魔头

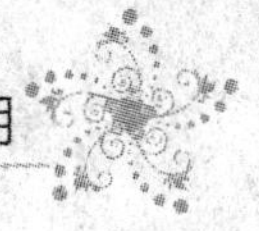

哲文。

由于碧家村比较遥远，雒雪芙又赶了十多天的路，才来到碧家村。来到碧家村已经阳春二月。

碧家轩三个大字呈现在眼前，本以为它应该是个荒凉的村子，却没想到它如此繁华而又不失秩序。让她着实惊了一下。

原来碧家轩只是它的别名，而它真实的名字叫“碧轩阁”，这里面大多数人都姓碧，所以叫碧家村。街上的小贩们忙得热火朝天，不亦乐乎。这时，走来一位清新脱俗的女子，年龄和雒雪芙相仿。一袭淡绿色的罗裙，略施粉黛的脸庞透着几分妖娆的美。街上的人对她都毕恭毕敬的。她便是碧家轩轩主：碧钰。

“她小小年纪，竟能管理这碧家轩，必有其过人之处。”雪芙心里想。“不如就先从她开始查起，如若哲文在此处躲藏的话，必然和她有关。”

“这位姑娘，请问你可是这碧家轩轩主碧钰姑娘?”碧钰望去，原来是一位白衣女子。

“姑娘找我何事?”她并不闪躲，仿佛她早已料到。

“敢问姑娘可否识得五毒派大弟子哲文?”

“识得，不过他与姑娘有什么关系吗?”蔚蓝色的天空下，碧钰嫣然笑着问道。

“在下乃馨然派弟子雒雪芙，为了追杀哲文来到贵轩。”

碧钰眼中闪过一丝惊恐随即被平静所替代。

“敢问姑娘是否就是江湖中传说的‘蝶剑女’?”碧钰平静地问。

她雒雪芙虽然年纪小，但必要的时候她的手腕也是非常厉害的，说出自己的身份先发制人，不管他哲文在不在这里先给碧钰一个下马威，如若哲文在这里她必然会有所行动，暗中盯好她便是，如若不在她也无须担惊受怕。

“姑娘口中所说之人可是五毒派大弟子?”

“正是，不久前他杀害了雪山派掌门夙言，听说他逃到了贵轩，所以在下冒昧前来寻找。”

碧钰望着雒雪芙波澜不惊的表情道：“他前些时候的确到过碧轩阁，但没有停留便走了。”

雒雪芙心想“待我观察几日之后再做定夺。”

“是这样啊，也罢，晚些时日再寻也没什么，我就先在贵轩停留几日。”碧钰听后道，“姑娘难道不去找他了吗?”

“怎么轩主不希望我留下来吗?”碧钰一时慌乱露出了马脚。雪芙这下更加肯定哲就在碧轩阁种，而且被碧钰隐藏起来了。

“啊，不是，我不是这个意思，当然希望雒姑娘可以留下来了，这是鄙轩的荣幸。”

雪芙微微一笑，二人向屋内走去。

三

“哲文，你要赶快走！馨然派弟子如今正在轩里，她是奉命来追杀你的。”

“碧钰，谢谢你这么多日子对我的照顾。”一位高大英俊的男子对碧钰说道。

他就是哲文。

哲文：五毒派大弟子，为人阴险恶毒，使用兵器为夺魂刀。

“你我之间说什么谢谢，你快些走吧，蝶剑女可是不好对付的，我用尽办法也没有骗到她，她的绝蝶剑不出鞘则好，如若出鞘的话，哲文你是无法赢过她的。”女子担忧地说道。

男子脸上冷漠的表情随即波动了一下道：“她一个十六岁的丫头，真有如此厉害，我的夺魂刀也不是吃素的。你叫她出来吧，我倒要见识见识江湖中第一高手蝶剑女的厉害，我和她一决高下！”

“哲文，你……”

“好！”雒雪芙从树后走出来。面带微笑看着碧钰，“你不是说他不在贵轩吗？如今这位是谁呢。”

碧钰惊恐之余从腰间抽出一把带有蛇头的宝剑。

碧钰：碧轩阁轩主。兵器：灵蛇剑。

“果然不出我所料，你就是江湖人称的灵蛇妖女。”

“那又怎样，你可看好了，今天我们是两个人，你只有一个人，你打不过我们的，快些逃命去吧。”碧钰故作镇定地说道。

“哈哈哈，我当蝶剑女是什么样的人物，原来只是个乳臭未干的黄毛丫头啊！”男子面带邪笑地说道。

“好，那今天你们就和黄毛丫头比一比吧！”说着从腰间抽出绝蝶剑。

“绝蝶剑！”碧钰惊慌道。

此时，哲文一个飞身扑过来，剑尖直指雪芙而来，雒雪芙并不闪躲，一个后仰身让哲文扑了个空，他又一个飞身回来，雒雪芙侧身闪过，再次扑了个空，雪芙脸上带着淡淡地笑。

哲文气得恨不得砍她十个脑袋都不解恨。碧钰趁此时用她的灵蛇剑刺过来，雪芙用剑轻轻一挑便把碧钰刺到一边去。

二人见状，立刻用出刀剑合璧，幻影剑法，一刀一剑直指雪芙。雒雪芙嫣然一笑，绝蝶剑已出鞘，飞身斩去，看似对向哲文，实际上是砍向碧钰，顿时她的右臂血流如柱。哲文见状开始猛烈进攻，刀刀直击要害，被他这么一攻，雒雪芙稍有怒意，微微转了一下剑柄，闪电般刺向他的腿，他一个闪躲不及，被刺伤了，二人落荒逃跑。

她并没有追去。“出来吧，你在那里看很久了吧！”她突然没头没脑地冒出一句这话。

“果然名不虚传，打斗中都能感觉到有人在附近。”从房内走出一位帅气潇洒的男子。

“在下雪山派弟子，丰冰川。”

“你就是冰川游侠？”

“不才，敢问姑娘可是蝶剑女，师出馨然派，师父馨若师太。”

“你怎么知道我师父法号。”

“这个以后有机会我会告诉你的，本门掌门为哲文所害，我这次下山就是来找他报仇的。”

“我奉师父之命斩杀哲文，方才放走他只是想引五毒派掌门古天行出来。”

“姑娘果然聪明！”

“喂，是你笨好不好，如果杀了他，五毒派一定会用奸计杀害我们两派，岂不得不偿失。”雒雪芙不满地望着丰冰川。痛，雒雪芙感到手臂隐隐作痛，她看了一下，原来刚才打斗中被哲文用刀划伤了。

她不在意地笑了笑，此时丰冰川的眉头紧锁，望着她的伤口道，“你的伤怎么样？”

“没事，皮外伤而已。”她下意识地捂住伤口。

“不对，这是不是哲文所伤？一定有毒！”他慌忙地说道。

“毒，我怎么这么疏忽，他怎会不毒。”话音未落，雒雪芙便倒在了地上。

“你怎么样了，雪芙。”他亲切地叫她雪芙。说着拿出玄冰针，扎入雒雪芙的伤口，瞬间，冰针由原来的银色变成了黑色。

“是蚕丝毒，还好有它，不然我就无能为力了。”

雒雪芙的脸色恢复了正常。“谢谢你。”

她用感激的眼神望着冰川，四目相对，一种不知名的感情涌上来。

“不用，若不是你打伤他们，恐怕今天中毒的就是我了。”冰川说道。“不知道他二人跑到哪里去了？”

“我猜他们一定是去幽冥谷疗伤去了，那里是五毒派的所在地。”

“不是叫五毒山吗？”她疑惑的问。

“它也叫五毒山，不过那是很久以前了。”

“那我们去幽冥谷吧。”

“你睡吧，天亮出发。”他不等她回答便径自离去。

四

第二天，骄阳似火，“二月的天，竟这么热。”雒雪芙说道。

“对了，五毒派在江湖销声匿迹了这么久，为什么还会有余党？”冰川微笑着看着雒雪芙问道。

“这个我听师父说过，当年我们两大门派将五毒派已经杀的寥寥无几，不知从哪里来了一群黑衣人救走了古天行，五毒派近几年才又重现江湖。而且据说这个哲文曾一时在江湖黑道上名声大起，我也只知道这些了。”雪芙答道。

“原来是这样。”

“我想那些黑衣人应该就是碧轩阁的人，不然为什么碧钰会冒险救他。而且看得出那个叫碧钰的女子喜欢哲文，而且哲文也喜欢她。”雪芙说道。

冰川没有作声，二人默默前行，向幽冥谷方向走去。

五

“碧钰，你的伤要紧吗？”哲文望着眼前一袭淡绿色衣服，带着几分妖娆的女子关心地问道。

“没什么大碍，休养几日便可，倒是你，你的腿怎么样了。”碧钰关切地问。

哲文满脸愤怒地说：“没想到她竟如此厉害，这只腿险些废了！还好我留了一手，在刀上涂了毒，否则她现在早就追过来了。”

“幽冥谷内瘴气很重，即使他们知道我们在此，也进不来。”男子说道。

“那我们的伤好了以后你打算去哪？”

“当然是回五毒派，他们目前还不敢贸然闯进五毒派，除非他们现在想死。”

“据说五毒派的人虽然身手不怎么样，但用毒的功夫确实了得。这次如果没有你，我恐怕凶多吉少了。”雪芙感激地说道。明亮的眼睛眨着。

“不要这么说，我们两派要同舟共济。你说的没错，五毒派的毒名闻天下。虽然雪山派有其大多数解毒之术，但是他们的毒是越来越厉害了，还是很难对付啊！”冰川叹息着说道。

“是啊。”雪芙也长长地吐了一口气。冰川写了一封信绑在信鸽腿上，鸽子飞到了雪山派被一个雪山派弟子所获。

第二卷　斩杀哲文

一

“掌门，有五毒派大弟子的消息了。据冰川带来的消息，他们被蝶剑女打伤逃跑了，到幽冥谷去了，由于谷内瘴气太大，他们无法进入，所以让掌门找些解瘴气的药。”来人不急不慢地说。

“好了，知道了，一会由你送药去吧。”说话的人是夙琪，夙言的女儿，父亲死后掌门之位暂由她担任。

一袭淡黄色的罗裙，衬托出她曼妙的身姿，一对水汪汪的大眼睛天真无比，声音柔柔的很是悦耳。自从父亲去世后就很少见到她笑过，本来就瘦弱的身子这下更像生了一场大病似的，更加惹人心疼了。

“琪儿，想什么?”来者是一位俊朗的男子。“哦，没什么，你不忙了吗?”“嗯。”男子答道。他叫宇浩。

“听他们说道大师兄已经找到了那个魔头，你放心，他一定会杀了他的。为师父报仇。”男子讨好的对夙琪说道。

“杀他倒是容易，但那个哲文为人阴险狡诈，又善于用毒，只怕师兄……而且连雒雪芙都险些命丧他手，她可是武功奇高的。可见五毒派用毒的功夫已经到了炉火纯青的地步了，只怕是明枪易躲暗箭难防啊……”

“蝶剑女和大师兄在一起？他们怎么碰到的?”宇浩一脸疑惑地问。

“据说是在雒雪芙和那个魔头打斗时大师兄闻声赶到的，最后被雒雪芙发现的。不过，幸好大师兄出现了，不然只怕雪芙就毒发身亡了。”夙琪一脸

后怕地说。

“原来是这样啊，据说大师兄的妹妹也在追杀那魔头。”宇浩淡淡地说道。

“大师兄的妹妹……你指的是瑾吧。”

“嗯。”宇浩微微点点头，“听说她很漂亮啊，还有那个雒雪芙据说是美的不能再美了……”宇浩明亮的眸里冒出几丝贪婪的光。

“去死吧你！哼！”夙琪不满地说道。

“你比她们都美，琪儿，宇浩最爱琪儿了。”夙琪哭笑不得。宇浩有时成熟得很，有时又像小孩子似的让人发狂。

“好啦，别在这里油嘴滑舌的了。”

“是！掌门！”说着大步流星地走了出去。留下夙琪在屋里止不住地笑了起来。瞬间，阳光照进了屋子。

二

“雪芙，依你看，我们拿到解药后是不是应该马上去幽冥谷，找他二人去呢？”冰川带着讯问的眼神望向雒雪芙。

“我们不必去幽冥谷，因为他们一定不会在那里。”雒雪芙平静地说。

“为什么他们不在这那儿呢？”冰川的眸里透出更深的疑惑。

“因为他们深知我们是会到那里去找，所以我想他们应该躲回了五毒派。在那古天行的地方疗伤去了解他当然知道我们不会贸然前进到五毒派，除非……”

“除非什么？”冰川问道。

“除非我们想死！”雒雪芙理智的分析道。

“那我们该怎么办，没想到你小小年纪分析起事情倒是一点不含糊嘛！心机这么重当心以后嫁不出去哦！”冰川打趣道却迎上雒雪芙笑意的眼神带着一点询问。

“你当真这么愚钝或者你只是想看看我和你的想法是否一致，丰冰川！”严厉的眼神不禁让冰川感到心头一颤，还有那句“只是想看看我和你的想法是否一致”直击要害。其实以冰川的脑子不可能想不到这些，他只是想试探雒雪芙而已。她雒雪芙岂是愚昧之人，如果连这点都想不到又怎能在江湖闯下“蝶剑女”这样响当当的称号呢。

冰川不禁哑然失笑，“不愧是雒雪芙，这点伎俩果然逃不了您的法眼呐！”冰川笑道。

“所以我说，你这是第一次也是最后一次，既然选择和我一同就不要怀疑什么。”被她这么一说，冰川有些不好意思地笑笑，又点点头，继续前进。

“离幽冥谷还有五天的路程，不如暂时找个客栈住下吧。”冰川静静地说。雪芙点点头，于是，二人找了一间客栈住了下来。她没想到自己差点丧命于此。

三

“雪芙，晚上要注意一些，我担心他们会派人来偷袭。”

“知道了。”午夜，门外一阵骚动，不知是什么声音，雒雪芙抓起剑出去，这边冰川也拿起寒冰剑走了出来。二人相视微一点头，向不同的方向走去。树沙沙作响，月光仿佛一位锦衣华美的纱衣仙子般照射着大地，树的影子像一个要吃人的怪物似的，月光很亮，看清人没什么问题。雪芙警惕的走着，不时回头望望，依然没什么所获，“来人定是个高手，”雪芙心中暗想，不禁放快了步伐。这边冰川则慢悠悠地仿佛赏月般的走着，最后一无所获，回到客栈没见她，就向另一个方向走去。

“出来吧，你是何方神圣，为何不以真面目示人反而鬼鬼祟祟的?”雪芙环顾四周眼神万分警惕地说道。

“哈哈，真不愧是江湖盛传的‘蝶剑女’啊!”雪芙顺着声音望去，一位身穿纱裙的女子轻飘飘地落在她面前，她面带询问刚要开口问……

“姑娘不必猜我是谁了，反正我不是五毒派的人就对了，今日前来就是告诉姑娘小心而已，别无他事。”女子平静地说道。待雪芙再想询问，那女子便不见了。

“好厉害的轻功。”雒雪芙望着她离去的方向由衷的赞叹着。

“雪芙，那人是谁?”冰川在她身后问道。

“不知道是何方神圣。告诉我们小心埋伏。”

“难道是她?”

“谁?”

“哦，没什么，只是猜测，当不得真。”雪芙白了他一眼。

“啪”树枝折断的声音。

“谁?”二人齐声问道，无人作声。雪芙拿起剑向树后走去，空空如也。突然从四面八方来了好多五毒派的人，足有三十余人。清一色的夜行服，手里拿着大刀向他们奔过来。

四

“小心，雪芙。”

“嗯，你也一样。”说罢，绝蝶、寒冰纷纷出鞘。雒雪芙使出华丽的剑法，但她似乎手下留情，只是打伤他们，而冰川则不同，清丽的剑法，一剑刺中对方喉咙，瞬间便杀死十多人。

“雪芙，若再手下留情，中了毒就麻烦啦！”雪芙听后剑法大变，剑剑击中要害。慌乱中，雪芙没有注意到有人在靠近自己，等到她反应过来时已经来不及了。冰川望向这边喊道。

“小心！雪芙……”话音未落，黑衣人将一包粉末状的东西抛向空中，雪芙只觉得一阵香气扑来，然后便没了知觉。冰川以极速杀死其余的人，向雒雪芙奔来。

“雪芙！雪芙……”

“没用的，她中的是五彩蚕毒，玄冰针帮不了她。”缥缈的声音传来，冰川头也没回，“我果然没有猜错，果真是你，瑾。”他平静地说道。

“哥哥，我有方法解她的毒。”冰川大喜道。

“快说，什么方法？”

“你去找她师父，她那里有专门解这种毒的解药。不过……”瑾犹豫着说。

“不过什么？”

“她的毒很快就会发作，你要快点，她只有三个时辰了。”

“三个时辰……”冰川喃喃道。

“够了！”

“可是，你会吃不消的。”

“没什么可是，现在救人重要！”不知不觉中雪芙在他心中已经占了相当大一部分。

他望着雪芙说道，“你要坚持住，我马上带你回去……坚持住，雪芙。”她无法回答他，因为她已经昏过去了。

瑾：无门派兵器。

冰川焦急中，他忘记问瑾为什么会在这里出现，又怎么会知道他们有危险。

五

次日清晨，馨然派响起一阵急促的敲门声。若水出来开门，第一眼看到雪芙昏迷，她失声惊叫道，“师父，师父，师姐她回来了!”馨若师太闻声走来。

馨若师太见到冰川抱着昏迷的雒雪芙，忙问道：“她怎么了?”

“师太，她中了五彩蚕毒，听说您有解药，求您赶快救救她吧……”说罢，冰川由于体力不支倒在地上睡着了。

醒来后，他慌忙找到师太，询问雪芙的情况。知她的毒已解，他才放心下来，“师太，雪芙的伤要紧吗?”冰川问。

“已经没大碍了，休养几日便可。现在还在昏睡中。”

“那我可以去看看她吗?”

“可以。”

于是他来到雪芙的房间，雪芙安静地睡着，苍白的脸庞仿佛一张油纸似的。他怜惜的望着她，嘴角勾出了一丝微笑，他自己也不知道她什么时候驻进了他的心里。或许第一次在碧轩阁见面时，她雒雪芙就已经印在他丰冰川的心中，挥之不去，根深蒂固了。

半个月后，雪芙的伤好了，回想起来这半个月以来都是冰川在照顾自己，一股暖意渐渐升起，一种快乐的感觉由心而生。

“雪芙，想什么呢?”

“哦，呃……没什么，师父。”

“你的伤已经痊愈了，也该上路了吧。”师太说道。

“嗯，是！师父!”

次日，二人整理好行李准备出发，雒雪芙深情地望了一眼住了十六年的馨然派，眼睛扫过每一个人的脸庞。蔚蓝色的天空下，一座算不上富丽堂皇的别庄中，紫红色的木柱，格局一样的房间充满了家的气息。“师父，保重，众师姐师妹们珍重，等雪芙斩杀哲文后回来。”说罢转身离去。

六

哲文、碧钰二人疗完伤后回到了五毒派，因为哲文下一个目标就是雒雪芙，虽然他深知自己打不过她，但用毒是没人能比得过他的，雒雪芙之后就

是丰冰川，只有将他二人杀死才可以为古天行报仇，才可以灭了雪山、馨然这两个武林的顶梁柱。

这边山路上，一黑一白两个人在山上行走，黑衣男人对白衣女子说道，“雪芙，你不觉得五毒派的矛头是我们吗?”一身白衣的雒雪芙望望山顶的松树思索了一会儿后道，“嗯，因为只要把我们杀了，灭派对于他们就没什么问题了。”“看来我们要先找到五毒派的解药秘籍才可保全身而退。”冰川答道，“该从哪里找起呢，那二人想必已经回到了五毒派，我们想要找到他们很难。”雒雪芙忧虑地说道，“那个叫碧钰的女子一定会回到碧家村，我们不如在那里守株待兔!”雒雪芙望着冰川说道，“目前只有这个方法了，不过她见过你，不怕被认出来吗?”冰川打趣道，“我自有办法。”聪明如她，怎么会想不到这些，冰川心想，脸上不自觉微笑起来。

次日，雒雪芙一身飒爽的男装立在门前。双眼炯炯有神，长发束在脑后，这个年纪的少女筋骨里都透着一股阳刚之气，仿佛林中小鹿，美丽却又浑身带劲，仿佛紧闭的花苞要开放一般。此时的雒雪芙便是如此，她一身白色劲装，清秀的脸上却透着一股子英气，当真像个风华正茂的俊朗少年，眼中波涛万顷。

雪芙真是奇特啊，扮男装也这么好看。

“这是雪芙吗?”一声笑呼入耳，雪芙转过身看到一身黑色缎袍的冰川从阶梯上走下。

“呵呵。”雒雪芙轻笑。

“好，我们出发吧。”

“嗯。”艳阳高照，恰是正午时分，阳光似是过于和煦了，把自己都烧得仿佛要燃起来。雒雪芙热得几乎要晕了，还好路不远，大概半天就可以到了。

傍晚，二人便到了碧家村，村里仍然是一片繁华，仿佛没有人知道轩主失踪的事，热闹非凡。二人找了一间客栈住了下来。依然是那个村子，依然是那个客栈，不一样的只是二人的心思罢了。第一次见面到现在已经几个月了，特别是这段时间彼此对对方的了解更深了。雪芙每当想到这半月是他照顾自已，脸上的笑容就不自觉的浮现。这个年龄的女孩子总是容易被感动的。

也许雒雪芙在他心中的地位也已经根深蒂固了，只要想到她笑的样子，他就由衷的开心。碧家村客栈中两个人思索着。

第三卷　任务完成

一

太阳的光温暖了每个角落，赋予了大自然神秘的力量，天空中的云几乎是透明的，抬眼望去好像能穿破云层。不知名的花花草草衬着蓝天白云，小溪不停地奔流着，汇入幽蓝的凝思湖中，在阳光的照耀下晶莹闪亮。这一刻，多么希望时间可以静止，让这一刻停下来，没有钩心斗角，没有战争，没有死亡。世人永远活在安宁之中。梦总是美的，但该发生的终究要来，躲不了的。就如同他们的爱情，最终还是以痛苦结束。

又是新的一天，一身男装的雪芙沐浴在阳光下，英气逼人，面带微笑。这时冰川也从另一间屋子走了出来，看到雪芙，说道："小兄弟，我们该出发了。"说完便情不自禁地笑起来，搞得雒雪芙不知所措。

"仁兄，小弟先行离去，你在这里笑吧，笑累了再来追我。"说罢，飞身而去，待冰川反应过来，她早就不见了踪影，随即他也飞身而。

"呼！可追上你了，轻功那么好还捉弄我。"冰川冷冷地说道。

"哼，谁叫你取笑我的。"雪芙反驳道。冰川把头偏向一边不理她，好像真的生气了。

"喂!"冰川仍然没理他，她拍拍他的肩。

"喂，真生气啦，别那么小气嘛!"而冰川依然是冷观音一个，眼都不抬一下。

"别气了，我错了还不行吗?"雒雪芙继续像哄小孩一般宠着他。丰冰川终于抬眼看她一下，随即看到冰川花枝乱颤笑容，顿时明白自己被耍了，不觉懊恼至极。

"你呀，真是头脑好得很，情商却低得像几岁小孩。"冰川大笑不止，一边即将撒手人寰一般地摆手。

"好好想想，谁想不出我是在装生气？你可真是……啊。"他低呼了一声住了口，因为雪芙一把把随身携带的糕点塞进他嘴里。

看着冰川嘴里鼓鼓的，配上两只水汪汪的美眸，活像个寿桃包子。雪芙心中大叫值得值得惹死他也值得，这等场面恐怕雪山派都没人看过。

正想着，还没有反应过来，却被冰川一把抓住，一个重心不稳，竟直接摔到了他怀里。

“啊……”一声惊呼，雪芙想起来却被冰川紧紧拉住手腕。冰川不愧是习武之人看似弱不禁风的手腕，却任她使完了全身的劲，居然是动弹不得。

“好了！再闹我们就找不到他们了。”冰川这才松手。雪芙的脸红的像苹果似的走在前面，冰川在后面走着，依然是挂着淡淡的笑容，眼中没有丝毫表情。(其实他的功夫不见得比雪芙弱)雒雪芙自然也知道这一点，第一次见面时如果不是他有意发出声响，恐怕雪芙根本发现不了他。

三

“我们到哪里去找呢?”雪芙问道。

冰川道：“五毒派。”表情仍然没有一丝波动。

“五毒派?”

“嗯。”雪芙刚要问下去但没有。她也明白了，如果此时不去，以后再想找到秘籍恐怕就难了，与其以后危险更大，不如现在舍命闯一把，还可以杀他个措手不及。

五毒派内

“掌门，大师兄回来了!”一个身穿灰色暗袍的人对古天行说道。古天行闭目养神般道。

“给他们安排一下，我一会儿过去看看。”

“是!”

“碧钰，这里就是我的家了。”碧钰有些担心，眼睛里充满恐惧。

“没关系，你是我带回来的，谁敢动你分毫，我立刻毒死他!”哲文仿佛看透她似的说道。碧钰惊慌地点点头。

此时，古天行走出来看到碧钰并没有惊讶，客气地说：“想必你就是碧云泽之女碧钰吧。”古天行不急不缓地说道。碧钰点点头，眼前这个人让她不寒而栗，面貌丑陋无比，一双小眼睛贼溜溜的，嘴都歪到另一半脸上去了。

“当年若不是家父将我救下，恐怕老夫早已丧命于夙言与馨若之手了。”碧钰不做声，眼神充满害怕之色。

“别怕，我爹已经没有了武功，即使有他也不会伤害恩人之女。”哲文不悦地说道。其实和哲文比起来，古老头的确不算什么狠角色，只是他的儿子孤狠毒辣，一心想以他的毒功独霸武林，古天行只好替他研究天下最厉害的毒。其实他也想东山再起，只不过自己已无能为力，只好将希望寄托于儿子。

“雪芙，前面就是五毒派了，我先你后，我们闯进去。”冰川说道，眼睛里依然没有神色。

雒雪芙很奇怪冰川怎么会变成这样子，令人琢磨不透。应声道，“好。”

她总有一种不安的情绪，好像将要发生什么大事一样似的，但实际上什么也没发生，生活除了多一件任务还是那样的平淡无奇。杀哲文对她来说易如反掌，只不过可怕的是他的毒功而已，幸而一路有冰川，不然不知道她中毒要死多少次了。不过这几日他好像变了个人似的，嘴角的微笑依然还在，但那只是象征性的皮笑肉不笑。眼中依然没有一点感情，一把剑背在身上，倒像极了他的名字“冰川游侠”，仿佛一朵冰莲，冷若冰霜。

“愣什么神呐，还不快跟上。”冰川突然说道。

“哦!”

三

此时，碧钰和哲文正在院内商量怎么对付雪芙、冰川二人，忽然听到外面有打斗的声音，忙出来看。不看还好，一看便吓一跳。“怎么会是他们?”碧钰惊恐地说道。此时雪芙已恢复了女儿身，一袭白色的罗裙，飘逸灵动。她没有得到回答，只见哲文抄起夺魂刀冲了出去，她见状也赶紧拿上灵蛇剑追了出去。

“你们两个胆子还真不小，胆敢闯入五毒派!”哲文恶狠狠地说。

冰川依旧面不改色，只是眉目间流露出一种嘲讽的笑意：“既然敢，定有胜你的把握。”雒雪芙望向他，冰川对她说，“记住，对君子就要坦荡荡，对小人就要以其人之道还治其人之身。”雒雪芙何等聪明，马上明白过来，绝蝶剑在手上耍了个剑花，刹那间，剑尖直指向碧钰。而碧钰也不甘示弱，灵蛇剑在手上翻腾着，每一剑都想刺中雪芙要害，都被雪芙巧妙地躲过。碧钰像一只红了眼的兔子疯了一般挥舞着灵蛇剑，但她怎么能和雪芙相比。雪芙轻巧地点了她的穴，使她动弹不得。

哲文见状上前，此时雒雪芙开口了，“今日我们是来取秘籍的，不是来灭派的。”她平静地说道。此时院内已经围满了五毒派的人，但没有一个人敢妄动，他们都知道蝶剑女的厉害。

“不愧是蝶剑女，说吧，你要怎样?”哲文咬牙切齿地说道。

“不怎么样，只是对贵派秘籍有些兴趣，想借来一览。”雒雪芙狡黠的笑道。

“如果我不答应呢?”

“那么她就得死!”冰川冷冷地说道。哲文望了一眼碧钰，又转过头。

“看来我是没得选咯。”碧钰拼命地摇头。

“那今天就让我死吧，你们休想得到秘籍，我虽非正派人士，但也绝不是苟且偷生之徒，只求你雒雪芙不要让我死得太痛苦。”此刻她居然如同壮士一样嘶吼着。

“好，几招?”

哲文比了一个三。

“好，你还是第一个敢和绝蝶剑订下三招之人。”哲文笑了笑，又深情地望了碧钰一眼，手上却毫不留情的动开了。

第一招。哲文飞起一脚踹向雒雪芙的左腕，同时右手一刀扫向她的右腕。雒雪芙稍一侧身，左手背后，以一个相当唯美的动作一剑斩断了哲文的刀路，一翻身，一剑砍向哲文的左肩。

第二招。哲文侧身躲开那一剑，左手点向雒雪芙的死穴，手里的刀也不刺入，却直挡在雒雪芙胸前，竟是要身前背后把雒雪芙闭在其中。雒雪芙一笑，也不试图躲避，却是一手挡住哲文的左手，一剑向哲文胸前刺去。哲文不得已只能躲开，一脚踹向雒雪芙。

第三招。哲文一脚踹出，手里也不停，翻转着刀尖让人眼花缭乱的舞向雒雪芙。雒雪芙眼色一凛。对哲文说了声，“失礼了。”然后上手的居然是绝蝶剑的绝招：一剑穿心!

哲文眼色顿时暗淡下去，殷红的血迅速染红了他的衣襟。

倒下之前，哲文对雒雪芙傲然一笑，又深情地望了一眼碧钰，“对不起，不能陪你了，自己保重……”身影一散便倒在了五毒派三个金光闪闪的大字之下。

此时，雪芙解开了她的穴道，轻声说，“你走吧。”

碧钰飞奔过去，对哲文的尸体说道，“既然不能同日生，但求同日死。”眼神凄然，微笑着对哲文说。

“等我。”说罢，灵蛇剑已出鞘，脖子上一片嫣红。在夕阳的照耀下划出一道美丽的弧线。雒雪芙轻叹，“此生若得此知己，足矣。”

而那边冰川却以迅雷不及掩耳之速将其余人全杀了。从此五毒派便不再存在。

四

“仇已报，派已灭，还惆怅什么？我们快些回去复命吧。”冰川难得一笑的说道。此时雒雪芙心中有几分难舍，神色黯淡地望着冰川，却碰上一双炙热的眸。四目相对，说不出的暧昧。

经过这几个月的相处，二人对对方的心思已了如指掌。虽然刻意躲避着什么，但感情是不经意间迸发出来的，谁也无法阻挡，虽说不相知便可不相恋，但他二人对彼此的心思都明白得很，又怎会不相知，岂会不相恋？

“是啊，该回去复命了。”她苦笑道。

雪山派内，“琪儿，大师兄回来了！”宇浩兴奋地说道。

“是吗？这么说哲文已经死了？”夙琪明媚地笑道。

一时间宇浩有些恍惚。

“嗯。”他答道。

夙琪却不禁落泪，“爹，您看见了吗？大师兄已经为你报仇雪恨了，五毒派已经不复存在了。可是，女儿再也没有爹了，没有了…”她哭的何等伤心，屋子的丫头也不禁落泪。

“琪儿，人死不能复生，你就别再想了。”宇浩焦急地说。夙琪扑到他怀中失声痛哭。冰川见状没作声，摇摇头就回房了。

从此武林重又归于安定……

如果时间真的能够倒流：绝情篇

■ 佚名

第一卷　振林轩

一

转眼间，已经三年过去了。

雒雪芙十九岁，亭亭玉立。

冰川二十二岁，英俊潇洒。

三年没见的他们，在这次腥风血雨中再次遇到。

只是……

不知何时，江湖中有一支神秘队伍想要称霸武林，而其根据地就是当年已经被灭的五毒派。

谁也不知道这是一支什么队伍，它神秘的近乎缥缈，刚接近一分它就又随风飘远，只知道它有个响亮的名字“振林轩”。其余无人知晓，振林轩先后灭了雪山派和碧轩阁，下一个目标就是馨然派。

馨然派位居五派之首，当然义不容辞。于是，雒雪芙再次下山，只是这次任务要比上次艰巨的多，上次只是剿灭五毒派，况且上次还有冰川相助。想起冰川她不禁一阵酸楚，三年未见不知他怎么样了。

五毒派旧址已换为振林轩三个金光闪闪的大字，她小心翼翼地走过去，她这三年武艺更精进了，走路几乎没有声音，却没注意到背后那双眼睛，匆匆看了一下便离开了，她可不想刚有些眉目就被发现。

于是，她又回到山下找了一间离振林轩比较近的客栈住了下来，以便对它观察。她做事一向小心谨慎，不掌握对方一些情况她是不会贸然行动的，首先她要摸清对方的来历和对方的首领。

正苦思冥想之际，一个熟悉的声音响起来，“掌柜，请问还有客房吗?”一个男人的声音。她闻声望去，男子一身白色长袍，手拿一把剑，看样子也

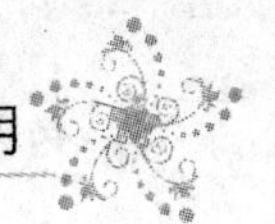

是武林中人，只是打扮过于华丽。头发束在脑后，声音虽然很悦耳但仿佛没有任何感情色彩，嘴角挂着笑容，但也只是象征性地在笑。

此时，男人转过身，白皙的脸庞，配上乌黑的长发，一双毫无流光的美目，隐藏孤狠之气，瞬间呈现在雒雪芙眼前。雒雪芙一眼便认出了他！丰冰川！而这时，冰川也看到了她，眼中逐渐流露出一种欣喜，嘴角的笑意渐浓。

二人对视许久，冰川终于开口说道，“三年没见了吧，出落的更漂亮了。”

雪芙脸微红地笑到：“是啊，三年没见了，过得真快啊，没想到又遇见你。”

“雪山派被灭，我侥幸逃脱，这次下山就是报仇而来，你也是为除振林轩而来吧。”雪芙点点头。

冰川的眼中渐渐生出一种火焰，突然，他将雪芙拥入怀中，说：“雪芙，你可知道我这三年是怎样度过的，我每天都在想你，每天都想见你。”冰川孩子般高兴地说。

她轻轻推开他，“好了好了，我知道了。”她微笑着说道。冰川这才发现，周围的人都在异样地看着他二人，他不好意思地笑笑，示意雪芙到房间聊。

别以为他们谈情说爱去了，他们是研究怎么对付振林轩去了。

“据我观察，振林轩有五千精英，他们想霸占武林已经不是近来了，而是蓄谋已久了。”冰川静静地说。

“那你可知道轩主是谁?”冰川摇头。

“我只知道他们有一位副轩主是女的，具体叫什么就不清楚了。”

“女的?”雒雪芙忽然出现三年前的一幕，一位纱袍女子，深不可测的功夫，会不会是她？如果不是，那到底是谁呢？她想不出。但目前只有她的功夫被雪芙赞叹过，雪芙对她还是抱有怀疑的态度，只是想不到她为什么要称霸武林。她一个女子，野心也不至于这样大，背后一定有阴谋，见雒雪芙出神的想着，冰川不禁笑笑，眼神充满暖意和一种不知名的流光，一甩袖道，“你休息吧，明天还要赶路呢。”说罢，拂袖离去。雪芙望着他离去的背影，眼神多了几分迷离，然而更明显的是那丝丝爱意，浓烈的，化不开的爱意。

次日清晨。“既然他们选择五毒派做地盘想必那幽冥谷也在其掌握中。”雒雪芙分析道。

“是，我也有此想法，不如我们故技重施，再来个守株待兔。”冰川说道。二人商讨着，最终决定到幽冥谷去。自从五毒派被灭后，谷内瘴气就消失的一干二净的，没人知道原因。谷内阴暗潮湿，夹杂着一丝腐败的气息，令人作呕。墙上到处长满了青苔，二人向前走着，突然看到了一丝光亮，里面竟然是一间密室，冰川打开密室的通道，里面富丽堂皇，“不愧叫振林轩，可以富可敌国了都。”雪芙惊讶的说道，冰川同意地点点头，然而雒雪芙绝对不会想到，此时，一个巨大的阴谋正在她眼下形成。

二

此时，只听屋内传来一阵银铃般的笑声。“你们终于来了，我等你很久啦，蝶剑女!”

“等我?”雒雪芙惊讶地说道，冰川也是一脸的茫然，他们向屋内走去，只见一女子一身轻纱宛如仙子般美丽，棕色的眸里射出凌厉的光芒。雒雪芙一眼便认出了她。

“果然是你。”她说道。

“对！就是我，当年救你的人，哈哈哈哈!”瑾狂笑着说。

“如此想来，你就是这振林轩轩主了吧。”雪芙平静地说，对此她早做好心理准备了。

“怎么说呢，也就是半个轩主吧，因为真正的轩主就是……”瑾指向冰川。雪芙疑惑的回过头去，只见到冰川而已。她满脸疑惑带着询问的眼神看向瑾。

“对，就是他，我的哥哥丰冰川!”

此时，只听冰川含着几丝歉意地说道，“雪芙，对不住了。”便猝不及防地点了她的穴，将她带回了振林轩。“哥哥，为什么不杀了她！她是我们最大的敌人，你还要对她留情吗？别忘了爹娘是怎么死的，若不是她的师父，爹和娘正在安享晚年呢!”瑾怒目圆睁地说。

“瑾，我们的敌人只是馨若那老贼尼，和雪芙无关。”冰川冷冷地说道。

“什么与她无关，如果有她阻挠，我们的一统武林的计划很难实现。”瑾愤怒地说。

冰川“噌”的一下站起来。面无表情地说：“我说过，不可以伤害她！你明白没有！任何人都不可以!”冰川几乎是疯了般地说道。瑾气急，一甩袖转身离去。

其实，杀师太也只是个幌子罢了，他们的目的是统领武林。

雪芙醒了，第一眼映入眼帘的是冰川温柔俊俏的脸庞。她不用猜也知道

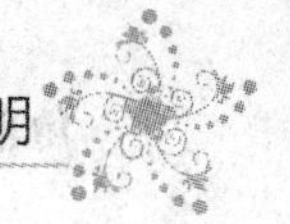

她被他们带回到了振林轩。此刻她已没办法冷静了，她吼道："为什么要骗我！你们有什么阴谋？说！"洁白的脸上淌下晶莹的泪珠。她伤心极了，她是那样的喜欢他！可他却利用她！任谁都不能平静。

冰川温柔地望着她幽幽地说道："为什么？你去问你师傅为什么。当年她是怎么祸害我父母的！雪芙，我并没有骗你什么。""住口！你不可以污蔑我师父，她不是那样的人，一定有原因！"雪芙反驳道。

"如果你不相信，可以回去问你师傅去！当年，我父亲对母亲爱护有加。直到你师傅的出现，一切都变了，就因为她有着绝世的美貌。很快，我的父亲就改变了心意，对母亲开始冷淡了下来。就在他们新婚的当天，父亲居然当着满堂的宾客毁婚，让母亲蒙受了奇耻大辱。虽然你师傅最后主动退出，可她留给母亲的只是一段毫无意义的婚姻。母亲生下我们后就自杀了，而父亲居然又去找你师傅，却被冷冷地拒绝了，还说什么已看破红尘，父亲觉得活着没有了意义，将我们兄妹俩安顿好之后竟然服毒自杀了。"

雪芙听后说道："他们并非死于我师傅之手，又为何要杀我师傅！"

冰川有些愤怒地看了她一眼。

"二十二年来，我们活在别人的嘲讽下！我们从小就立誓要手仞馨若，我们不想过着那种被人嘲讽的生活，你自小在馨然派，又怎么会知道那种滋味。幸好夙老前辈好心收留我们，我们才得以生存下来。"雪芙望着他，眼神三分怜爱三分疑惑夹杂着些许愤怒。

"那你为什么要骗我，你是要利用我吧。"她冷笑道，心如刀割。

"我不想你受伤，你要相信我雪芙，我是真的不希望你受伤。如果我要杀你那么当初何必救你呢，我不是要自掘坟墓吗，你对我来说真的很重要！"他怜惜地说。

"好了，你不要再说了，我不想听你的解释，我只知道你的父母不是我师傅所杀，你们不可以杀她！"她吼道。

此刻任谁都会如此，毕竟师傅养育她十九年，她当然不会相信他说的。

"你不相信也罢，我只求你不要插手灭振林轩可以吗？雪芙。我要让那些瞧不起我的人知道谁才可以一统江湖！"冰川冷冷地说，眼神中充满仇恨、愤怒。

"除非我死！否则你们兄妹休想一统江湖！"雒雪芙知道，这时不是感情用事的时候。

三

"好。"一个缥缈悦耳的声音传来，只见瑾已站到了门口，方才二人竟没有察觉到。

"我就让你死！"瑾的眼神充满了杀气，手中的宝剑散发着凛冽的光芒。

"瑾，你想干什么，我说过任何人都不可以伤害她！"

"我知道你喜欢她，怕她受伤。可是你忘了这二十多年来我们是怎么度过的吗？如果不是她师傅，爹娘怎么会双双自尽！你忘了我可没忘！二十多年来我们每天活在被人嘲讽中，看着别人家的小孩和爹娘玩耍而我们只有暗自伤心的份！被别人笑话成孤儿，若不是夙老前辈将我们收养，我们早就曝尸荒野了。"她哽咽着说。

雪芙的心仿佛被针刺了一下似的，心口疼痛无比，但理智告诉她不能感情用事。

"不管怎么样，你们可以一统江湖，但是不可以为此害人。你们知道吗，你们甚至杀死恩人的孩子，你们是真的感恩吗？或者一开始你们就是只想称霸武林而已，怪只怪我错信了你。冰川，当初你灭五毒派之时，我就感到你哪里不对，只是我没想到你们野心这么大！"雪芙愤怒地说。

"错信？你可知道夙琪是怎么凌辱我们的吗，她说我们是她爹捡回来的野孩子，她瞧不起我们，每天和那些人一起嘲笑我们，你明白那种感觉吗？"冰川冷冷地说。

雒雪芙起身向外面走出，"既然如此，那我们就做个了结吧！"

"好！"瑾朗声说道，正和她意。

冰川不做声，或许他无法面对吧，有一天他和她要交手，也许这就是命吧，互相爱着对方，却不得不做一些了结。

来到悬崖上，绝蝶剑、寒冰剑、夕沙剑分别出鞘，对于雪芙来说这场战争不得不打，对瑾、川二人来说这场战争不得不赢。瑾飞身而去，夕沙剑直指雪芙。雪芙轻轻一跳，绝蝶剑耍了个剑花，夕沙剑剑尖刺到了绝蝶剑的剑柄上。冰川迟迟不动，他是真的不想伤害她。这对于他来说，或许比死更难受。瑾的功夫和雪芙不相上下，绝蝶剑在手腕上翻腾着华美无比，瑾也毫不示弱。夕沙剑急速舞动着仿佛一只贪婪的怪物，肆意飞舞着。

雪芙见冰川一直未动，心中百感交集，一不留神被瑾刺伤了。雪芙感到一阵晕眩手上的动作越来越慢，按常理说被刺中不会感到晕眩。可偏偏瑾在

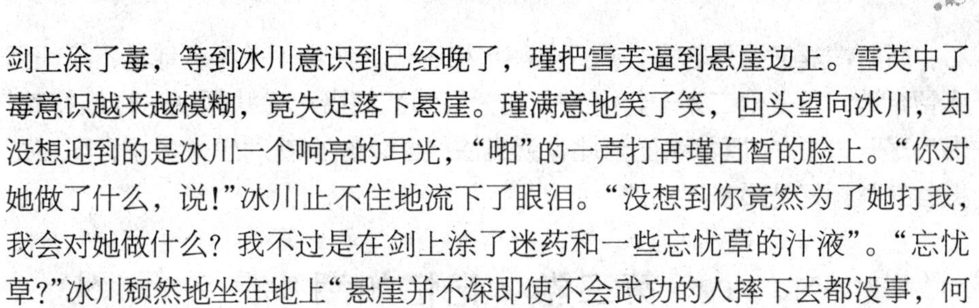

剑上涂了毒，等到冰川意识到已经晚了，瑾把雪芙逼到悬崖边上。雪芙中了毒意识越来越模糊，竟失足落下悬崖。瑾满意地笑了笑，回头望向冰川，却没想迎到的是冰川一个响亮的耳光，“啪”的一声打再瑾白皙的脸上。“你对她做了什么，说！”冰川止不住地流下了眼泪。“没想到你竟然为了她打我，我会对她做什么？我不过是在剑上涂了迷药和一些忘忧草的汁液”。“忘忧草？”冰川颓然地坐在地上“悬崖并不深即使不会武功的人摔下去都没事，何况她武功那么好。我知道你喜欢她不想伤害她，所以我只能让她忘记一切，这样你才能和她在一起，我做的一切都是为了你啊。哥哥！”“忘忧草只是让她短时间内忘记一切，等她恢复了以后我们大业已成，她即使再想阻挠也无济于事啊！”冰川无奈地笑笑却比哭还难过，一切竟是那样的可笑。

第二卷　雪芙失忆

他来到悬崖下找雪芙，可任他寻遍整个山崖却没有发现任何蛛丝马迹。但也许这也是个安慰，或许她已被救。其实，在雪芙摔落悬崖的那一刻下面刚巧有个书生从那里经过，他把雪芙救了回去带回了他家山崖下面的一个小木屋。木屋中，书生一见到雪芙就喜欢上她了，他精心照顾她为她上山采药无微不至。

一天后，雪芙醒来，望着陌生的一切和眼前陌生的人。她问道“你是谁，我怎么会在这里？我为什么会受伤”她望着手臂上的伤说。“我叫寒曦，这里是我家。昨晚我从山下经过，见你昏迷就把你带回来了你已经昏睡了一天了。”书生说道。“那谢谢你了。”“那敢问姑娘芳名？”雒雪芙摇摇头“我怎么什么都不记得了？”她拼命地想却依旧没有答案。书生注意到剑上似乎有名字‘雒雪芙’，“这把剑应该是你的你应该叫雒雪芙吧。”男子说道。雪芙看剑的确是她的，自己也觉得奇怪，什么都记不起却唯独认得这把绝蝶剑。“那我就叫你雪芙吧！”寒曦说道。雪芙茫然地点点头。既然自己认得自己的剑，那剑上的名字也应该是她的。她恍惚记得一个断崖和两个人，一男一女。

“也许，找不到不一定是坏事，或许她已被救走了呢，不要再想了。”瑾慢慢地说道。他前面是一身白衣的冰川，只见他愁容满面，才一日不见他好像变得沧桑了许多“也许吧。”他答道。“哥，你这样下去怎么行，怎么统领江湖怎么成大器。”瑾略带愤怒地说。“住口！如果不是你将她逼下断崖，又对她用了忘忧草，又岂会有今日的我！”冰川大怒道，“她是不是可以让你放弃一切，包括你的亲妹妹啊？”冰川无言以对。因为雪芙已经占据了他的整颗心，斩断情丝又谈何容易，若只是萍水相逢他自然会下杀手，他从不给任何人留余地，可是他二人一起出生入死，相知又相惜。兄妹俩就这样僵持着，最后瑾开口了，“既然事已至此也就无法挽回，你也就别想太多了，现在把振林轩整顿好是最重要的。”

第三卷　记忆如潮

“你的伤好了吧。”书生寒曦说道。

“嗯，谢谢你这几个月的照顾了。”雪芙感激地说道。

“对了，你是从山崖下把我救回来的，可以带我到那里看看吗?”雪芙问道。

“当然可以啦!”

于是二人来到断崖下面，断崖并不高，只是太崎岖而已，用轻功上去就可以了。“你要不要和我到上面去?”雪芙对寒曦说道。

“怎么上去啊，要爬吗?”

话一出口逗得雪芙扑哧一声笑出声来，“我既然问你当然有办法上去了。”说罢，一手抱着寒曦，脚下轻轻一点便飞到了断崖上面。

“奇怪，你说你什么都不记得，却唯独功夫一点都没忘，真是怪了。”书生疑惑地说道。

雪芙向对面望去，有一个谷，“那个谷叫幽冥谷。”书生说道。“幽冥谷。”雪芙喃喃地说。名字怎么这么耳熟可就是记不起来了。二人向谷走去，阴暗潮湿的谷内散发着一股腐败的气息，墙壁上生满了青苔。雪芙感到有一种力量促使着她去做这一切那股力量力不可挡，仿佛在催促她去完成某个使命。她鬼使神差般地找到了机关，打开里面金碧辉煌，书生不禁赞叹道，“这样的奢侈华美恐怕就是在皇宫里也没有啊!”然而雪芙对这些从不感兴趣不管失忆前还是失忆后。“走吧。”她轻声道。向里去是一间小屋子。屋内仿佛有人在说话，他们似乎没有察觉到雪芙的到来，谈话声继续着。隐约听到“振林轩”三个字。雪芙一激灵似乎想起了什么。于是转身问那书生“振林轩是不是一个帮派，组织很大?”书生点头：“我虽然深居在此，但你们江湖中的事我也略知一二，这个振林轩想要一统江湖，但时机未到，只能先慢慢将组织扩大”。里面的人好像感到有人来了，便走了出来。“谁这么大胆敢闯入振林轩要地”说话的是瑾。她见到雪芙后脸色大变“你不是已经忘记一切，怎么还会记得这里!”雪芙一脸疑惑地望着她，“你的意思你认识我?”此时冰川从里面走出来，见到雪芙一把把她抱在怀里，说道：“这几个月我找你都找疯了你到哪里去了?”雪芙挣脱他：“你干什么，我们认识么？你找我？几个月？这么说你们都认识我，快告诉我我是谁?”冰川说道：“你当真不记得我了吗？我是冰川啊，雪芙。”他用力摇她的肩她恍惚觉得自己认识他。她望望寒曦，他一脸不知道的表情。是啊，他怎么会知道呢！这时，冰川才注意到书生。“是你救了她，谢谢你了。”“哪里，举手之劳而已。”书生笑道。“不过你现在要为你救她付出代价!”瑾恶狠狠地说。书生还算机灵听话音不对，带上雪芙就向外跑去。雪芙一时不知怎么办，只能任由他牵着自己跑。他也不知道为什么带着她，只是怕她受伤吗?

不知不觉跑到悬崖边上，此情此景好熟悉，雪芙突然之间想起那天就是他们将自己逼到悬崖边打伤她才使她落崖，只是一开始她没想起他们是谁。她突然停下来，对着瑾说：“我想起来了，那天就是你将我逼下悬崖的。”瑾一惊“是又怎么样?”“雪芙，你记起来啦？你知道我是谁了么?”冰川激动的说，雪芙恨恨地说：“虽然我还不知道你是谁，但我敢肯定你们就是那天将我逼下悬崖的人。”“哎呀，别和他们废话啦，再不走我们谁也别想活。”寒曦大声地说道。瑾好像疯子般冲过去抓住书生：“你今天如果希望他死你就走吧。”有冰川在，她不敢贸然伤害雪芙只能拿无辜的寒曦作人质。“你走吧，为了你而死，我认了。”他说道。冰川随即一震。难道他爱她？“不，我不会走的。今天就是拼了命我也要追问个清楚。”雪芙说道。“谢谢你，寒曦。我知道你对我的情谊，这几个月我没能报答你，那么今天就让我来报答你吧!”说着拿起绝蝶剑，对着瑾去了，瑾边走边将书生向崖边推去。她狂笑道：“哥，看吧。这就是你爱的人，她宁可为了别人去死，也不愿帮你！你醒醒吧!”雪芙感到诧异。这时瑾已经将寒曦拖到崖边，只要她一松手寒曦马上就会掉下去。“选吧，你们两个谁下去?”瑾朗声道。“雪芙，你还有你的使命在身让我跳下去吧!”寒曦说道。“不，你救了我我怎能恩将仇报，再让你为我跳下去呢?”说罢，她急速走向崖边，展开双臂，向下跌去，她望着上面，寒曦痛苦的表情和瑾满意的笑容随即僵在脸上。说时迟，那时快，雪芙跳下去后冰川一个飞身追了下去。雪芙惊讶地看着他，他伸手拦住她的腰。

忽然间，往事如决了堤的洪水般疯狂的涌上来，一幕幕在眼前闪过，从他和她相识到相恋到最后的诀别与纠葛清晰地从脑海中呈现出来。她感到头痛欲裂，轻轻唤了一声“冰川”然后便昏过去。冰川以轻功返上山崖半跪在地上唤着“雪芙，雪芙你怎么了醒醒!”几乎带着哭腔说道。雪芙醒了对他笑笑，以前那个雪芙仿佛又回来了，她花了三秒钟了解了自己的处境后，闪电般冲

向瑾，绝蝶剑三两下将她逼到一边。将寒曦解救了出来，她望了寒曦一眼说道："回去吧。""雪芙你当我是贪生怕死之徒吗?"雪芙明白他对自己的感情，但雪芙对他至多也只是感激而已，而非感情。她决绝的说道，她只希望他走，她不想让寒曦因为他而受到伤害，毕竟他和她根本不属于同一世界。他前途无量，而她作为馨然派弟子，将来是为天下苍生而活捍卫武林秩序的。寒曦说道"我知道了，我明白你，祝你幸福雪芙。你的快乐就是我的快乐。"说完他离去了，聪明如他怎会让自己陷入这种挣扎之中，他是真的明白她了。她的精神是伟大的，成全他就是放手。虽然对于她来说寒曦只是个插曲或者只是红尘过客，但他对她用情至深是无人能及的，所以他选择了离开。

第四卷　有情绝情

"好了，人都走了还等什么，出招吧!"瑾说道。冰川此时心如刀割，退也不是进也不是。

"冰川，我知道你们兄妹二十年来过得并不好，但你们也不能这样对待别人啊。"雪芙说道。她并不怪他曾经利用过她，骗取她的信任，借她的手段杀哲文，一切一切她都不怪他，她只希望他能回头不再想那些称霸武林之事。

"雪芙，你说的一切我都明白，只是我收不了手了，事情已到这个地步你叫我如何收手呢?"他似哭似笑地说着。

"别和她废话了，你下不了手我来!"瑾说着向雪芙挥着剑扑来，她用了夕沙剑的绝招，顿时狂沙满天。绝蝶剑清丽的剑光飞舞着，闪烁着，然而冰川像一座雕像安静地看着，面无表情地看着，目光漠然同时心里作出了决定。因为她爱他，所以雪芙招招留情，即便以后不在一起她也不想再次见面时却成为敌人，而瑾毫不客气地挥着夕沙剑招招紧逼。瑾的剑法是一种雪芙没见过的剑法，看似无章却剑剑直击要害。她发疯般刺向雪芙，仿佛她是个千古罪人般。终于，雪芙一个不留神让她得到了机会，夕沙剑直直的刺向了雪芙的喉咙，剑柄上的宝石闪闪发亮，她用的是雪芙最擅长的一剑穿心。好可笑瑾用自己的招数杀自己，雪芙一时之间觉得没什么比这更可笑的了。

一道墨绿色的影子冲了出来，下一秒血光冲天，一切仿佛都失去了原本绚丽的光芒。是冰川替雪芙挡下了这一剑，那时他脸上挂着雪芙从未见过的满足笑容，似乎在为某样东西的逝去而感觉到释然了。

"冰川!"雪芙一声怒吼。

雪芙就在这么近的面前……她哭了，冰川用尽力气伸出手去“不要哭……能够遇见你，我已经拥有了太多的幸福，如果你哭了我会比你更难过……”四周安静的仿佛时间静止了一般。雪芙的手空空如也她什么也没有抓到，就在她即将握住冰川的手时，他的手轻轻垂了下去。冰川安静地躺在地上，像睡着了一样。

“我爱你……”

那是句只有雪芙听到了的誓言，在他生命的最后一刻，被轻轻地说了出来，双眼闭上的刹那冰川的眼前晃动的全是雪芙的影子。在弥留的最后一刻他终于完全放弃了自己的一切，他眼前终于只有她一人

此时，瑾已经麻木到什么都不知道了，只是喃喃地说：“哥，你别睡。别丢下我一个人好不好，你醒醒啊！”她在地上匍匐着，最后一声长啸。她拿起剑，“哥，没有你，瑾儿什么也不要！”她含泪望了一眼雪芙，说“哥哥爱你，所以你要留下来。”说着她给了雪芙一封信后自刎而死。雪芙欲哭却无泪，她是那样的爱他。

她将二人埋葬了，她流下了生命最后一次泪。

“雪芙，我知道早晚会有这么一天了，其实我已想得透彻。也许对于你来说这样才可以解脱，因为我是那样的爱你，我们有缘无分，我只能选择离开人世。我不想再见你因为我进退两难，我知道你以后是要以苍生的安危为己任的，不想做你的绊脚石。所以原谅我的自私，你要好好活着，要以天下苍生为己任，我这个苍生的罪人先行离去。相信我下一生，我们要在一起，你是我生命中的劫是我无法躲过的劫，我爱你。虽然我知道我不配，我没能为你做什么，所以下辈子，你等我……冰川绝笔。”

数月后。

她回到了馨然派，接下了掌门之位，可谁能造福于她呢？

从此，她看破红尘，对一切都那么淡然。对任何事都淡的仿佛永远置身事外，一心为苍生着想。

风吹起，裙飘扬，断肠人忆故人。凝思湖边，她安静地站着，回想着往事，愁断苦肠，泪洒相思带，欲哭已无泪。

雒雪芙你是何等的无奈……

等了那么久，你依然守候逝去的容颜忘却的温柔。

寒来暑往，苦乐哀愁，尽管我是你全部却从未拥有。

任飞雪染白发际，看秋叶随水漂流，守望着心灵中那一抔净土。

第九个失踪的梦

■ 晴初

我是一条蛇，藏匿于江南水乡的一条无毒的蛇。至少，我是这么认为的。

我喜欢做梦，我总会做很多五彩缤纷的梦。梦里，我是一条很欢乐的小蛇，有着纯白的身子，柔软的躯体格外灵活。

第一梦

我从壳里出来的时候，就注定我与别的蛇不同。作为同一个蛇妈妈的孩子，我跟别的蛇似乎不太一样。在别的蛇都是色彩斑斓时，我就只是通体洁白，没有一丝杂色。这样的特别连母亲都有些欷歔。

整个江南水乡，似乎都找不到第二条这样白净的蛇。于是，我被视为珍宝，在整个水乡中都受尽宠爱。

母亲赐予我一个好听的名字：安格。

她说，你这样独特的蛇是应该有一个独特的名字的。

她说，几千年前，有一条白蛇，因为喜欢上人类，潜心修炼之后和人在一起了，后来被压在了雷峰塔。

她说，格子，终有一天你会成为蛇族的佼佼者。

可是我不喜欢，我喜欢单纯的存在，喜欢鲜艳的花，喜欢翠绿的草，喜欢清亮的水，我不喜欢蛇，但是我喜欢我自己。

因为我是一条特别的蛇。

第二梦

等到大了些时，我便喜欢自己独处。我最喜欢做的事情就是在水乡边欣赏我洁白的身躯，偶尔挂在柳树上，柔软的肢体比柳枝还要纤细。

水乡边有一种花叫水仙，总是顾影自怜。眼里除了自己再也容不下别的东西。母亲说我很像他，自大又盲目。

可是我很喜欢他，高挑瘦削的身子，花瓣鲜红又通透。我想跟他成为朋友，我蹚过江水，终于得已和他近距离接触。

我轻轻碰了碰他，“嘿，水仙先生，你好吗?”

他恋恋不舍地收回看向水里的目光，懒懒地看向我，“你是蚂蟥吗?”

“蚂蟥有白色吗?”我有些郁闷。

水仙先生又盯着水面上自己的倒影，敷衍地说。“兴许你是一只喝了漂白液的蚂蟥。”

这么没有眼力见的水仙，让我十分无奈。

“我是蛇，我叫安格。”我骄傲地扭扭我的身躯，在他的周围围成了一团。他终于肯正视我。

他愣愣地看着我，眼神中忽然透出了惊艳。

他摆动着自己的身躯，那一抹鲜红看起来更鲜艳了，他说，“我发誓你是我见过最好看的蛇。”

第三梦

我每天陪在水仙先生的周围。

清晨，他总会用他清脆的叶子收集晨露，把最纯净的那一颗给我。

在蛇族受尽宠爱的我，对于这份呵护依旧感激至深。

我能做的事就是陪在他周围，替他赶走想要来打扰他的飞虫。

水仙先生的鲜红逐渐变得浓烈，但是他却忧郁起来。

我十分不解，他看自己的倒影时，眼神越发悲戚。每每这时，我就会用我的身躯将他团住，妄图让他感受到丝丝温暖。

水仙先生变得越来越虚弱，我能做的就是日夜陪伴。

妈妈没有教过我怎么去安慰一株水仙，我就只能静默着。

某一个清晨，在一阵微痛中，我醒了过来，睁开惺松的睡眼，蒙眬中看到水仙先生对着我笑。

原来是水仙先生用他的叶尖把我蹭醒的。

尽管我们相处了这么久，水仙先生这样专注看着我，这还是第一次。我疑惑地看着他，他的叶子里面盛满了露珠。

满脸爱怜地看着我，“格子，喝吧。”

我伸出舌头，吮吸着那些露水，甘甜。

喝完之后，水仙抖抖自己的躯体，那一抹艳红更是红到了极致。

“格子，我的花期过了，我要沉睡了。”叶子先生的声音有些哽咽，我才终于意识到了恐慌。

“我等你，我愿意等你醒来。”我无法想象没有水仙先生的陪伴我会是什么样子。

“回来的我不再是这个我了，格子，你还年轻，去见识更多更美的风景吧。”水仙先生说完之后，花便一下子谢了。我一遍一遍叫着水仙先生，再也没有了回应。

第四梦

水仙先生只剩下光秃秃的叶子。

我凝望了很久之后，最终还是选择前行，他说得对，我还能看到更美丽的风景。

我又回到了出生时的地方，母亲好像是出了远门。

不爱与蛇交流的我，决定动身去远方。

对于远方我没有任何概念，我游啊游，游到我几乎都找不到回家的路了。

我的身子慢慢变大，却依旧足够柔软，我的牙齿慢慢凸显。我感觉我的皮肤慢慢爆裂，于是我只能停下来。

我要蜕皮了。

母亲说这个阶段很重要，不能受到打扰。我找到了一个安静的小岛，然后选择暂居。

这个小岛上有很多不知名的动物，其中，我最喜欢的是松鼠。一把蓬松的尾巴，娇小灵动的脑袋，爬起树来像是在飞行一样，姿态特别优美。

那一瞬间我就想到了我的水仙先生。

可是现在的我没有通体洁白的身体，一块块老皮挂在身上，我想我看起来格外丑陋。

于是我不敢走上前与松鼠搭话，我想，等我变漂亮了，我一定要去找他。而且，我还没有忘记水仙先生呢。

第五梦

我万万没有想过松鼠会注意到我。在我最脆弱的时候注意我。

犹记得那天是个艳阳天，毒辣的阳光射在我新长出来的皮肤上面，火辣辣的疼。

松鼠跳跃着到了我的面前。

“小蛇，我带你去阴凉的地方吧。”松鼠的眼神有着担忧，让我觉得格外温暖。

“谢谢，我就在这里了。”我感激他的体贴，可是母亲说过，蜕皮期间不能乱动。要是蜕皮不顺利，活下来的概率就特别小。

可是我骄傲的自尊不能让他感觉出来我很脆弱，我只有表达出不是我不能走，只是我不愿意走的心态。

“好吧，那我替你挡阳光吧。”于是松鼠停了下来，用他蓬松的尾巴给我一个阴凉的所在。似乎真的不那么疼了。

我跟松鼠慢慢熟识，我跟他讲我遇见的水仙先生，他跟我讲他爱慕的啄木鸟小姐。

其实心里是有些不舒服的，因为松鼠先生心里有比我更重要的。

我选择离开，刚好我的皮蜕得差不多了。

松鼠先生看到了最美的我，他的眼里有我熟悉的惊艳。

他说，小蛇，你真美。我笑笑，不发一言。

第二天，松鼠还在熟睡的时候，我选择了离开。

第六梦

离开了小岛，我又开始了我的跋涉，心里对水仙先生的想念已经完全被掩盖了。我只记得他说我要遇到更美的风景。

后来我去了草原，广袤的土地上是一望无际的碧绿。

在这碧绿中，我的纯白显得有些扎眼，而且刚刚换的新皮，我的纯白之中还有些透亮。在这里，我结识了一只大狗。

大狗体积庞大，跟他聊天我必须得把自己的身子给直起来，不然会显得我很弱小。

大狗似乎对我这个入侵者很不满意，找着机会就朝我狂吠。我并没有被吓到，与他对视着，示弱不是我的风格。

大狗或许是被我的坚强给打动，默许了我在这片草地上的存在。我没有试着与他搭话，我对庞然大物是存在着抵触心理的，虽然大狗没有做出任何伤害过我的事情，顶多是朝着我吠几下。

我终究是要离开的，对于这些，我没有想要结交的欲望。

大狗对我挺不错的，找到食物的时候，他总是不忘给我一份，然后还装作很不屑的样子。其实心里是感激的，但是他忘了一个重要的事情，我是蛇，他是狗。不同的类别，食物自然不一样。

我走的时候，大狗没有送我，看完了草地的风景，我想，我应该去一趟森林。

第七梦

森林里的动物特别多，可是似乎他们对蛇的印象都不是很好，所以我一进入，就遭到了冷言冷语。可是我没有在意，因为我听说，松鼠喜欢的啄木鸟小姐住在这里。

辗转很久之后，我终于见到了啄木鸟小姐。她有着光洁的羽毛，尖利的嘴巴，黑亮的眼睛纯净得一尘不染。

一瞬间我就喜欢上了她，甚至可以说像是膜拜一个神仙一样的喜欢着她。

所幸的是啄木鸟小姐也很喜欢我。

啄木鸟小姐十分优雅，也十分勤劳。她总是不辞辛苦地修复着那些生病的树木，我能跟她说话的时间特别少。

但是我的心里还是挺喜欢她的，更带着份崇敬之情。喜欢啄木鸟小姐的动物特别多，于是我不敢把自己的喜欢表现得明目张胆的。

啄木鸟小姐对我真的很好，不像是对待别的蛇的冷艳，她对我特别热情。

很多喜欢她的动物都告诉她，我是一条蛇，是一条毒蛇。

她却不以为意，依旧对我特别好。我没有告诉她，我终究有一天会走的，我也没有告诉过她，我喜欢喜欢着她的松鼠。

后来，我还是偷偷地走了。

第八梦

不知道过了多久，我终于来到了一片芦苇地，高高的芦苇秆密密麻麻，我在其中穿梭着，偶有破了的芦苇秆不小心挂破了我的鳞，我也依旧欣喜。

芦苇荡里面有隐秘的小沟，沟里面都是肥硕的鱼类和成堆的虾米，还有很多可爱的田蛙。

田蛙是我的最爱，虽然我是一条独特的蛇，但是依旧没有摆脱蛇的习性。

奔波了这么久，从春到夏再到秋。我的皮渐渐变得坚固。

我偶尔会想起松鼠陪我的那段日子，他支起尾巴替我挡着阳光时英俊的面容。

芦苇荡并不是那么好过，很多水蛇在这里聚居。我的出现无疑让他们感到了危险，虽然我只是一条手无缚鸡之力的蛇。

被那些蛇发现了我之后，我还是只有选择离开。

对于芦苇地的记忆以失望告终，没有受到如此挫败的我，唯一想法就是回家，回到那个美丽的江南水乡。

可是时间过去这么久，我早就忘记了回家的路，于是只有照着原路返回。

第九梦

路过草原的时候，看到大狗找了一个温顺的小猫，大狗木讷的脸上居然奇迹般地有了笑容。

我还是回到了有水仙在的水乡，水仙先生又复活了，正如他所说，他是一个新的他了，认不出我来了。

新的水仙先生很讨厌蛇，于是不让我靠近。

于是我只有回到了江南水乡，母亲看到我回来之后，眼里含满了激动的泪水。

醒来时，我是一条洁白的蛇。周围有着喧闹声，我想要清醒，却怎么都醒不过来。

“妈妈，我就说过她很奇怪吧，一出生就给我们蛇族带来不祥。”一个稚气的声音。

“你们别这样说她，她好歹也是你们的家人。”一个略显沧桑的声音说。

“这样的家人真是吓死人，前几天有蛇看到她把水仙哥哥害死了。”一个愤愤不平的声音。

“别说这么多了，把她的牙拔掉吧，这样就没毒了。”还是那个沧桑的声音。

紧接着，嘴里传来钻心的疼痛，有什么东西从我的身体里剥离。

我的意识终于回到了现实，我看到了母亲以及两条蛇姐姐。其中那个最受妈妈疼爱的小姐姐看到我清醒，立马就朝着我吼了起来，“安格，你能不能消停点，不伤害这么多动物你心里不满意吗？拔掉了你的牙看你以后怎么办。”大姐也附和道：“就是，就是，世界上怎么会有你这么毒的蛇，亏你说你喜欢啄木鸟妹妹呢，你居然把她毒死了。”

这样的话让我心里一震。

现实里，安格小蛇只是一个不受待见的怪物，但却没有想要伤害过任何的蛇或者是水仙或者啄木鸟。

我一直以为自己是没有毒的，怎么证明呢？

拔完牙之后，嘴里弥漫着一股腥味，我伸出舌头舔了舔，甜甜的。除了伤口处传来的疼痛感，没有任何异样。

我等了很久，我还没有死掉。

于是我开始回想，回想那第九个消失的梦。

启　事

本书编选时参阅了部分报刊和著作，我们未能与部分作品的作者取得联系，在此深表歉意。请各位作者见到本书后及时与我们联系，并提供相关作品著作权证明以及本人身份证复印件，以便按国家相关规定支付稿酬及赠送样书。

地址：湖南省长沙市天心区芙蓉南路和庄 A 栋 3118 室

邮箱：bjljwh@ 126. com